La fabrication d

Rose Macaulay

Writat

Cette édition parue en 2023

ISBN : 9789359258348

Publié par
Writat
email : info@writat.com

Contenu

CHAPITRE PREMIER.

CAMBRIDGE.

C'était le dimanche de la Trinité, plein de renoncules, de coucous et de soleil. À Cambridge, c'était un jour écarlate. Dans les universités, les gens qui luttaient contre un désert de papiers Tripos ou Mays reposaient leur âme pendant un bref instant dans une oasis de verdure et prenaient leur déjeuner en remontant la rivière. Dans les écoles du dimanche, les enseignants parlaient du trèfle, cette image inconsidérée et particulièrement inappropriée conçue par un saint aux abois. Partout, des gens étaient ordonnés.

Miss Jamison a rencontré Eddy Oliver à Petty Cury, alors qu'elle faisait du porte-à-porte avec une liasse de tracts qui ressemblaient à des tracts. Elle le regarda vaguement, puis soudain commença à s'intéresser à lui.

"Bien sûr," dit-elle avec décision, "vous devez aussi nous rejoindre."

« Plutôt », dit-il. « Dis-moi ce que c'est. Je suis sûr que c'est plein de vérité.

«C'est la National Service League. Je suis un associé et je persuade les gens de nous rejoindre. C'est vraiment une bonne chose. Étiez-vous à la réunion hier ?

«Non, ça m'a manqué. En fait, j'étais à une autre réunion. Je le suis souvent, tu sais. » Il dit cela avec une pointe de légère perplexité. C'était tellement vrai.

Elle feuilletait la liasse de tracts.

« Laissez-moi voir : lequel répondra à votre cas ? Dépliant M, le Sisyphe moderne – c'est une image, et plus encore pour les pauvres ; si simple et graphique. P est mieux pour toi. AVEZ-VOUS DÉJÀ PENSÉ à ce qu'est la guerre et à ce que ce serait si elle faisait rage autour de votre propre maison ? AVEZ-VOUS DÉJÀ PENSÉ à ce que vous ressentiriez si vous appreniez qu'un ennemi avait débarqué sur ces côtes, et saviez que vous ignorez les moyens par lesquels vous pourriez aider à défendre votre pays et votre maison ? VOUS PENSEZ PROBABLEMENT que si vous êtes membre d'un club de tir et que vous savez tirer, vous avez fait tout ce qu'il fallait. Mais... eh bien, vous ne l'avez pas fait, et ainsi de suite, vous savez. Vous feriez mieux de prendre P. Et Q. Q dit : « Êtes-vous un libéral ? Alors rejoignez la Ligue, parce que, etc. Êtes-vous démocrate ? Êtes-vous socialiste? Êtes-vous un conservateur? Êtes-vous ... »

« Oui, dit Eddy, je suis tout à fait de ce genre. Il ne pourra penser à rien de ce que je ne suis pas.

Elle pensait qu'il était drôle, alors que ce n'était pas le cas ; il disait la simple vérité.

« De toute façon, dit-elle, vous y trouverez de bonnes raisons de nous rejoindre, quoi que vous soyez. Pensez-y, vous savez, supposons que les Allemands débarquent. Elle a supposé cela pendant un moment, puis elle est passée à l'entraînement physique et à la discipline militaire, à quel point ils sont importants.

Eddy a dit quand elle a fait une pause : « Tout à fait . Je pense que vous avez tout à fait raison. Il le faisait toujours, quand on lui expliquait quelque chose ; il était comme ça ; il avait un esprit réceptif.

« Vous pouvez devenir, » dit Miss Jamison, entrant dans le vif du sujet, « un membre de la Guinée, ou un adhérent à un sou, ou un associé à un shilling, ou un type d'associé plus chic, qui paie cinq shillings et obtient toutes sortes d' avantages . littérature."

«Je serai cela», a déclaré Eddy Oliver, qui aimait presque toutes sortes de littérature.

Alors Miss Jamison sortit sur-le-champ son livret de bons et l'inscrivit, recevant cinq shillings et lui présentant un bouton bleu sur lequel était inscrite la remarque : « Le chemin du devoir est le chemin de la sécurité ».

"Tellement vrai", dit Eddy. « Une bonne devise. Une bonne et joyeuse Ligue. Je dirai à tous ceux que je rencontrerai de nous rejoindre.

« Il y aura une autre réunion, » dit Miss Jamison, « jeudi prochain. Bien sûr, tu viendras. Nous voulons un bon public cette fois-ci, si possible. Nous n'en avons jamais, vous savez. Il y aura des diapositives de lanternes, illustrant l'invasion telle qu'elle serait aujourd'hui, et l'invasion telle qu'elle serait si le projet de loi sur la National Service League était adopté. Extrêmement excitant.

Eddy en a pris note dans son Cambridge Pocket Diary, un petit volume richement écrit sans lequel il ne bougeait jamais, car ses engagements étaient nombreux et sa tête n'était pas forte.

Il a écrit ci-dessous le 8 juin : « NSL, 20 heures, Guildhall, petite salle ». Pour la même date, il avait précédemment inscrit « Fabians, 7h15, Victoria Assembly Rooms », « ECU Protest Meeting, Guildhall, large room, 14h15 » et « Primrose League Fête, Great Shelford Manor, 15 heures ». Il appartenait à tous ces sociétés (elles ont toutes parfaitement raison) et bien d'autres plus ésotériques, et a mené une vie complexe et variée, pleine de foi et d'espérance.

Avec tant de points de vue justes dans le monde, tant de croyances admirables, bien que différentes, où, demanda-t-il, l'humanité ne pourrait-elle pas s'élever ? Lui-même, il a rejoint tout ce qui se présentait à lui, des sociétés végétariennes aux clubs hérétiques et guildes ritualistes ; tout, pour lui, était plein de vérité. Cette attitude d'omni-acceptation a parfois intrigué et inquiété des personnes moins réceptives et plus résolues ; on les voyait même parfois l'accuser, avec une injustice tragique, de manque de sincérité. Quand ils l'ont fait, il a vu à quel point ils avaient raison ; il sympathisait entièrement avec leur point de vue.

A cette époque, il avait près de vingt-trois ans et presque à la fin de sa carrière à Cambridge. En personne, c'était un jeune homme léger, avec des yeux noisette intelligents sous des sourcils sympathiques, des cheveux bruns facilement ébouriffés et un air général d'impressionnabilité réceptive. Vêtu de façon non inappropriée de flanelle grise et du chapeau souple de l'année (les chapeaux souples varient considérablement d'un âge à l'autre), il se promena dans King's Parade. Là, il rencontra un homme de son propre collège ; cela était susceptible de se produire lors de King's Parade. L'homme a dit qu'il allait prendre le thé avec ses gens et qu'Eddy devait venir aussi. Eddy l'a fait. Il aimait les Denison ; ils étaient pleins d'un enthousiasme généreux pour certaines choses — (pas, comme Eddy lui-même, pour tout). Ils voulaient des votes pour les femmes, la liberté pour les Russes en détresse et des métiers à filer pour tout le monde. Ils avaient inspiré Eddy à vouloir ces choses aussi ; il appartenait en effet à des sociétés pour promouvoir chacune d'elles. D'un autre côté, ils ne voulaient ni de réforme tarifaire, ni de conscription, ni de révision du livre de prières (car ils lisaient rarement le livre de prières), et s'ils avaient su qu'Eddy appartenait également à des sociétés de promotion de ces objets, ils auraient protesté auprès de lui. lui.

Le professeur Denison était une personne calme, qui parlait peu, mais écoutait sa femme et ses enfants. Il avait beaucoup de sens de l'humour et une certaine imagination. Il avait cinquante-cinq ans. Mme Denison était une petite dame attachante, une formidable travailleuse pour les bonnes causes ; elle avait peu de sens de l'humour et une imagination vive, bien que souvent mal appliquée. Elle avait quarante-six ans. Son fils Arnold était grand, mince, cynique, intelligent, éditait un magazine universitaire (le plus intéressant d'entre eux), était président d'une société de conversation et venait juste d'entrer dans la maison d'édition de son oncle. Il avait beaucoup de sens de l'humour (s'il en avait eu moins, il se serait ennuyé à mourir) et une imagination contenue. Il avait vingt-trois ans. Sa sœur Margery était également intelligente, mais, malgré cela, elle avait récemment publié un livre de vers ; certains d'entre eux n'étaient pas aussi mauvais que les vers d'un grand nombre de personnes. Elle a également conçu des papiers peints, ce qu'elle a fait dans l'ensemble mieux. Elle avait un sens de l'humour inégal , vif dans certains sens, direct dans d'autres, comme celui de la plupart des gens ; la même description s'applique à son imagination. Elle avait vingt-deux ans.

Eddy et Arnold les trouvèrent en train de prendre le thé dans le jardin, avec deux étudiants bruns et un blanc. Les Denison appartenaient à la Société de l'Est et de l'Ouest, qui s'efforce de réaliser une union entre les indigènes de ces deux parties du globe. Il y a des conversazioni , au cours desquelles les hommes bruns se rassemblent à un bout de la pièce et les hommes blancs à l'autre, et tous deux, on l'espère, sont heureux. Cet après-midi, Mme Denison et sa fille parlaient chacune à un jeune homme brun (Downing et Christ's), et le jeune homme blanc (Trinity Hall) restait silencieux avec le professeur Denison, car l'Est est l'Est et l'Ouest est l'Ouest, et jamais le deux se rencontreront, et vraiment, vous ne pouvez pas parler aux noirs. Arnold rejoignit l'Occident ; Eddy, qui appartenait à la société susmentionnée, aidait Miss Denison à parler à son noir.

Très vite, l'Orient disparut et l'Occident devint plus heureux.

Miss Denison a déclaré: "Dorothy Jamison est venue cet après-midi, voulant que nous rejoignions la National Service League ou quelque chose comme ça."

Mme Denison dit sèchement : « Dorothy devrait le savoir », au même moment où Eddy disait : « C'est une joyeuse petite Ligue, apparemment. Assez plein de vérité.

L'homme de Hall a déclaré que son gouverneur était secrétaire ou quelque chose du genre à la maison et qu'il recevait constamment des gens pour prendre la parole lors des réunions. Alors lui et les Denison en ont discuté, jusqu'à ce que Margery dise : « Oh, eh bien, bien sûr, vous êtes désespéré. Mais je ne sais pas ce qu'Eddy veut dire par là. *Vous* ne voulez sûrement pas encourager le militarisme, Eddy.

Eddy a dit sûrement oui, ne faut-il pas tout encourager ? Mais vraiment, et sans râler, Margery a insisté, il n'appartenait pas à un truc comme ça ?

Eddy montra son bouton bleu.

« Au contraire, je le fais. AVEZ-VOUS DÉJÀ PENSÉ à ce qu'est la guerre et à ce que ce serait si elle faisait rage autour de votre propre maison ? Êtes-vous démocrate? Alors rejoignez la Ligue.

« Idiot », a déclaré Margery, qui le connaissait suffisamment bien pour l'appeler ainsi.

« Il croit en tout. Je ne crois en rien », a expliqué Arnold. « Il accepte ; Je refuse. Il aime trois morceaux de sucre dans son thé ; Je n'en aime aucun.

Il ferait mieux d'être journaliste et d'écrire pour le *Daily Mail* , le *Clarion* et le *Spectator* .

"Qu'est - *ce* que tu vas faire quand tu descendras?" Margery a demandé à Eddy avec méfiance.

Eddy rougit, car il allait travailler quelque temps dans une colonie ecclésiale. Un homme qu'il connaissait était ecclésiastique là-bas et l'avait convaincu que c'était son devoir et qu'il le devait. Les Denison ne se souciaient pas des colonies ecclésiales, seulement des colonies laïques ; C'est pour cela, et parce qu'il avait une peau claire et pâle qui montrait tout, qu'il rougit.

« Je vais travailler avec des hommes à Southwark », dit-il, embarrassé. « En tout cas, pour un temps. Aidez les clubs de garçons, vous savez, etc.

« Parsons ? » » s'enquit Arnold, et Eddy l'avoua, après quoi Arnold changea de sujet ; il n'avait aucun souci avec Parsons.

Les Denison ont été tellement choqués par Eddy qu'ils ont laissé l'homme de Hall parler du match sud-africain pendant deux minutes. Ils avaient probablement peur que s'ils ne le faisaient pas, Eddy puisse parler du CICCU, ce qui serait infiniment pire. Eddy était peut-être à l'heure actuelle le seul homme à Cambridge qui appartenait simultanément au CICCU, à la Church Society et aux Heretics. (On peut expliquer, pour le bénéfice des non-initiés, que le CICCU est une Église basse, que la Société ecclésiale est une Église haute et que les Hérétiques ne sont pas du tout une Église. Ce sont toutes des sociétés admirables.)

Arnold dit aussitôt, interrompant le match : « Si je tiens une librairie d'occasion à Soho, m'aiderez-vous, Eddy ?

Eddy a dit qu'il aimerait le faire.

"Ce sera un très bon entraînement pour nous deux", a déclaré Arnold. "Vous verrez bien plus la vie de cette façon, vous savez, qu'en travaillant à Southwark."

Arnold avait vaillamment surmonté son dégoût d'avoir fait allusion au travail d'Eddy à Southwark, afin de faire une dernière tentative pour arracher un tison de l'incendie.

Mais Eddy, pensant qu'il valait aussi bien être pendu pour un mouton que pour un agneau, dit :

« Vous voyez, mon peuple veut plutôt que je prenne les Ordres, et le travail de Southwark consiste à découvrir si je le veux ou non. Je suis presque sûr que non, vous savez, » ajouta-t-il en s'excusant, parce que les Denison avaient l'air très déçus par lui.

Mme Denison a dit gentiment : « Je pense que je devrais dire directement à vos collaborateurs que vous ne pouvez pas. C'est un petit pot ennuyeux, je sais, mais honnêtement, je ne pense pas que ce soit inutile que les membres d'une famille prétendent qu'ils voient la vie sous le même angle alors que ce n'est pas le cas.

Eddy a dit : « Oh, mais je pense que oui, d'une certaine manière. Seulement--"

C'était vraiment assez difficile à expliquer. Il voyait effectivement la vie sous le même angle que le reste de sa famille, mais aussi sous bien d'autres angles, ce qui était déroutant. La question était : pouvait-on choisir une chose, un ecclésiastique ou autre, à moins d'être très sûr que cela n'impliquait aucune négation, aucune exclusion des autres angles ? C'était peut-être ce que sa vie à Southwark lui apprendrait. La plupart des membres du clergé autour de sa propre maison – et son père étant doyen , il en connaissait beaucoup – n'avaient pas, lui semblait-il, appris l'art de l'acceptation ; ils continuaient à tracer des lignes, à diviser les moutons et les chèvres, comme les Denison .

L'homme de Hall, se sentant un peu gêné parce qu'ils devenaient plutôt intimes et personnels, et qu'il aimerait probablement l'être davantage s'il n'était pas là, s'en alla. Il avait dû faire appel aux Denison , mais ils n'étaient pas son genre, il le savait. Miss Denison et ses parents lui faisaient peur, et il ne s'entendait pas avec les filles qui s'habillaient de façon artistique ou écrivaient de la poésie, et Arnold Denison était bien sûr un excentrique vaniteux. Oliver était un bon type, mais très proche de Denison pour une raison ou une autre. S'il était Oliver et qu'il voulait faire quelque chose d'aussi ennuyeux que de s'ennuyer avec les curés de Southwark, il ne serait pas rebuté par ce que disaient les Denison .

"Pourquoi ne mets *-tu pas* ta cravate assortie à tes chaussettes, Eddy?" Arnold demanda en bâillant quand Egerton était parti.

Sa mère, une dame hospitalière et gentille envers Egertons et tous les autres qui venaient chez elle, lui dit de ne pas être désagréable. Eddy a dit, en vérité, qu'il aurait aimé le faire, que c'était une idée capitale et qu'elle avait l'air charmante.

« Les Egertons ont souvent l'air plutôt charmants », concéda Margery. "Je suppose que c'est quelque chose après tout."

Mme Denison ajoutait (elle-même exquise, elle avait le goût de la propreté) : « Leurs cheveux et leurs vêtements sont toujours magnifiquement brossés ; c'est plus que le vôtre, Arnold.

Arnold s'allongea, les yeux fermés et gémit doucement. Egerton l'avait beaucoup fatigué.

Eddy pensait que c'était plutôt gentil de la part de Mme Denison et Margery d'être gentils avec Egerton parce qu'il avait pris le thé. Il se rendit compte qu'il était lui-même la seule personne là-bas qui n'était ni gentille ni méchante à l'égard d'Egerton, parce qu'il l'aimait vraiment. C'est ce que les Denison n'auraient désespérément pas réussi à comprendre, ou probablement à croire ; s'il l' avait mentionné , ils auraient pensé qu'il était gentil aussi. Eddy aimait beaucoup de gens que les Denison classaient parmi les chèvres ; même les rameurs de son propre collège, qui se trouvait être un collège où l'on ne ramait pas.

Mme Denison a demandé à Eddy s'il viendrait déjeuner jeudi pour rencontrer certains des joueurs irlandais qu'ils hébergeaient pour la semaine. Les Denison , étant intensément anglais et forts Home Rulers, ressentaient, outre l'admiration artistique commune à tous les acteurs de l'Abbey Theatre, un enthousiasme politique pour eux en tant que nationalistes, donc accueillir trois d'entre eux était une délicieuse hospitalité. Eddy, qui partageait à la fois l'enthousiasme artistique et politique, était ravi de venir déjeuner. Malheureusement , il devrait ensuite se dépêcher pour se rendre à la fête de la Primrose League à Great Shelford, mais il n'en parla pas.

En consultant sa montre, il découvrit qu'il était déjà attendu à une réunion d'un club des Jeux du dimanche auquel il appartenait, alors il dit au revoir aux Denison et partit.

« Fou comme un chapelier », fut le commentaire langoureux d'Arnold après son départ ; "mais bien intentionné."

« Mais, » dit Margery, « je ne peux pas comprendre qu'il ait l'intention de quoi que ce soit. Il est tellement absurdement aveugle.

«Il a tout prévu», interpréta son père. « Vous tous, dans cette génération intense, avez des intentions bien trop importantes ; Oliver va un peu plus loin que la plupart d'entre vous, c'est tout. Sa route vers sa destination finale est remarquablement bien pavée.

"Oh, pauvre garçon", dit Mme Denison en remontrance. Elle entra pour terminer les préparatifs pour une réunion de suffrage.

Margery s'est rendue dans son atelier pour marteler des bijoux pour l'exposition des arts et métiers.

Le professeur Denison se rendit dans son bureau pour consulter les papiers de Tripos.

Arnold s'allongeait dans le jardin et fumait. C'était le moins énergique de sa famille et il n'était pas travailleur.

CHAPITRE II.

ST. GRÉGOIRE.

PROBABLEMENT, décida Eddy, après avoir travaillé une semaine à Southwark, ce qu'il voulait être était un ecclésiastique. Les ecclésiastiques s'attaquent à quelque chose ; ils font bouger les choses ; vous pouvez voir des résultats, ce qui est tellement satisfaisant. Ils peuvent désigner un homme ou une société et dire : « Vous y êtes ; J'ai fabriqué ça. Je l'ai trouvé un ver et aucun homme, et je lui ai laissé un être humain », ou « Je les ai trouvés en unités dispersées et immorales, et je leur ai laissé une bande d'espoir ou une union de mères. » C'est un excellent travail. Eddy en saisit l'esprit et se jeta vigoureusement dans les clubs d'hommes, les brigades de garçons, les boy-scouts et toutes les autres organisations qui fleurissaient dans la paroisse de Saint-Grégoire, sous la direction du révérend Anthony Finch et de son assistant clergé. Le père Finch, comme on l'appelait dans la paroisse, était un homme robuste et brillant, astucieux, joyeux et génial, et plein d'une immense énergie et du pouvoir d'animer l'inanimé. Il avait remis sur pied toutes sortes de personnes et d'institutions, et leur avait donné l'impulsion nécessaire pour les faire démarrer et les maintenir en mouvement. Sa paroisse était donc une paroisse vivante, en bonne circulation. Le père Finch était résolument un travailleur. Le dogme et le rituel, bien qu'ils soient certainement essentiels à sa vision de la vie, n'occupaient pas la place de premier plan que leur accordait, par exemple, son vicaire principal, Hillier. Hillier était l'autorité suprême en matière de cérémonial ecclésiastique. C'était lui qui connaissait, sans se référer à un livre, toutes les couleurs de toutes les fêtes et veillées ; et quels étaient les tissus de cérémonie et les manipules ; c'est lui qui décidait combien de bougies étaient exigées lors du chant du soir de chaque saint, et quels vêtements étaient aptes à être portés en procession, et toutes les autres choses que les laïcs sont enclins à penser qu'elles sont faites pour elles-mêmes, mais qui donnent réellement beaucoup de problèmes et pensé à un organisateur minutieux .

Hillier avait des manières amicales et sympathiques avec les pauvres, était très populaire dans la paroisse, appartenait à huit guildes religieuses, portait les insignes de chacune d'entre elles sur sa chaîne de montre et avait fait ses études dans une école de comté et un collège théologique. Le jeune vicaire, James Peters, était un jeune et joyeux joueur de cricket de vingt-quatre ans, et avait été à Marlborough et à Cambridge avec Eddy ; c'était, en fait, l'homme qui avait persuadé Eddy de venir aider à Saint-Grégoire.

Plusieurs jeunes laïcs travaillaient dans la paroisse. La maison Saint-Grégoire, qui se situait à mi-chemin entre une maison du clergé et une colonie, étendait de larges filets pour attraper les travailleurs. Ici dérivaient des employés de banque pendant leurs heures de loisirs, désireux d'aider avec les clubs le soir et les cours de l'école du dimanche le dimanche. Ici aussi venaient pendant les vacances des étudiants de premier cycle, désireux de se plonger dans la mêlée et de s'essayer aux entreprises sociales et philanthropiques ; certains d'entre eux allaient prendre les ordres plus tard, d'autres non ; les uns étouffaient par un travail ardent les doutes gênants sur l'objet de l'univers, d'autres non ; tous étaient pleins de l'idéalisme généreux des premières années vingt. Quand Eddy s'y rendit, il n'y avait pas d'étudiants de premier cycle, mais plusieurs travailleurs laïcs en visite.

Entre les vicaires seniors et juniors se trouvait le deuxième vicaire, Bob Traherne, une personne ardente qui appartenait à la Church Socialist League. Eddy a immédiatement rejoint cette Ligue. Il est intéressant d'en faire partie et son programme est passionnant, même si certains pensent qu'il est démodé . Le voyant disposé à se joindre aux choses, Hillier lui exposa diplomatiquement les mérites des diverses ligues, guildes et fraternités dont il portait les insignes et pour lesquelles les nouvelles recrues sont si importantes.

"Quiconque se soucie des principes de l'Église", a-t-il déclaré timidement, après avoir invité Eddy dans sa chambre pour fumer un dimanche soir après le dîner, "doit soutenir les objectifs de la CGC". Il a expliqué ce qu'ils étaient et pourquoi. « Vous voyez, le culte ne peut pas être complet sans cela – pas tellement parce que c'est une belle chose en soi, et certainement pas du point de vue esthétique ou sensuel, même si bien sûr il y a aussi cet attrait, et particulièrement pour les pauvres… mais parce que c'est utilisé dans les autres branches, et que nous devons nous unir et nous aligner autant que nous le pouvons en toute conscience.

" Tout à fait ", dit Eddy en le voyant. " Bien sûr que nous le devons."

« Vous rejoindrez la Guilde, alors ? » » a déclaré Hillier, et Eddy a répondu : « Oh, oui, je vais me joindre », et il l'a fait. Alors Hillier avait de grands espoirs pour lui et lui parlait du FIS et du LMG.

Mais Traherne dit ensuite à Eddy : « N'allez pas rejoindre les petites fraternités et guildes de l'encens de Hillier. Ils ne vous serviront à rien. Laissez-les à des gens comme Robinson et Wilkes. (Robinson et Wilkes étaient deux jeunes clercs venus travailler dans la paroisse et adoraient Hillier.) « Ils semblent trouver de telles choses nécessaires à leur âme ; en fait, ils me disent qu'ils meurent de faim sans eux ; donc je suppose qu'ils doivent être autorisés à les avoir. Mais vous n'avez tout simplement pas de temps à consacrer.

"Oh, je pense que c'est vrai, tu sais", a déclaré Eddy, qui n'a jamais rien rejeté ni s'est laissé aller à la négation. C'est là qu'il traçait sa ligne : il acceptait tous les points de vue pourvu qu'ils soient positifs : dès qu'une condamnation ou un rejet survenait, il s'éloignait.

Traherne tirait une bouffée de sa pipe avec mépris.

« Ce n'est pas bien, » grogna-t-il, « et ce n'est pas mal. C'est neutre. Oh, prends-le comme tu veux. Tout cela est très attrayant, bien sûr ; Je sympathise entièrement avec les objectifs de toutes ces guildes, comme vous le savez. Je ne m'oppose qu'aux guildes elles-mêmes : beaucoup de gens valides gaspillent leurs forces et se regroupent pour réaliser des choses relativement insignifiantes et sans importance, alors que tout le travail de l'atelier attend d'être fait. Oh, je ne veux pas dire que Hillier ne travaille pas – bien sûr, il est de première classe – mais plus il consacre son esprit à l'encens et aux étoles, moins il devra se consacrer au travail qui compte – et ce n'est pas le cas. comme s'il en possédait une somme immense – attention, je veux dire.

"Mais après tout", rétorqua Eddy, "si ce genre de chose plaît à quelqu'un..."

"Oh, laissez- les l'avoir, laissez- les l'avoir", dit Traherne avec lassitude. « Laissez- les tous avoir ce qu'ils veulent ; mais ne *vous* laissez pas entraîner dans un filet de chapellerie et d'agitation. Même vous reconnaîtrez sûrement que les choses n'ont pas toutes la même importance : qu'il est plus important, par exemple, que les gens en apprennent un peu plus sur la participation aux bénéfices que beaucoup sur les ornements d'église ; Il est plus important qu'ils utilisent du vernis sans plomb que de l'encens. Eh bien, vous y êtes ; allez à l'essentiel et laissez les accessoires s'occuper d'eux-mêmes.

"Oh, allons-y pour tout", dit Eddy avec enthousiasme. "Tout cela en vaut la peine."

Le deuxième vicaire le regarda avec un sourire cynique et l'abandonna comme un mauvais travail. Quoi qu'il en soit, il avait adhéré à la Ligue socialiste de l'Église, dont les membres, selon eux, vont à l'essentiel et, selon d'autres, vont au diable ; Quoi qu'il en soit, allez ou essayez d'aller quelque part et n'ayez pas d'énergie superflue à dépenser en jouets au bord de la route. Seul Eddy Oliver semblait avoir de l'énergie à revendre pour chaque match qui se présentait. Il se rendit plutôt utile et enseigna le single-stick et la boxe aux clubs de garçons, et joua au billard et au football avec eux.

La seule chose que le jeune James Peters voulait qu'il rejoigne était un club de football de rugby. Apprenez aux hommes et aux garçons de la paroisse à jouer au Rugger comme des sportifs et non comme des cadets, et vous leur avez appris l'essentiel de ce qu'un garçon ou un homme doit apprendre, a soutenu James Peters. Tandis que le vicaire principal disait :

donnez-leur le rituel de l'Église catholique, et le deuxième vicaire disait : donnez-leur un salaire minimum, et le vicaire disait : mettez en eux, d'une manière ou d'une autre, la crainte de Dieu, le vicaire junior il les conduisit au terrain de jeu loué à grands frais et essaya d'en faire des sportifs ; et il grandissait parfois, mais très rarement, passionné comme un enfant contrarié, parce que c'était la chose la plus difficile qu'il ait jamais essayé de faire, et parce qu'ils s'énervaient, se donnaient des coups de pied dans les tibias et quittaient le terrain. et envoyer leurs démissions, accompagnées d'une indication que l'église Saint-Grégoire ne les reverrait plus, parce que l'arbitre était un menteur et n'avait pas été honnête. Alors James Peters leur jetait leurs résignations et leurs allusions au visage, les traitait d'idiots et parvenait généralement à aplanir les choses à sa manière joyeuse, jeune et vigoureuse. Eddy Oliver l'a aidé dans cette tâche. Lui et Peters étaient de grands amis, bien que plus différents que la plupart des gens. Peters avait un œil très simple et rassemblait très facilement et complètement les gens en moutons et en chèvres ; sa nomenclature particulière pour eux était « sportifs » et « pourris ». Il prit l'Église catholique, pour ainsi dire, dans son élan et fut l'un de ses fils les plus fidèles et les plus énergiques.

Pour lui, Arnold Denison, qu'il avait un peu connu à Cambridge, était décidément une chèvre. Arnold Denison est venu, à l'invitation d'Eddy, souper à la maison Saint-Grégoire un dimanche soir. La visite n'a pas été un succès. Hillier, qui était habituellement la vie de tout parti qu'il ornait, était silencieux et sur ses gardes. Arnold, parfois très bavard, n'a pratiquement pas prononcé un mot pendant le repas. Eddy savait depuis longtemps qu'il était capable, dans une société peu sympathique, d'un silence inconvenant, qui paraissait méprisant en partie parce qu'il était méprisant, et en partie à cause de la physionomie plutôt cynique d'Arnold, qui suggérait parfois injustement la moquerie. Ce dimanche soir, il était vraiment moins méprisant que simplement distant ; il n'avait aucun souci de ces gens, ni eux de lui ; ils se mettaient mutuellement mal à l'aise. Ni l'un ni l'autre ne pouvait rien avoir à dire sur le point de vue de l'autre. Eddy, le lien de connexion, en était mécontent. Qu'avaient ces idiots pour qu'ils ne se comprennent pas ? Cela lui paraissait extraordinairement stupide. Mais la faute sociale incombait sans aucun doute à Arnold, qui était impoli. Les autres, en tant qu'hôtes, essayaient de se rendre agréables, même Hillier, qui n'aimait absolument pas Arnold, et qui était de ceux qui, en règle générale, pensent qu'il est juste et fidèle à leurs couleurs de montrer leur désapprobation lorsqu'ils le ressentent . Les autres n'étaient pas comme ça (la différence était peut-être en partie entre les écoles qui les avaient respectivement élevés), donc ils étaient agréables avec moins d'effort.

Mais le repas n'a pas été une réussite. Cela commença avec une grâce qui, malgré sa rapidité et son bon manteau de latin, choqua et embarrassa évidemment Arnold. (« Stupide de sa part », pensa Eddy ; « il aurait pu savoir que nous le dirions ici. ») Peters continuait à parler de son club de Rugger, ce qui ennuyait Arnold. Cela étant évident, le Vicaire a parlé de certains hommes de Cambridge qu'ils connaissaient tous les deux. Comme les hommes avaient travaillé pendant un certain temps dans la paroisse de St. Gregory, Arnold les avait déjà abandonnés comme de mauvais emplois, et n'avait donc pas grand-chose à dire à leur sujet, sauf un, qui avait tourné une nouvelle page et a maintenant aidé à éditer un nouvel hebdomadaire. Arnold a mentionné cet article avec approbation.

"As-tu vu celui de la semaine dernière ?" il a demandé au Vicaire. "Il y avait des choses extraordinairement belles dedans."

Comme personne à part Eddy n'avait vu celui de la semaine dernière , et que tout le monde sauf Eddy pensait *que L'Hérétique* était de tout à fait mauvais goût, voire pire, le sujet n'a pas été un succès général. Eddy faisait référence à une pièce qui y avait été revue. Cela semblait un bon sujet ; les pièces de théâtre sont un sujet convivial et sans controverse . Mais entre Arnold et les ecclésiastiques, aucun sujet ne semblait amical. Hillier a présenté une pièce populaire de l'époque à tendance religieuse. Il a même demandé à Arnold s'il l'avait vu. Arnold a dit non, ce plaisir lui avait manqué. Hillier a dit que c'était grandiose, tout simplement grandiose ; il l'avait été trois fois.

« Bien sûr, ajouta-t-il, on est sur un terrain risqué, et on ne sait pas vraiment à quel point on aime voir des expériences religieuses aussi merveilleuses représentées sur scène. Mais l'esprit est si profondément respectueux qu'on ne peut rien ressentir d'autre que la justesse de l'ensemble. C'est un triomphe plutôt glorieux de l'expression de la dévotion.

Et ce n'était pas non plus un sujet joyeux, car personne à part lui et Eddy n'aimaient la pièce. Le Vicaire trouvait cela bon marché et vulgaire ; Traherne trouvait cela sentimental et révoltant ; Peters pensait que c'était une pourriture idiote ; et Arnold n'y avait jamais pensé du tout, mais il avait simplement pensé que c'était absurde, le genre de pièce à laquelle on irait, si l'on y allait, pour rire ; comme « Les péchés de la société » ou « Everywoman », mais plutôt grossiers aussi.

Hillier dit à Eddy, qui avait vu la pièce avec lui : « Ne trouvez-vous pas cela extrêmement bien, Oliver ?

Eddy a dit : « Oui, tout à fait . Je l'ai vraiment fait. Mais Denison n'aimerait pas ça, tu sais.

lui ouvrirait probablement les yeux , et c'était dommage qu'il ne la voie pas.

Hillier le lui a dit. "Vous devriez vraiment le voir, M. Denison."

Arnold a déclaré : « La vie, malheureusement, est courte. »

Hillier, inquiet, a déclaré : « Je préfère de loin voir « Le Pénitent » plutôt que tous vos Shaw réunis. Je crains de ne pas pouvoir prétendre y devoir allégeance.

Arnold, qui trouvait Shaw commun, pour ne pas dire édouardien, semblait insensible. Traherne commença alors à parler de rentes foncières. Lorsque Traherne commençait à parler, il poursuivait généralement. Ni Hillier ni Arnold, qui s'étaient mutuellement choqués, n'en dirent beaucoup plus. Arnold connaissait un peu les loyers, les terrains et autres, et si Traherne avait été un profane, il aurait été intéressé à en parler. Mais il ne pouvait pas et ne voulait pas parler aux ecclésiastiques ; il ne les aimait absolument pas.

Après le dîner, Eddy l'emmena dans sa chambre pour fumer. Sa pipe éteinte à la main, Arnold s'allongea et poussa un profond soupir d'épuisement.

« Vous avez été très grossier et désagréable au souper », dit Eddy en craquant une allumette. «C'était gênant pour moi. Je dois m'excuser demain de vous l'avoir demandé. Je dirai que ce sont vos manières de campagne, même si je suppose que vous aimeriez que je dise que vous n'approuvez pas les ecclésiastiques... Vraiment, Arnold, j'ai été surpris que vous soyez si rustique, même si vous n'aimez pas eux."

Arnold gémit faiblement.

« Jetez-le », murmura-t-il. « Sortez-en avant qu'il ne soit trop tard, avant de vous laisser entraîner irrévocablement. Je vais vous aider; Je vais le dire au vicaire pour vous ; oui, je vais les interviewer tous à tour de rôle, même Hillier, si cela peut vous faciliter la tâche. Est-ce que cela va?"

"Non", dit Eddy. « Je ne vais pas partir pour le moment. J'aime être ici.

« C'est en grande partie pour cela, » dit Arnold, « que c'est si démoralisant pour vous. Pour *moi,* ce serait pénible, mais inoffensif. Pour toi, c'est un poison.

« Eh bien, maintenant, » raisonna Eddy, « qu'est-ce qu'il y a avec Traherne, par exemple ? Bien sûr, je vois que le vicaire est trop l'homme pratique du monde pour vous, et Peters trop le pur sportif, et Hillier trop l'âne pieux (même si je l'aime bien, vous savez). Mais Traherne est intelligent et vivant, et pas du tout réputé. Alors, qu'est-ce qu'il a ?

Arnold grogna. «Je ne sais pas. Ce doit être quelque chose, sinon il n'occuperait pas son poste actuel dans la vie. Il travaille probablement dans l'illusion que la vie est réelle et sérieuse. Les socialistes le font souvent...

Écoutez, venez voir Jane un jour, voulez-vous ? Elle serait un changement pour toi.

"Comment est Jane?"

« Je ne sais pas... En tout cas, je ne ressemble à personne ici. Elle dessine à la plume et à l'encre et vit dans une chambre dans une petite cour à l'extérieur de Blackfriars Road, avec une grosse petite fille blonde appelée Sally. Sally Peters ; c'est une cousine du jeune James ici présent, je crois. Un peu comme lui aussi, mais en plus rond et plus joyeux, avec des yeux plus bleus et des cheveux plus jaunes. Beaucoup plus une personne, j'imagine; plus éveillé aux choses en général, et pas un peu *rangé* , bien qu'assez grossier. Mais le même genre d'exubérance joyeuse ; personnellement, je ne pourrais pas vivre avec l'un ou l'autre ; mais Jane y parvient assez sereinement. Sally n'est pas elle-même exempte de la souillure des bonnes œuvres, même si nous espérons qu'elle s'en remettra.

« Oh, je l'ai rencontrée. Elle vient parfois aider Jimmy avec les clubs enfants.

«Je m'attends à ce qu'elle le fasse. Mais comme je l'ai dit, nous l'éduquons. Elle est encore jeune... Jane est bonne pour elle. Tout comme Miss Hogan, les deux Le Moines et moi. Nous serions également bons pour *vous* , si vous pouviez nous épargner un peu de votre temps précieux entre deux cours d'école du dimanche. Bonne nuit. Je rentre chez moi maintenant, parce que ça me rend plutôt triste d'être ici.

Il est allé à la maison.

Le clergé de Saint-Grégoire le considérait (respectivement) comme un jeune homme mal élevé et irritant, probablement assez intelligent pour apprendre mieux un jour ; un infidèle, très probablement trop fier pour jamais apprendre mieux, de ce côté-ci de la tombe ; un fainéant dilettante, dont le monde n'avait pas beaucoup d'utilité ; et un excentrique vaniteux, dont James Peters n'avait aucune utilité. Mais ils n'aimaient pas le dire à Eddy.

James Peters, un jeune transparent, n'a cependant jeté qu'un mince voile sur ses opinions lorsqu'il a parlé à Eddy de sa cousine Sally. Il était apparemment inquiet pour Sally. Eddy l'avait rencontrée dans des clubs d'enfants et la considérait comme une jeune personne joyeuse et admirait l'or ambré de ses cheveux, ses yeux bleu bleuet et sa capacité à toujours penser à un nouveau jeu au bon moment.

"Je suis censé la surveiller," dit James. « Elle doit gagner sa vie, vous savez, alors elle relie des livres et vit dans une chambre à côté de Blackfriars Road avec une autre fille... Je ne suis pas sûr de me soucier de leur façon de vivre, à vrai dire. Ils accueillent des gens vraiment bizarres pour dîner, etc.

Des hommes, vous savez, de toutes sortes. Je crois que Denison y va. Ils sont assis sur un lit censé ressembler à un canapé et ce n'est pas le cas. Et ce ne sont que des filles – Miss Dawn est plus âgée que Sally, mais pas très vieille – et elles n'ont personne pour s'occuper d'elles ; ça ne semble pas bien. Et ils connaissent les personnes les plus extraordinaires. Miss Dawn est elle-même une fille plutôt bizarre, je pense ; contrairement aux autres, d'une manière ou d'une autre. Très–très détaché, si vous comprenez ; et il ne se soucie pas des conventions, devrais-je dire. C'est très bien à sa manière, et c'est une personne très calme – je ne peux pas imaginer comment elle et Sally se sont fait des amis – mais c'est un plan dangereux pour la plupart des gens. Et certains de leurs amis sont... enfin, plutôt pourris , vous savez. On dirait des artistes, ou des Fabiens, sans colliers, etc... Oh, j'oubliais, tu es un Fabien, n'est-ce pas ?... Enfin bref, je suppose que certains d'entre eux sont sans morale. soit; D'après mon expérience, les deux choses vont très bien ensemble. Il y a les Le Moines, maintenant. Avez-vous déjà rencontré l'un ou l'autre ?

« Je viens de rencontrer Cecil Le Moine. Il est plutôt charmant, n'est-ce pas ?

« Le genre de personne, » dit James Peters, « pour qui je n'ai aucune utilité. Non, il ne me paraît pas charmant. Un connard efféminé, je l'appelle. Oh, je sais qu'il se dit terriblement intelligent et tout ça, et je suppose qu'il se trouve beau… mais aussi égoïste que le péché. Quoi qu'il en soit, lui et sa femme ne pouvaient pas vivre ensemble, alors ils se séparèrent avant la fin de leur première année. Sa musique l'inquiétait ou quelque chose du genre, et l'empêchait de concentrer son précieux cerveau sur ses efforts littéraires ; et je suppose qu'il l'a énervée aussi. Je crois qu'ils ont convenu assez agréablement de se séparer, qu'ils sont très heureux de se rencontrer à propos de cet endroit et qu'ils sont plutôt de bons amis. Mais je trouve ça assez bestial de voir le mariage comme ça. S'ils s'étaient détestés, il y aurait eu davantage d'excuses. Et c'est une grande amie de Miss Dawn, et Sally a développé ce que je considère comme une affection démesurée pour elle ; et elle et Miss Dawn, à elles deux, se sont tout simplement emparées d'elle – Sally, je veux dire – et la bouleversent et lui donnent toutes sortes de nouveaux points de vue idiots. Elle ne vient plus aussi souvent dans les clubs qu'avant. Et elle était extrêmement attachée à l'Église, et— et vraiment religieuse, vous savez—et elle devient tout à fait différente. Je me sens en quelque sorte responsable et cela m'inquiète plutôt.

Il tira une bouffée mécontente sur sa pipe.

"Dommage d'être moins attiré par quoi que ce soit", songea Eddy. « Les points de vue nouveaux me semblent tout à fait positifs ; c'est perdre le contrôle de l'ancien qui est une erreur. Pourquoi laisser tomber quoi que ce soit, jamais ?

« Elle commence à penser que cela n'a pas d'importance, » se plaignit James ; « L'Église, et tout ça. Je sais qu'elle a abandonné les choses qu'elle faisait. Et vraiment, plus elle est entourée d'influences comme celle de Mme Le Moine, plus elle a besoin de l'Église pour s'en sortir, si seulement elle le voyait. Mme Le Moine est une merveilleuse musicienne, je suppose, mais elle a plutôt des idées bizarres ; Je ne devrais pas lui faire confiance. Elle et Hugh Datcherd – le rédacteur en chef de *Further* , vous savez – sont main dans la main. Et étant donné qu'il a une femme et qu'elle est un mari… eh bien, cela semble plutôt futile, n'est-ce pas ?

"Est-ce que c'est vrai?" se demanda Eddy. « Cela dépend énormément des circonstances particulières. Si cela ne dérange pas le mari et la femme… »

"Pourriture", dit James. « Et le mari devrait s'en soucier, et je ne sais pas si la femme ne s'en soucie pas. Et de toute façon, cela ne change rien à la question du bien et du mal.»

C'était une proposition trop difficile à considérer pour Eddy ; il y a renoncé.

"Je vais un jour à l'appartement de Blackfriars Road avec Denison, je crois", a-t-il déclaré. "Je ferai partie des Fabiens qui s'assoient sur un lit qui ne ressemble pas à un canapé."

James soupira. « J'aimerais que, si vous apprenez à connaître Sally, vous l'encourageiez à venir davantage ici et à essayer de lui mettre quelques bonnes idées en tête. Elle commence à mépriser mes paroles de sagesse. Je crois qu'elle s'en prend aux curés... Oh, vous partez avec Denison.

"Arnold ne fera de mal à personne", le rassura Eddy. « Il est tellement extraordinairement innocent. À propos de la personne la plus innocente que je connaisse. Nous le choquerions terriblement ici-bas s'il nous voyait beaucoup ; il nous trouverait indécents et grossiers. Hillier et moi l'avons plutôt choqué en aimant « Le Pénitent ».

"Je me demande si tu aimes tout", grommela Peters.

"Je m'attends à la plupart des choses", a déclaré Eddy. "Eh bien, la plupart des choses sont plutôt sympas, tu ne trouves pas ?"

« Je suppose que vous aimerez les Le Moines et Miss Dawn si vous apprenez à les connaître. Et tout le reste de cet équipage.

Eddy s'y attendait certainement.

Six heures sonnèrent et Peters se rendit à l'église pour entendre des confessions, et Eddy à l'Institut pour jouer au billard avec la Church Lads' Brigade, dont il était un officier. Une vie merveilleuse de service actif varié, cette vie à Southwark semblait à Eddy ; plein et splendide, et glorieusement borgne. Arnold, en ricanant, se montra un peu étroit. Il devenait de plus en plus clair pour Eddy que rien ne devait être méprisé ni condamné, ni l'Église catholique, ni l'Armée du Salut, ni les opinions des artistes, Fabiens et Le Moines, sans colliers et sans morale.

CHAPITRE III.

COUR DE PLAISIR.

UN soir, Arnold a emmené Eddy souper avec sa cousine Jane Dawn et la cousine de James Peters, Sally. Ils habitaient Pleasance Court, une petite place avec un jardin. Après le dîner, ils allaient tous assister à la première représentation d'une pièce de Cecil Le Moine, intitulée "Squibs".

"Vous savez toujours quelle est leur fenêtre", dit Arnold à Eddy alors qu'ils se dirigeaient vers la place, "par les objets sur le rebord. Ils y mettent la nourriture et les boissons, pour les garder au frais, ou pour les mettre à l'écart, ou quelque chose du genre. Levant les yeux, ils aperçurent à l'extérieur d'une fenêtre supérieure une cruche bleue et un bol blanc, qui restaient frais au clair de lune. Alors qu'ils sonnaient à la porte, la fenêtre s'est relevée et les mains se sont tendues pour prendre la cruche et le bol. Un visage joyeux baissa les yeux sur le sommet de leurs têtes, et une voix joyeuse dit clairement : « Ils sont venus, Jeanne. Ils sont très tôt, n'est-ce pas ? Il faudra qu'ils aident à beurrer les œufs.

Arnold a appelé: "Si vous préférez, nous ferons le tour de la place jusqu'à ce que les œufs soient beurrés."

« Oh, non, s'il vous plaît. Nous aimerions que vous veniez nous aider, si cela ne vous dérange pas. La voix était un peu dubitative à cause d'Eddy, l'inconnu. La porte fut ouverte par un vieux portier et ils montèrent les escaliers raides et essoufflés jusqu'à la pièce.

Il y avait dans la pièce une odeur d'œufs beurrés sur une lampe à alcool et de cacao bouillant sur un feu. Il y avait aussi une table de souper, garnie de tasses et d'assiettes, d'oranges, de beurre et de miel, et de murs aux lambris bruns et verts , et de diverses sortes de tableaux accrochés dessus, et de diverses sortes de pots et de cruches provenant de diverses sortes d'endroits. comme l'Espagne, New Brighton et Bruges, et des chrysanthèmes en bronze dans des bocaux, et des pousses blanches de bulbes poussant dans la fibre de noix de coco dans des bols, et une bibliothèque avec des livres dedans, et une table dans un coin jonchée de une usine de reliure et deux filles qui cuisinent. L'un d'eux était doux et rond comme un chiot, et avait des cheveux dorés duveteux et un tablier bleu bleuet assorti aux yeux bleu bleuet. L'autre était petit et avait un visage pâle et pointu, un front large et des cheveux bruns qui s'y détachaient, un sourire d'une douceur merveilleusement attrayante et une petite voix douce. Elle avait l'air d'avoir vécu dans un bois, et d'avoir connu intimement et affectueusement toutes les petites choses sauvages qui s'y trouvaient, oiseaux, bêtes et fleurs. étoiles. Eddy, qui connaissait certains de ses dessins, avait remarqué leur côté chaste et elfique ; il était plutôt heureux de constater que cela le rencontrait si clairement dans son visage et son attitude. En voyant les deux filles, il était disposé à faire écho au commentaire de James Peters : « Je ne peux pas imaginer comment elle et Sally se sont faites amies », et à l'attribuer banalement à cette loi des contrastes que certaines personnes, malgré l'expérience, considèrent comme croire comme la meilleure base de l'amitié.

Sally Peters remuait vigoureusement l'œuf beurré, de peur qu'il ne reste immobile et ne brûle. Jane Dawn surveillait le cacao, de peur qu'il ne déborde et ne brûle. Arnold errait dans la pièce en scrutant les images – principalement des dessins et des gravures – avec ses yeux myopes, pour voir s'il y avait quelque chose de nouveau. Jane avait gagné un peu d'argent ces derniers temps, il y avait donc deux nouvelles Duncan Grants et un Muirhead Bone, qu'il examina avec une approbation critique.

« Vous avez encore ça en tête », remarqua-t-il en tapotant « Ave Atque Vale » de Beardsley avec un doigt désobligeant. "La seule chose banale que Beardsley ait jamais connue... En plus, de toute façon, Beardsley est *dépassé* ."

Jane Dawn, qui semblait n'appartenir pas du tout au temps, ne semblait pas perturbée par ce fait. Seule Sally, dans sa jeune naïveté, paraissait un peu inquiète.

«J'adore l'Ave», murmura Jane au-dessus de la casserole, puis elle leva les yeux vers Eddy avec son petit sourire à moitié affectueux – une manière sympathique qu'elle avait avec elle.

Il dit : « Moi aussi », et Arnold renifla.

« Tu ne le connais pas encore, Jane. Il aime tout. Il adore « Les bulles de savon », « Le monarque du Glen » et les images à problèmes de l'Académie. Sans parler du Pénitent, qui, Jane, est une pièce dont vous n'avez jamais entendu parler, mais à laquelle vous et moi irons un jour, pour parfaire notre éducation. Seulement, nous ne prendrons pas Sally ; ce serait mauvais pour elle. Elle n'est pas encore assez vieille pour cela et cela pourrait la bouleverser ; d'ailleurs, ce n'est pas convenable, je crois.

"Je suis sûre que je ne veux pas y aller", dit Sally en versant l'œuf dans un plat. «Ça doit être idiot. Même Jimmy le pense.

Les sourcils d'Arnold se haussèrent. « Dans ce cas, je pourrai réviser mon opinion à ce sujet », murmura-t-il. "Eh bien, de toute façon, Eddy adore ça, comme tout le reste. Rien ne dépasse les limites de sa tolérance.

"Est-ce qu'il aime aussi les belles choses?" » demanda naïvement Sally. « Est-ce qu'il aimera les « Squibs » ?

« Oh, oui, il aimera « Squibs ». Son goût est catholique ; il sera probablement la seule personne à Londres à aimer à la fois « Squibs » et « The Penitent ». ... Je suppose que nous ne verrons pas Eileen ce soir ; on lui aura donné un des sièges des grands. Mais elle viendra nous parler entre les actes.

«Nous voulions qu'Eileen et Bridget viennent souper», a déclaré Sally. « À propos, c'est tout à fait prêt maintenant ; prenons-le. Mais ils dînaient avec Cecil, puis ils allaient au théâtre. Aimez -vous le cacao, M. Oliver ? Parce que si tu ne le fais pas, il y a du lait ou de la limonade.

Eddy a dit qu'il les aimait tous, mais qu'il prendrait du chocolat pour le moment. Jane le versa avec les petites mains fines aux formes les plus exquises qu'il ait jamais vues, et le lui passa avec son petit sourire, qui sembla l'emmener immédiatement dans le cercle de ses amis acceptés. Elle lui apparaissait une personnalité rare et délicate, curieusement vieille et jeune, affectueuse et distante, comme un matin de printemps sur une colline. Il y avait en elle quelque chose d'impersonnel et d'asexué. Eddy eut immédiatement envie de l'appeler Jane, et fut amusé et heureux lorsqu'elle se glissa inconsciemment une ou deux fois en l'appelant Eddy. Les conventions ordinaires en pareille matière ne pèseraient jamais, semblait-il, pour elle, ni même n'entreraient en considération, pas plus que pour un enfant.

« Je devais te donner l'amour de James, » dit Eddy à Sally, « et te demander quand tu reviendras à St. Gregory. Les professeurs de l'école, me dit-il de vous l'informer, ne peuvent pas diriger le cours de vannerie de la Bande de l'Espoir sans vous.

Sally devint plutôt rose et jeta un coup d'œil à Arnold, qui avait l'air cyniquement intéressé.

"Qu'est-ce *que* la Bande de l'Espoir ?" s'enquit-il.

"Filles de tempérance, garçons de tempérance, toujours heureux, toujours libres", répondit Eddy, selon les paroles de leur propre chanson.

"Oh je vois. Combattez la boisson. Et est-ce que fabriquer des paniers les aide à lutter contre cette maladie ?

"Eh bien, bien sûr, si vous avez un club et qu'il doit se réunir une fois par semaine, il doit faire quelque chose", a déclaré Sally, affirmant une vérité profonde et triste. «Mais j'ai dit à Jimmy que j'étais terriblement occupé; Je ne pense pas pouvoir y aller, vraiment... J'aimerais que Jimmy ne continue pas à me le demander. Dites-lui de ne pas le faire, M. Oliver. Jimmy ne comprend pas ; on ne peut pas tout faire.

"Non", dit Eddy d'un ton dubitatif, pensant que c'était peut-être possible, presque, et que de toute façon, plus il y avait de choses, plus c'était amusant.

"C'est dommage que cela ne soit pas possible", a-t-il ajouté du fond du cœur.

Arnold a dit que faire était une chose mortelle, que faire aboutit à la mort. "Seulement cela, je crois, est le point de vue évangélique, et vous êtes la Haute Église de Saint-Grégoire."

Jane se moqua de lui. « Imaginez qu'Arnold connaisse la différence ! Je ne le crois pas du tout. Oui, ajouta-t-elle avec une touche naïve de vanité, parce que j'ai rencontré un jour un ecclésiastique, alors que je dessinais à l'abbaye, et il m'en a beaucoup parlé. À propos des bougies, des ornements et des robes que portent les prêtres à l'église. Cela doit être bien plus agréable que d'être Low Church, je pense. Elle faisait référence à Eddy, avec son sourire interrogateur.

"Ils sont plutôt gentils tous les deux", dit Eddy. "Je suis les deux, je pense."

Sally le regardait d'un air interrogateur avec ses yeux bleus sous leurs épais cils noirs. Était-il avancé, ce jeune homme plausible, à l'air intelligent, qui était un ami d'Arnold Denison et qui aimait « Le Pénitent » et, d'ailleurs, tout le reste ? Était-il libre et progressiste et du côté des bonnes choses, ou était-il simplement un aimable bâton dans la boue comme Jimmy ? Elle ne comprenait pas son visage alerte et expressif, ses yeux noisette brillants et sa bouche plutôt sensible : ils traduisaient surtout une capacité d'accueil, une ouverture à toutes les impressions, une disposition à déployer les voiles à tous les vents. S'il *était* une personne composée de plusieurs pièces, s'il avait un cerveau, un esprit et une âme, et s'il était en même temps un ardent serviteur de l'Église, cela, pensa inconsciemment Sally, pourrait être un témoignage en faveur de l' Église . Seulement ici, elle se souvenait de l'ami de Jimmy à St. Gregory's, Bob Traherne ; il était tout cela et bien plus encore, il avait un cerveau, un esprit et une âme et un zèle ardent pour beaucoup de bonnes choses (Sally, un peu en retard ici, était socialiste par conviction), et pourtant, malgré lui, un Il était sûr que, d'une manière ou d'une autre, l'Église ne parviendrait pas à répondre à toutes les exigences de cette vie complexe. Sally l'avait appris récemment et l'apprenait de plus en plus. Elle était fière de l'avoir appris ; mais elle avait quand même des regrets occasionnels.

Elle a fait un trou dans une orange, y a mis un morceau de sucre et l'a sucé.

« Le grand avantage de cette méthode », a-t-elle expliqué, « c'est que tout le jus rentre à l'intérieur de vous et ne gâche pas les assiettes ou quoi que ce soit d'autre. Vous voyez, Mme Jones est plutôt vieille et n'aime pas faire la vaisselle.

Alors ils ont tous fait des trous, y ont mis du sucre et ont mis le jus à l'intérieur. Ensuite, Jane et Sally se sont retirées pour échanger leurs tabliers de cuisine contre des objets de plein air, puis elles sont toutes allées jusqu'à « Squibs » au sommet d'un bus. Ils furent rejoints à la porte des stands par un certain Billy Raymond, un de leurs amis, un jeune homme grand et tranquille, poète de métier, avec un sourire attrayant et un caractère doux, et une vision philosophique douce, gentille et sereine des hommes et des gens. des choses qui ressemblaient un peu à celles de Jane, mais en plus humaines et viriles. Il attirait beaucoup Eddy, comme ses poèmes l'avaient déjà fait.

Pour dissiper les inquiétudes à ce sujet, disons d'emblée que la première soirée de « Squibs » n'a été ni un échec ni un succès triomphal. C'était agréable pour ceux qui appréciaient ce genre de chose (esprit fantastique, dialogues intelligents, beaucoup de discussions, peu d'action et moins d'émotion) et ennuyeux pour ceux qui n'aimaient pas. Il ne serait certainement jamais populaire, et l'auteur aurait probablement été choqué et attristé si cela avait été le cas. Les critiques l'ont jugé intelligent et ont jugé qu'il était plutôt long et hautement improbable. Jane, Sally, Arnold, Billy Raymond et Eddy l'ont extrêmement apprécié. Eileen Le Moine et sa compagne Bridget Hogan aussi, qui l'ont regardé depuis une boîte. Cecil Le Moine entra et sortit de la boîte, l'air plaintif. Il a dit à Eileen qu'ils faisaient encore pire que ce qu'il avait craint. C'était un personnage plutôt attachant, avec un visage d'une beauté juvénile et jeune napoléonienne, avec une veste de smoking en velours, une voix douce et plaintive et un air d'enfant blessé. Un enfant de génie, peut-être ; en tout cas, c'est un enfant doué et adorable, et en même temps aussi égoïste que même un enfant peut l'être.

Eileen Le Moine et Miss Hogan sont venues parler à leurs amis dans la fosse avant de prendre place. Eddy leur fut présenté et ils parlèrent pendant une minute ou deux. Quand ils furent partis, Sally lui dit : « Eileen n'est-elle pas attirante ?

« Très », dit-il.

"Et Bridget est une chérie", a ajouté Sally, se vantant puérilement de ses amis.

"Je peux imaginer qu'elle le serait", a déclaré Eddy. Miss Hogan l'avait amusé lors de leur court entretien. Elle était plus âgée que les autres ; elle avait peut-être trente-quatre ans, très bien habillée, avec un air fin et de femme du monde qui manquait aux autres, avec un pince-nez pendant, des yeux ironiques et un léger bégaiement. Eddy regrettait de ne pas être assise parmi eux ; ses commentaires caustiques auraient ajouté du sel à la soirée.

"Bridget est mondaine, tu sais", dit Sally. « Elle est la seule d'entre nous à avoir de l'argent et elle sort beaucoup. Vous voyez à quel point elle est habillée intelligemment. C'est la seule personne avec qui je suis vraiment ami et qui est comme ça. Elle est aussi terriblement intelligente, même si elle ne fait rien.

"Est-ce qu'elle ne fait rien?" Eddy a demandé avec scepticisme et Arnold lui a répondu.

« Notre Bridget ? Sally veut seulement dire qu'elle est un muguet. Elle n'écrit pas, elle ne peint pas non plus. Elle ne materne que ceux qui le font et les sort des ennuis. Eileen vit avec elle, vous savez, dans un appartement à Kensington. Elle essaie de s'occuper d'Eileen. C'est bien assez de travail, en plus de s'occuper de tous les autres jeunes naïfs des deux sexes qu'elle a sous son aile.

Eddy la regardait pendant qu'elle parlait à Eileen Le Moine ; une personne vivante, impatiente et vivante, pleine de plaisanteries, de manivelles et de quiddities et d'un flux constant de mots. Il voyait, en raccourci, le visage d'Eileen Le Moine – très séduisant, comme l'avait dit Sally ; de larges sourcils sous des cheveux noirs, des joues arrondies avec de profondes fossettes qui allaient et venaient, de grands yeux d'un bleu profond aux cils noirs, une bouche large aux courbes douces et généreuses, une bouche qui pouvait paraître boudeuse mais où se cachait toujours l'amusement, et un menton rond et décisif. Elle avait peut-être quatre ou vingt-cinq ans ; un jeune homme brillant et pervers, plein de plaisir de vivre, un artiste, un amateur de plaisir, un enfant gâté, qui pouvait probablement être maussade, qui était certainement capricieux et volontaire, qui avait du génie, du charme, des idées et un une indépendance sublime à l'égard des codes des autres, et peut-être une immense source inexploitée de généreux sacrifice de soi. Elle ressemblait probablement trop à Cecil Le Moine (seulement plus que lui, à tous points de vue) pour vivre avec lui ; chacun aurait besoin de quelque chose de plus calme et de plus reposant comme compagnon permanent. Ils avaient sans doute été bien avisés de se séparer, pensa Eddy, qui n'était pas d'accord avec James Peters sur cette façon d'envisager le mariage.

"Mlle Carruthers n'est-elle pas aussi déchirante que Myra", murmura Sally. « Cecil l'a écrit pour elle, tu sais. Il dit qu'il n'y a personne d'autre sur scène.

Jane leva la main pour la faire taire, car le rideau s'était levé.

A la fin, l'auteur fut appelé et reçut un bon accueil ; dans l'ensemble, "Squibs" avait été un succès. Eddy leva les yeux et vit Eileen Le Moine qui avait l'air heureuse et souriante alors qu'ils applaudissaient son mari à l'air enfantin – un sourire amusé, fraternel, à moitié ironique. Cela frappa Eddy comme le sourire qu'elle devait inévitablement adresser à Cecil, et cela semblait illuminer toute leur relation. Elle ne pouvait certainement pas être le moins du monde amoureuse de lui, et pourtant elle devait l'aimer beaucoup pour sourire ainsi maintenant qu'ils étaient séparés.

Alors que Jane, Sally, Eddy et Billy Raymond descendaient Holborn dans leur bus (Arnold avait marché jusqu'à Soho, où il vivait), Eddy, assis à côté de Jane, a demandé : « Avez-vous aimé ? étant curieux de connaître le point de vue de Jane.

Elle a souri. "Oui bien sûr. Personne ne le ferait ? Eddy aurait pu répondre à la question en citant Hillier ou James Peters, ou ses propres parents, ou bien d'autres critiques. Mais il supposait que le « n'importe qui » de Jane avait un sens étroit ; n'importe qui, voulait-elle dire, de nos amis ; toute personne avec laquelle on entre naturellement en contact. (Le point de vue de Jane était à travers une porte étroite sur des bois non violés par le touriste commun ; son expérience était délicate, exquise et limitée).

Elle a ajouté : « Bien sûr, c'est juste une affaire de bébé. Ce *n'est* qu'un bébé, tu sais.

«J'aimerais faire sa connaissance», dit Eddy. "Il est extraordinairement agréable", et elle acquiesça.

« Bien sûr, vous apprendrez à le connaître. Pourquoi pas? Et Eileen aussi. Dans le monde de Jane, les habitants admis ont tous appris à se connaître, bien entendu.

"Beaucoup d'entre nous partent à la campagne dimanche prochain", a ajouté Jane. "Tu ne viendras pas ?"

"Oh merci; si je n'ai pas besoin de moi dans la paroisse, j'aimerais le faire. Oui, je suis presque sûr que je peux.

« Nous nous retrouvons tous à Waterloo à neuf heures trente. Nous prendrons le petit-déjeuner à Heathermere (mais vous pouvez en avoir pris plus tôt aussi, si vous le souhaitez), puis nous marcherons quelque part à partir de là. Apportez un épais manteau, car nous serons assis sur la bruyère et il ne fait pas chaud.

"Merci beaucoup, si vous êtes sûr que je peux venir."

Jane n'a pas perdu plus de mots à ce sujet ; elle n'a probablement jamais demandé aux gens de venir à moins d'être sûre qu'ils le feraient. Elle agita simplement une main reconnaissante, comme un enfant, devant la nuit bleue pleine de lumières, cherchant sa sympathie dans l'émerveillement de celle-ci. Ensuite, elle et Sally ont dû prendre le bus de Blackfriars Bridge, et Eddy a cherché le London Bridge et le Borough à pied. Billy Raymond, qui habitait la rue Beaufort, mais qui se promenait, l'accompagna. En chemin, ils parlèrent de la pièce. Billy fit des critiques et des commentaires qui parurent à Eddy tout à fait pertinents, même s'ils ne lui seraient pas venus à l'esprit. Il y avait chez ce jeune homme une capacité facile, une indépendance sereine, qui était attirante. Comme beaucoup de poètes, il était singulièrement frais et intact , même si dans son cas (contrairement à de nombreux poètes), ce n'était pas parce qu'il n'avait rien pour le gâter ; il jouissait en effet d'une certaine réputation auprès de la critique et du public littéraire. Il figurait dans de nombreuses anthologies de vers, et ceux qui donnaient des conférences sur la poésie moderne avaient tendance à lire ses œuvres à haute voix, ce qui agace certains poètes et satisfait d'autres. De plus, on lui avait fait une lecture tout seul à la Librairie de Poésie, ce qui lui avait plutôt déplu, car il n'avait pas aimé la voix de la dame qui le lisait. Mais on en a assez dit pour indiquer qu'il était un jeune poète prometteur.

Quand Eddy entra, il trouva le vicaire et Hillier en train de fumer près du feu de la salle commune. Le vicaire hochait la tête vers Pickwick et Hillier parcourait le *Church Times* . Le vicaire, qui dormait, dit : « Bonjour, Oliver. Envie de manger ou de boire quelque chose ? Vous avez passé une bonne soirée ?

"Milles mercis. Non, j'ai été suffisamment nourri.

"Bien jouer?"

« Oui, c'est assez intelligent... Dis-je, serait-ce terriblement gênant si je devais sortir dimanche prochain ? Certaines personnes veulent que je sorte avec eux pour la journée. Bien sûr, il y a ma classe. Mais peut-être que Wilkes... Il a dit que cela ne le dérangerait pas, parfois.

"Non; tout ira bien. Parlez à Wilkes, voulez-vous… Allez-vous être absent toute la journée ?

«Je m'y attendais», dit Eddy, sentant que Hillier le regardait de travers, alors que le vicaire ne le faisait pas. Hillier n'approuvait probablement pas les sorties du dimanche, estimant qu'il fallait aller à l'église.

Il s'assit et commença à parler de « Squibs ».

Hillier dit tout à l'heure : « C'est sûrement un saltimbanque, ce Le Moine ? Plein de ricanements bon marché et de pièges à applaudissements, n'est-ce pas ?

"Oh non," dit Eddy. « Certainement pas du piège à clap. Il est très authentique, devrais-je dire ; exprime sa personnalité avec beaucoup plus de succès que la plupart des auteurs de pièces de théâtre.

"Oh, sans aucun doute", a déclaré Hillier. "C'est sa personnalité, j'imagine, c'est faux."

Eddy dit : « Il est charmant », plutôt chaleureusement, et le vicaire dit : « Eh bien, maintenant, je vais me coucher », et il y partit, et Eddy y partit aussi, parce qu'il ne voulait pas discuter avec Hillier, un un exploit difficile, et aucune satisfaction une fois réalisé.

CHAPITRE IV.

CRUYÈRE.

DIMANCHE était l'avant-dernier jour du mois d'octobre. Ils se retrouvèrent tous à Waterloo dans un horrible brouillard et manquèrent neuf heures trente parce que Cecil Le Moine était en retard. Il s'est levé à 9h45, tranquille et à l'aise, le MS. de sa nouvelle pièce sous le bras (il pensait visiblement la leur lire dans le courant de la journée – « ce qu'il faut éviter », remarqua Arnold). Ils prirent donc un train tranquille à 9 h 53 et en descendirent à une petite gare blanche vers 10 h 20, et le brouillard resta derrière eux, et un ciel d'octobre d'un bleu pur se courbait sur une terre dorée et violette, et l'air était comme du vin glacé. , fin et frais et palpitant, et dégustation de bruyère et de pinède. Ils se rendirent d'abord à l'auberge du village, à l'orée du bois, où ils avaient commandé un petit-déjeuner pour huit personnes. Leur objectif principal au petit-déjeuner était de donner de la nourriture à Cecil, de peur que, pendant un moment de loisir, il ne dise : « Et si je vous commençais ma nouvelle pièce pendant que vous mangez ?

"Le bon goût et la modestie", a fait remarquer Arnold, à propos de rien, "sont très importants. Nous avons tous réalisé nos petits succès (si nous préférons les considérer sous cet angle, plutôt que de prendre le consensus de l'opinion inintelligente de nos critiques les moins éclairés). Jane a encore aujourd'hui quelques dessins très célèbres exposés dans Grafton Street, et sans doute bien d'autres à Pleasance Court. Les avez-vous amenés, ou l'un d'entre eux, avec vous, Jane ? Non? C'est ce que je pensais. Hier soir, Eileen a joué du violon devant un public bondé et essoufflé. Où est le violon aujourd'hui ? Elle l'a laissé à la maison ; elle ne souhaite pas nous imposer son incontestable talent musical. Bridget a gagné une reconnaissance méritée en tant qu'artiste des grands; elle a un *cachet social* qu'on peut admirer sans émulation. Regardez-la maintenant ; sa tenue est la simplicité même, et elle daigne jouer dans un bois avec les humbles pauvres. Même le pince-nez est en suspens. La semaine dernière, Billy a fait lire à haute voix une sélection de ses œuvres à l'élite de nos amateurs de poésie métropolitaine par un célèbre expert, qui a fait allusion dans les termes les plus flatteurs à sa promesse de jeunesse. A-t-il son dernier volume dans sa poche de poitrine ? Je crois que non. Eddy s'est fait un nom dans la maîtrise des sports vigoureux auprès des jeunes ; il leur a appris à boxer et à jouer au billard ; Est-ce qu'il vient armé de gants et d'une queue ? J'ai écrit un essai d'une certaine valeur qui, j'ai tout espoir, se retrouvera dans la *revue anglaise du mois prochain* . Je suis désolé de vous décevoir, mais je ne l'ai pas apporté avec moi. Lorsque les gens bien élevés sortent pour une journée de récréation bien méritée, ils laissent derrière eux les insignes de leurs différentes professions. Pour le moment, ce ne sont que des individus, sans renommée et sans occupation, dont le seul but est de jouir de ce que les dieux leur proposent. Prends encore du bacon, Cecil.

commença Cécile. « As-tu parlé, Arnold ? Je suis vraiment désolé, j'ai tout raté. J'imagine que c'était bien, n'est-ce pas ? »

"Personne n'est trompé", dit sévèrement Arnold. "Votre air naïf, mon jeune ami, est exagéré."

Cecil le regardait sérieusement. Eileen a dit : « Il se demande si c'est vous qui avez révisé « Squibs » dans *Poésie et Drame* , Arnold. Il ressemble toujours à ça quand il pense aux critiques.

« Les mêmes phrases », murmura Cecil – « (c'était censé être plein d'esprit, vous savez) – qu'Arnold a utilisées lorsqu'il commentait « Squibs » dans sa vie privée. Soit il les a réutilisés par la suite, se sentant fier d'eux, auprès du critique (peut-être Billy ?), soit le critique venait de les lui utiliser avant de me rencontrer, et il les a notés, ou... Mais je ne demanderai pas . Je ne dois pas savoir. Je préfère ne pas savoir. Je préserverai notre amitié intacte.

« Qu'attend l'enfant vaniteux ? s'exclama Miss Hogan. « La revue disait qu'il était plus vivant que Barker et plus spirituel que Wilde. La flatterie la plus grossière que j'ai jamais lue ! »

"Une pièce brillante", a fait remarquer Cecil. « Il a dit que c'était une pièce brillante. Il l'a fait, je vous le dis. *Une pièce lumineuse.* »

"Eh bien, beaucoup de journaux ne l'ont pas fait", dit Sally pour le consoler. "Le *Daily Comment* a dit que c'était long, incohérent et ennuyeux."

« Merci, Sally. C'est certainement un souvenir réjouissant. Être trouvé brillant par le *Daily Comment* serait en effet la dernière étape de la dégradation… Je me demande quelle idiotie ils trouveront à dire de mon prochain… Je me demande… »

"Avons-nous tous fini de manger?" Arnold l'intercepta à la hâte. " Alors payons et sortons faire une promenade à la campagne, pour nous mettre en appétit pour le déjeuner, qui sera bientôt sur nous. "

« Mon cher Arnold, on ne se promène pas immédiatement après le petit déjeuner ; comme tu es grossier. On fume d'abord une cigarette.

"Eh bien, rattrape-nous quand tu l'auras fumé. Nous sommes sortis passer une journée à la campagne et il nous fallait l'avoir. Nous allons maintenant marcher plusieurs kilomètres sans nous arrêter, pour nous réchauffer. Arnold était parfois saisi d'une violente crise d'énergie et marchait toute une journée, ou plus probablement une nuit, pour s'en débarrasser et revenait guéri pour le moment.

La route sablonneuse traversait d'abord un bois qui chantait au vent frais. L'air frais était doux avec des pins, des fougères et de la terre humide. C'était une matinée glorieuse d' odeurs et de joie, et l'hilarité des derniers jours d'octobre, quand la fin semble proche et le présent d'une gaieté poignante, et la vie une pièce brillante presque jouée. Arnold et Bridget Hogan marchaient ensemble devant, parlant tous les deux en même temps, probablement en compétition pour savoir qui pourrait faire le plus de remarques dans les plus brefs délais. Après eux venaient Billy Raymond et Cecil Le Moine, et avec eux Jane et Sally main dans la main. Eddy se retrouva à marcher à l'arrière, côte à côte avec Eileen Le Moine.

Eileen, qui était capable, en ignorant toutes les conventions polies, de parcourir un kilomètre avec une petite connaissance sans prononcer un mot, parce qu'elle se sentait paresseuse, ou qu'elle pensait à quelque chose d'intéressant, ou parce que son compagnon l'ennuyait, était à ce moment-là d'humeur à bavarder. . Elle aimait plutôt Eddy ; elle voyait aussi en lui une piste pour une idée qu'elle avait en tête. Elle le lui a dit.

« Vous travaillez dans l'arrondissement, n'est-ce pas ? J'aimerais que tu me laisses venir jouer de la musique folk dans tes clubs de temps en temps. C'est une chose qui me tient plutôt à cœur : faire retentir les vieilles mélodies folk dans les rues, voyez-vous, comme les garçons de courses les sifflent. Connaissez-vous Hugh Datcherd ? Il organise des soirées musicales dans sa colonie de Lea-side ; J'y vais beaucoup. Il fait de la danse morris deux fois par semaine et de la musique folk une fois.

Eddy avait beaucoup entendu parler du règlement de Hugh Datcherd à Lea. D'après St. Gregory's, la conduite du projet s'est déroulée selon des modalités très regrettables. Hillier a déclaré : « Ils y enseignent l'athéisme pur et simple. » Cependant, c'était quelque chose qu'ils enseignaient également dans la danse morris et la musique folklorique.

« Ce serait formidable si vous veniez de temps en temps », dit-il avec reconnaissance. « Exactement ce que nous devrions le plus aimer. Nous avons eu un peu de Morris Dancing, bien sûr – qui ne l'a pas fait ? – mais rien d'autre.

"Quel soir vais-je venir?" elle a demandé. Un jeune direct ; elle aimait régler les choses rapidement.

Eddy, consultant son petit livre, dit : « Demain, tu peux ?

Elle a répondu : « Non, je ne peux pas ; mais je le ferai », ayant apparemment une méthode autoritaire pour gérer les engagements antérieurs.

"C'est la soirée du club CLB", a déclaré Eddy. « Hillier, l'un des vicaires, le prend demain, et je l'aide. Je vais lui parler, mais je suis sûr que tout ira bien. Ce sera un délicieux changement du billard et de la boxe. Merci beaucoup."

« Et M. Datcherd pourrait bien m'accompagner, n'est-ce pas ? Il s'intéresse aux clubs des autres. Lisez-vous *plus loin* ? Et est-ce que tu aimes ses livres ?

"Oui, plutôt", Eddy a répondu de manière exhaustive aux trois questions. Il était néanmoins frappé d'un léger doute quant à la venue de M. Datcherd . La réponse de Hillier à ces trois questions aurait probablement été « Certainement pas ». Mais après tout, Saint-Grégoire n'appartenait pas à Hillier mais au vicaire, et le vicaire était un homme de bon sens. Et de toute façon, quiconque a vu Mme Le Moine doit être heureux de recevoir sa visite, et quiconque l'a entendue jouer doit en remercier les dieux.

«J'aime ses livres», a amplifié Eddy; " Seulement, ils sont terriblement tristes et tellement en contradiction avec la vie. "

Une légère ombre semblait obscurcir son visage.

« Il *est* terriblement triste », dit-elle au bout d'un moment. « Et il est en contradiction avec la vie. Il trouve cela hideux et cela le dérange. Il passe tout son temps à essayer de changer les choses pour les gens. Et plus il essaie et échoue, plus il s'en soucie. Elle s'arrêta brusquement, comme si elle était allée trop loin dans ses explications sur Hugh Datcherd . Eddy avait le don de faire des confidences ; c'était probablement son air de sympathie intelligente et son habitude d'écouter.

Il se demanda un instant si la tristesse de Hugh Datcherd était entièrement altruiste, ou s'il trouvait aussi sa propre vie hideuse ? D'après ce qu'Eddy avait entendu parler de Lady Dorothy, sa femme, cela pourrait facilement être le cas, pensa-t-il, car ils ne semblaient pas compatibles.

Quoi qu'il en soit, instinctivement, il détourna les yeux de l'étrange et doux regard de pitié maussade qui assombrit momentanément l'ami de Hugh Datcherd .

Devant eux, des bribes de paroles leur revenaient dans l'air clair et raréfié. La voix de Miss Hogan, avec son léger bégaiement, semblait conclure une anecdote intéressante.

« Et c'est ainsi qu'ils se sont tous deux suicidés depuis la fenêtre de la bibliothèque. Et sa femme était paralysée de la taille jusqu'à la taille – elle l'est toujours, en fait. Tout cela était *très malsain.* Et maintenant, Charles Harker a tellement en tête qu'il écrit des romans sur rien d'autre, pauvre créature. Très naturel, si l'on pense à ce qu'il a enduré. J'ai entendu dire qu'il en était un autre qui venait juste de sortir, sur le même sujet.

« Il nous l'a envoyé », a déclaré Arnold, « mais oncle Wilfred et moi n'étions pas sûrs que ce soit correct. Je suis en train d'essayer d'élargir l'esprit de l'oncle Wilfred. Non pas que je veuille qu'il prenne les livres de Harker, maintenant ou à tout moment... Vous savez, je veux qu'Eddy se joigne à nos affaires. Nous voulons un nouveau lecteur, et ce serait bien mieux pour son esprit et sa nature morale que de s'amuser comme il le fait actuellement.

Cecil disait à Billy et Jane : « Il veut que je mette Lesbia derrière le rideau de la fenêtre et que je lui fasse tout entendre. Derrière le rideau de la fenêtre, vous savez ! Il le fait vraiment. Auriez-vous pu soupçonner même notre Musgrave d'être si banal, Billy ? Il n'est même pas édouardien – il est de la fin de l'époque victorienne… »

Arnold dit par-dessus son épaule : « Personne ne peut-il l'arrêter ? Essayez, Jane. Il gâche notre journée avec ses bavardages égoïstes. Bridget et moi parlons exclusivement des autres, de leurs tragédies domestiques, de leurs productions littéraires et de leurs carrières inadaptées ; jamais un mot sur nous-mêmes. Je suis sûr qu'Eileen et Eddy font de même ; et pris en sandwich entre nous, Cecil parle avec fluidité de ses griefs privés et de ses pièces très inadaptées. On pourrait penser qu'il se souvient peut-être du jour où nous sommes, c'est le moins qu'on puisse dire. Je me demande comment il a été élevé, n'est-ce pas, Bridget ? »

« Je ne me demande pas ; Je sais », a déclaré Bridget. «Ses parents ont non seulement écrit pour le Livre jaune, mais ils le lui ont également donné à lire à la crèche, et cela l'a corrompu à vie. Bien sûr, il s'évanouirait si l'on suggérait qu'il portait la souillure d'un objet aussi désuet, mais les impressions infantiles sont difficiles à éradiquer. Je sais depuis longtemps que le seul moyen de l'arrêter est de le nourrir, alors déjeunons, aussi inappropriés que soient l'heure et le lieu.

Sally a dit : « Hourra, allons-y. Dans ce bac à sable. Ils entrèrent donc dans le bac à sable et produisirent sept paquets de nourriture, ce qui veut dire qu'ils en produisirent chacun un sauf Cecil, qui avait omis d'apporter le sien et accepta sans hésitation un peu de celui des autres. Ils jouèrent ensuite à cache-cache, au crambo stupide et à d'autres jeux vigoureux, car, comme le disait Arnold, « un instant de pause, et nous sommes perdus », jusqu'à ce que, par lassitude, la pause survienne sur eux, puis Cecil saisit immédiatement l'instant et produisit le jouer, et ils devaient écouter. Arnold succomba, vaincu et s'étendit sur la bruyère.

"Tu as gagné; Je cède. Oubliez seulement les parties qui conviennent le moins à Sally.

Ainsi, comme d'autres jours dans le pays, la journée s'est écoulée et ils ont rattrapé le retour à 17 h 10 vers Waterloo.

Ce soir-là, au dîner, Eddy informa le vicaire de la proposition de Mme Le Moine.

" Alors elle vient demain soir, avec Datcherd ."

Hillier leva vivement la tête.

« Datcherd ! Cet homme!" Il s'est rattrapé d'une épithète méprisante.

"Pourquoi pas?" » dit le vicaire avec tolérance. "Il est très passionné par le travail social, vous savez."

Peters et Hillier avaient tous deux l'air mécontents.

« Je connais personnellement, dit Hillier, des cas où son influence a été ruineuse. »

Peters a dit : « Que veut-il ici ?

Eddy a déclaré : « Il n'aura pas beaucoup d'influence au cours d'une soirée. Je suppose qu'il veut voir comment ils perçoivent la musique et, d'une manière générale, voir à quoi ressemblent nos clubs. De plus, lui et Mme Le Moine sont de grands amis, et elle aime naturellement avoir quelqu'un avec qui venir.

« Datcherd est une personne extrêmement intéressante », a déclaré Traherne. « Je l'ai rencontré une ou deux fois ; J'aimerais le voir davantage.

"Un homme très compétent", dit le vicaire, et il dit grâce.

CHAPITRE V.

DATCHERD ET LE VICAR.

DATCHERD avait l'air malade ; c'était l'impression prédominante qu'Eddy avait de lui. Un homme de trente-cinq ans, débraillé, pâle, aux yeux tristes, de mauvaise humeur et d'un feu d'énergie extraordinairement ardent, à la fois déterminé et plutôt désespéré. Les maux du monde semblaient, à ses yeux, encore plus grands que leurs remèdes possibles ; mais les deux étaient importants. C'était un pessimiste et un réformateur, un combattant infatigable contre toute attente. Il était allié à la fois par la naissance et par le mariage (le mariage avait été une erreur d'émotions passée, pour laquelle il payait cher) avec une classe qui, sans interruption et du simple fait de son existence, encourait sa colère vindicative. . (Voir *Plus loin* , mois par mois.) Il avait essayé et échoué à entrer au Parlement ; il avait maintenant abandonné tout espoir dans ce domaine d'énergie et se consacrait à des projets sociaux philanthropiques et à des œuvres littéraires. Ce n'était pas exactement une personne attirante ; il lui manquait le contact léger et les commodités humaines ordinaires ; mais il y avait un pouvoir d'attraction dans l' ardeur impétueuse de ses convictions et de ses desseins, dans son intelligence aiguë et brillante, dans son immense générosité chimérique et, pour certaines natures, dans son malheur et sa mauvaise santé. Et son sourire, rare, aurait adouci n'importe quel cœur.

Peut-être n'a-t-il pas souri à Hillier lundi soir ; de toute façon, le cœur de Hillier restait dur envers lui, et le sien envers Hillier. Il faisait partie de la génération qui a quitté les universités il y a quinze ans ; ce sont souvent des agnostiques prononcés et réfléchis, qui ont approfondi le sujet du christianisme tel qu'il est enseigné par les Églises et ont décidé de ne pas le faire. Ils n'ont pas la méthode moderne de rejet, qui consiste à laisser cela de côté comme une chose sans importance, une chose connue (et peut-être trop peu concernée) pour se prononcer ; ou la manière moderne d'accepter, qui consiste à s'y lancer comme une aventure inspirante et désirable. Les membres de cette vieille génération pensent que la religion doit être mise au diapason de la science et, si elle ne peut l'être, finalement rejetée. Quoi qu'il en soit, Datcherd le pensait ; il l'avait finalement rejeté alors qu'il était étudiant à Cambridge et n'avait pas changé d'avis depuis. Il croyait que la liberté de pensée était d'une immense importance et, étant lui-même dogmatique, il souhaitait libérer le monde des entraves du dogme. Hillier (également une personne dogmatique ; il y en a tellement) a prêché un sermon le dimanche après avoir rencontré Datcherd sur ceux qui se trouveraient idiots au Jour du Jugement. De plus, Hillier était d'accord avec James Peters sur le fait que les relations entre Datcherd et Mme Le Moine étaient inadéquates, considérant que tout le monde savait que Datcherd ne s'entendait pas avec sa femme et que Mme Le Moine ne vivait pas avec son mari. Les personnes qui se trouvent dans l'une ou l'autre de ces malheureuses situations ne peuvent pas faire trop attention aux apparences.

Pendant ce temps, les violons de Mme Le Moine maintenaient le club en haleine. Elle jouait des mélodies folkloriques anglaises et des danses hongroises, et les pieds des garçons s'accordaient. Les Londoniens sont des gens musicaux, dans l'ensemble ; personne ne peut dire que, même s'ils aiment la mauvaise musique, ils n'aiment pas non plus la bonne musique ; ils ont un goût catholique. Eddy Oliver, qui aimait tout ce qu'il entendait, depuis un orgue de barbarie jusqu'à une symphonie de Beethoven, en était un spécimen typique. Son pied aussi tapait juste ; son sang dansait en lui au rythme du rire, de la passion et de la vie gaie que l'archet rapide arrachait des cordes. Il en savait suffisamment, techniquement, sur la musique pour savoir que c'était un jeu merveilleux ; et il se souvint de ce qu'il avait entendu auparavant, que cette personne brillante, perverse, enfantine, avec ses grands yeux sombres, ses sourcils à moitié maussades, et son violon caché sous son menton rond, était un génie. Il croyait avoir entendu dire qu'elle avait du sang hongrois en plus du sang irlandais. Certes, la passion et le feu en elle, qui faisaient tant vibrer le sang de tout le monde, ne pouvaient guère être simplement anglais.

À la fin d'un air de danse endiablé, et sous des applaudissements nourris, Eddy s'est tourné vers Datcherd , qui se tenait près de lui, et a ri.

"Ma parole!" C'est tout ce qu'il a dit.

Datcherd lui sourit un peu et Eddy l'aimait plus que jamais.

"Ils aiment ça, n'est-ce pas ?" dit Dacherd . « Regardez comme ils aiment ça. Ils aiment ça ; et puis nous allons leur donner des coques ; vulgarités des opéras-comiques.

"Oh, mais ils aiment ça aussi", dit Eddy.

Datcherd dit avec impatience : « Ils cesseraient de les aimer s'ils pouvaient toujours obtenir quelque chose de décent. »

"Mais sûrement", a déclaré Eddy, "plus ils aiment les choses, mieux c'est."

Datcherd , regardant autour de lui pour voir s'il le pensait, dit : « Bon Dieu ! et resta silencieux d'un air renfrogné.

Homme intolérant et de mauvaise humeur, décida Eddy, mais il l'aimait quand même beaucoup.

Mme Le Moine jouait à nouveau, tout différemment ; toute la passion et la folie avaient disparu maintenant ; elle jouait un air du XVIe siècle, curieusement naïf, tendre, engageant et objectif, comme un chant d'enfant ou des dessins de Jane Dawn. Le détachement, l'auto-effacement total, plaisaient à Eddy encore plus que la passion de la danse ; ici, c'était le génie à son apogée. Il lui semblait très merveilleux qu'elle donne le meilleur d'elle-même avec autant de prodigalité à une salle remplie de garçons ignorants du Borough ; c'était très merveilleux, et en même temps très caractéristique de sa générosité capricieuse, chimérique et complaisante, qu'il croyait n'être fondée sur aucun principe, ni restreinte par aucune considération de prudence . Elle donnerait toujours, imaginait-il, exactement ce qu'elle avait envie, et quand elle en avait envie, quels que soient les cadeaux qu'elle offrait. Quoi qu'il en soit, elle était devenue extrêmement populaire dans la salle du club. L'admiration suscitée par sa musique était augmentée par le charme étrange qu'elle portait en elle. Elle resta un moment parmi les garçons, à discuter. Elle leur parla des airs, ce qu'ils étaient et d'où ils venaient ; elle sifflait une mesure ici et là, et ils la lui prenaient ; elle avait demandé ce qu'ils avaient aimé et pourquoi.

« Dans ma colonie près du Lea », dit Datcherd à Eddy, « elle a déjà diffusé certains airs dans les rues. On les entend siffler lorsque les hommes se rendent au travail.

Eddy regarda Hillier, pour voir s'il n'avait pas été attendri par cette merveilleuse soirée. Hillier, bien sûr, avait aimé la musique ; n'importe qui le ferait. Mais son sens moral avait le pouvoir de se tenir à l'écart de la conversion par tout autre moyen que des persuasions morales. Il bavardait amicalement avec les garçons, comme d'habitude – Hillier était charmant avec les garçons et les filles et extrêmement populaire – mais Eddy le soupçonnait inchangé dans son attitude envers les visiteurs. Eddy, pour une musique comme celle-là, aurait adoré une Mme Pendennis (si elle avait été capable de la produire), sans parler de quelqu'un d'aussi sympathique qu'Eileen Le Moine. Hillier, moins sensible à l'influence, siégeait toujours en jugement.

Rouge et les yeux brillants, Eddy se dirigea vers Mme Le Moine.

«Je dis, merci beaucoup», dit-il. « Je savais que ça allait être merveilleux, mais je ne savais pas à quel point c'était merveilleux. Je viendrai à tous vos concerts maintenant.

Hillier a entendu cela et ses sourcils se sont légèrement levés. Il ne voyait pas comment Eddy allait prendre le temps d'assister à tous les concerts de Mme Le Moine ; cela signifierait manquer des soirées en boîte et des après-midi entiers. À son avis, Eddy, pour un employé paroissial, sortait déjà trop de la paroisse.

Mme Le Moine a déclaré, avec son habituel manque de circonlocution : « Je reviendrai lundi prochain. Devrais-je? J'aimerais bien leur mettre la musique dans la tête ; ils sont assez enthousiastes pour que cela en vaille la peine .

Eddy dit aussitôt : « Oh, tu le veux vraiment ? Comme c'est splendide.

Hillier, s'approchant d'eux, leur dit courtoisement : « Cela a été extrêmement gentil de votre part, Mme Le Moine. Nous avons tous eu un très bon régal. Mais vous ne devez vraiment pas perdre davantage de votre temps précieux avec nos oreilles incultes. Nous n'en valons pas la peine, j'en ai peur.

Eileen le regarda avec une lueur d'amusement dans l'ombre bleue et sombre de ses yeux.

«Je ne viendrai pas», dit-elle, «à moins que tu ne le veuilles, bien sûr.»

Hillier a protesté. « C'est naturellement délicieux pour nous – bien plus que ce que nous méritons. C'était à votre époque que je pensais.

« Tout ira bien. Je viendrai donc pour une demi-heure, lundi prochain. Elle se tourna vers Eddy. « Viendrez-vous déjeuner avec nous, Miss Hogan et moi, vous savez, dimanche prochain ? Arnold Denison arrive, ainsi que Karl Lovinski , le violoniste, et deux ou trois autres personnes. 3, Campden Hill Road, à 13h30.

"Merci; J'aimerais bien.

Datcherd sortit du fond de la pièce où il discutait avec Traherne, arrivé récemment. Ils se sont dit au revoir et le club s'est mis au billard.

« Est-ce que M. Datcherd vient aussi lundi prochain ? » Hillier s'enquit sombrement auprès d'Eddy.

"Oh, je m'y attendais. Je suppose que c'est moins ennuyeux pour Mme Le Moine de ne pas avoir à faire tout ce chemin seule. En plus, tout cela l'intéresse terriblement.

« Un homme de première classe », dit Traherne, qui était un enthousiaste et qui avait trouvé en Datcherd un autre socialiste, mais pas un ecclésiastique.

Eddy et les curés sont rentrés ensemble plus tard dans la soirée. Eddy s'est senti vaguement secoué par Hillier ce soir ; probablement parce que Hillier était, dans son esprit, opposé à quelque chose, et c'était la seule chose qui agaçait Eddy. Hillier, sentait-il, s'opposait à ces charmants gens qui avaient offert au club une soirée si glorieuse et qui allaient le faire encore lundi prochain ; ces gens brillants, qui répandaient si généreusement leur génie devant les pauvres et les ignorants ; ces gens charmants et sympathiques qui avaient invité Eddy à déjeuner dimanche prochain.

Ce que Hillier a dit, c'est : "Voulez-vous demander à Wilkes de reprendre votre cours dimanche après-midi, Oliver ?"

"Oui, je suppose. Cela ne le dérange pas, n'est-ce pas ? Je crois qu'il le prend vraiment bien mieux que moi.

Hillier le croyait également et ne faisait aucun commentaire. Traherne éclata de rire. « Wilkes ! Oh, il veut bien dire, sans aucun doute. Mais je ne viendrais pas dimanche après-midi si Wilkes m'instruisait. Quel connard tu es, Oliver, d'aller à des déjeuners le dimanche.

Chez Traherne, le travail passait en premier, et tout le reste, en particulier tout ce qui était social, bien loin derrière. Avec Eddy, un certain nombre de choses étaient constamment au coude à coude. À ce rythme-là, pensa Traherne avec un peu de mépris, il n'accomplirait jamais grand-chose dans aucun domaine de la vie.

Il dit au vicaire ce soir-là : « Oliver est pris dans les embûches de la société, je le crains. Pour une personne aussi passionnée, il est étrangement réticent à s'en tenir à son travail quand quelque chose d'autre se présente.

Mais Hillier a déclaré à un autre moment : « Oliver est entraîné dans un environnement terriblement malsain, vicaire. Je déteste ces gens ; cet homme , Datcherd, est un incroyant agressif, vous savez ; il fait plus de mal, je crois, que quiconque ne le pense . Et on entend dire des choses, vous savez, sur lui et Mme Le Moine – oh, pas de mal, j'ose le dire, mais il faut penser à l'effet sur les frères les plus faibles. Et Oliver les amène dans la paroisse, et je ne voudrais pas répondre des effets... Cela m'a rendu un peu malade, je veux bien vous le dire, de voir Datcherd parler aux gars ce soir ; un mot lancé ici, un ricanement là, et la graine est semée d'où un mal indicible peut naître. Bien sûr, Mme Le Moine est une merveilleuse joueuse, mais cela rend son influence d'autant plus dangereuse, à mon avis. Les gars étaient fascinés ce soir ; on les voyait accrochés à ses paroles.

"Je ne suppose pas", a déclaré le vicaire, "qu'elle, ou Datcherd non plus, dirait quoi que ce soit qui puisse leur faire du mal."

Hillier le rattrapa brusquement.

« Vous approuvez, alors ? Vous ne découragerez pas l'intimité d'Olivier avec eux, ni son accueil dans la paroisse ?

« Très certainement, je le ferai, si cela dépasse un certain point. Il y a un méchant dans toutes choses... Mais c'est leur effet sur Oliver plutôt que sur la paroisse dont je devrais avoir peur. Il doit comprendre qu'un homme ne peut pas tirer profit d'avoir trop de fers au feu à la fois. S'il doit courir perpétuellement dans Londres pour voir des amis, il ne servira à rien en tant que travailleur. De plus, il n'est pas bon pour son âme d'être continuellement avec des gens antipathiques envers l'Église. Il n'est pas assez fort ni assez adulte pour supporter ça.

Mais Eddy a eu un délicieux déjeuner dimanche et Wilkes a suivi son cours.

D'autres dimanches suivirent, et d'autres jours de la semaine, et des déjeuners plus délicieux, et de nombreux concerts et théâtres, et des expéditions à la campagne, et des promenades dans la ville, et des soirées musicales dans la paroisse Saint-Grégoire, et, en général, une vie joyeuse. . Eddy aimait toute sa vie, y compris son travail à Saint-Grégoire, qui l'intéressait autant que si cela avait été son occupation exclusive. Naïvement, il essayait d'entraîner ses amis vers des plaisirs dont ils étaient peu aptes, par leur tempérament et leur entraînement, à jouir. Par exemple, il a dit un jour à Datcherd et à Mme Le Moine : « Nous avons actuellement une mission dans la paroisse. Il y a un service à vingt heures lundi soir, donc il n'y aura pas de club. J'aurais préféré que vous veniez au service à la place ; c'est vraiment bien, la mission. Le père Dempsey, de St. Austin, le prend. L'avez-vous déjà entendu ?

Datcherd , de son air grave et mélancolique, secoua la tête. Eileen sourit à Eddy et lui tapota le bras de la manière maternelle qu'elle avait pour lui.

"Que penses-tu maintenant? Non, nous ne l'avons jamais fait. Le comprendrions-nous si nous le faisions ? Je ne m'y attendais pas, tu sais. Dites-nous quand la mission (c'est comme ça que vous l'appelez ? Mais je pensais que c'était pour les noirs et les juifs) sera terminée, et je reviendrai jouer dans les clubs. D'ici là, ne devrais-tu pas aller aux offices tous les soirs, et je me demande si tu devrais dîner et jouer au théâtre avec nous jeudi ?

"Oh, je peux l'intégrer facilement", dit Eddy joyeusement. " Mais, sérieusement, j'aimerais que tu viennes un soir. Vous aimeriez le père Dempsey. C'est une personne extraordinairement vivante et stimulante. Hillier le trouve désinvolte ; mais c'est de la foutaise. C'est le meilleur homme de l'Église.

Pourtant, ils ne sont pas venus. Comme il est difficile de faire faire aux gens ce à quoi ils ne sont pas habitués ! Comme ce serait bien pour eux s'ils le faisaient ; si Hillier passait parfois une soirée dans la colonie de Datcherd ; si seulement James Peters venait, à la demande d'Eddy, faire ses courses à la librairie de poésie ; si Datcherd voulait bien s'asseoir sous la direction du père Dempsey, le meilleur homme de l'Église ! Il semblait parfois à Eddy que c'était lui seul, dans un monde étrange et peu éclectique , qui faisait toutes ces choses avec une assiduité et une ferveur impartiales .

Et il constata, ce qui était triste et déconcertant, que ceux qui avaient un goût moins impartial s'irritaient contre lui. Le vicaire pensa, non sans raison, que pendant la mission il aurait dû renoncer à d'autres engagements et se consacrer exclusivement à la paroisse, en les faisant venir. Tous les curés le pensaient aussi. Pendant ce temps, Arnold Denison pensait qu'il aurait dû rester jusqu'à la fin du débat sur l'impressionnisme dans la poésie au Wednesday Club qui se réunissait dans les appartements de Billy Raymond, au lieu de s'éloigner au milieu pour être à temps pour le service tardif à St. Gregory's. . Arnold le pensait particulièrement parce qu'il n'avait pas encore parlé lui-même, et il aurait évidemment été plus convenable de la part d'Eddy d'attendre et de l'entendre. Eddy a commencé à avoir le sentiment inconfortable d'avoir un peu tort avec tout le monde ; il se sentait lésé.

Enfin, quinze jours avant Noël, le vicaire lui parla. C'était un dimanche soir. Eddy avait dîné avec Cecil Le Moine, car c'était au tour de Cecil de réunir chez lui le Sunday Games Club, une institution enfantine qui fleurissait alors parmi eux. Eddy est rentré tard à St. Gregory.

Le vicaire dit, à l'heure du coucher : « Je veux te parler, Oliver, si tu peux me consacrer une minute ou deux », et ils entrèrent dans son bureau. Eddy se sentait un peu comme un écolier attendant une mâchoire. Il observait à travers un nuage de fumée le visage carré, sensé et bon du curé et voyait précisément son point de vue. Il voulait que certains travaux soient effectués. Il ne pensait pas que le travail serait aussi bien fait si cent autres choses étaient également faites. Il croyait en certaines choses. Il ne pensait pas que la croyance en ces choses pourrait être tout à fait complète si ceux qui la détenaient avaient un trafic constant et inutile avec ceux qui, de toute évidence, n'y croyaient pas. Eh bien, c'était bien sûr un point de vue ; Eddy s'en est rendu compte.

Le vicaire dit : « Je ne veux pas intervenir, Oliver. Mais franchement, êtes-vous aussi enthousiaste à l'idée de ce travail qu'il y a deux mois ?

"Oui, plutôt", dit Eddy. «Plus vif, je pense. On s'y met, voyez-vous.

Le vicaire hocha la tête, patient et un peu cynique.

« Tout à fait . Eh bien, c'est un travail d'homme à part entière, vous savez ; on ne peut pas y aller doucement. Il faut y mettre tout son être, et même ainsi, la plupart d'entre nous ne sont pas assez nombreux pour en tirer des avantages... Oh, je ne veux pas dire de ne pas prendre de temps, ou de ne pas prendre de temps . Je n'ai pas d'intérêts extérieurs et beaucoup d'amis ;

bien sûr que non. Mais il ne faut pas gaspiller et gaspiller ses énergies. Et il faut mettre tout son cœur dans le travail, sinon cela ne se fait pas comme il le faudrait. C'est un travail pour les passionnés ; pour les passionnés ; pour les déterminés. Pensez-vous, Oliver, que c'est tout un travail pour vous ?

"Oui", dit Eddy, volontiers, bien que découragé. «Je suis enthousiaste. Je suis un passionné. Je suis… » Il ne pouvait pas dire déterminé, alors il s'interrompit.

« Vraiment », a-t-il ajouté, « je suis terriblement désolé si j'ai gâché mon travail ces derniers temps et si j'ai trop quitté la paroisse. Honnêtement, j'ai essayé de ne pas le faire – je veux dire, j'ai essayé de tout intégrer et de ne pas gâcher les choses.

« Insérez tout cela ! » Le vicaire l'a pris en charge. "Précisément. Te voilà. Pourquoi essayez-vous d'intégrer bien plus que ce que vous avez réellement de la place ? La vie est limitée, voyez-vous. Il faut choisir une chose ou une autre.

« Oh, » murmura Eddy, « quelle horrible pensée ! Je veux sélectionner beaucoup, beaucoup de choses !

«C'est gourmand», dit le vicaire. « En plus, c'est idiot. Vous finirez par ne rien obtenir... Et maintenant, il y a autre chose. Bien sûr, vous choisissez vos propres amis ; ça ne me regarde pas. Mais vous en apportez beaucoup dans la paroisse, et c'est mon affaire, bien sûr. Maintenant, je ne veux rien dire contre vos amis ; encore moins pour répéter les commentaires de personnes ignorantes et prévenues ; mais j'imagine que vous savez le genre de choses que de telles personnes diraient à propos de M. Datcherd et de Mme Le Moine. Après tout, ils sont tous les deux mariés à quelqu'un d'autre. Vous admettrez qu'ils sont très insouciants à l'égard de l'opinion publique, et c'est dommage.» Il parlait avec précaution, en disant moins qu'il ne le ressentait, pour ne pas être ennuyeux. Mais Eddy rougit et, pour la première fois, il parut mécontent.

« Sûrement, si les gens sont assez bas d'esprit… » commença-t-il.

« Cela, dit le vicaire, fait partie du travail de considérer les esprits bas. D'ailleurs, mon cher Oliver, je ne veux pas être censuré, mais pourquoi Mme Le Moine ne vit-elle pas avec son mari ? Et pourquoi Datcherd n'est-il jamais vu avec sa femme ? Et pourquoi ces deux-là sont-ils perpétuellement ensemble ? »

Eddy devint de plus en plus chaud. Sa main trembla un peu lorsqu'il sortit sa pipe.

« Les Le Moines vivent à l'écart parce qu'ils préfèrent cela. Pourquoi pas? Datcherd , je présume, ne sort pas avec sa femme parce qu'ils ne sont absolument pas adaptés l'un à l'autre et qu'ils s'ennuient horriblement. J'ai vu Lady Dorothy Datcherd . L'idée qu'elle et Datcherd soient des compagnons est absurde. Elle désapprouve tout ce qu'il est et fait. C'est une femme mondaine et égoïste. Elle passe son chemin et lui le sien. C'est sûrement mieux. Quant à Datcherd et Mme Le Moine, ils *ne sont pas* perpétuellement ensemble. Ils viennent ici ensemble parce qu'ils sont tous les deux intéressés ; mais ils sont vraiment dans des décors assez différents. Ses amis sont pour la plupart des travailleurs sociaux, des hommes politiques, des auteurs d'articles de premier plan, des collaborateurs de journaux trimestriels et de la presse politique – ce qu'on appelle des hommes capables, vous savez ; sa propre famille, bien sûr, est de ce genre. Ses amis sont des artistes, des acteurs et des musiciens, des poètes, des romanciers et des journalistes, et des gens occasionnels et irresponsables qui jouent, s'amusent et font un travail intelligent - je veux dire, son décor et le sien n'ont pas grand-chose à voir avec l'un et l'autre. un autre vraiment. Eddy parlait avec beaucoup d'enthousiasme, comme s'il avait hâte de faire comprendre cela au vicaire et à lui-même.

Le vicaire l'écouta patiemment, puis dit : « Je n'ai jamais rien dit à propos des décors. C'est de lui et d'elle dont je parle. Vous ne nierez pas qu'ils sont de grands amis. Eh bien, aucun homme ni aucune femme ne sont de « grands amis » aux yeux des pauvres ; c'est quelque chose de tout à fait différent. Et ce n'est pas sain. Cela commence à parler. Et le fait d'être main dans la main avec eux ne contribue en rien à votre influence dans la paroisse. D'une part, Datcherd est connu pour être athée. Ces sorties constantes du dimanche vous manquent toujours, voyez-vous, et c'est un mauvais exemple. Les parents de vos élèves m'en ont parlé plus d'une fois. Ils trouvent étrange que vous soyez des amis proches avec des gens comme ça.

Eddy démarra. « Les gens aiment ça ? Des gens comme Hugh Datcherd et Eileen Le Moine ? Bonté divine! Je ne suis pas fait pour noircir leurs bottes, et les idiots qui en parlent comme ça ne le sont pas non plus. Des fous à la bouche vulgaire !

Ce n'était pas comme Eddy ; il n'a jamais traité les gens de vulgaires ni ne les a méprisés ; c'était en partie pourquoi il était un bon ouvrier d'église. Le curé le regardait par-dessus sa pipe, un peu irrité à son tour. Il ne s'attendait pas à ce que le garçon soit si chaud envers ses amis.

«C'est un choix clair», dit le vicaire assez sèchement. « Soit vous renoncez à voir autant de ces gens, et certainement vous renoncez à les amener dans la paroisse ; ou bien, je suis vraiment désolé, parce que je ne veux pas vous perdre, vous devez abandonner Saint-Grégoire.

Eddy regardait par terre, en colère, malheureux, incertain.

« Ce n'est pas du tout le choix », dit-il enfin. « Tu sais que je ne peux pas les abandonner. Pourquoi ne puis-je pas les avoir, ainsi que St. Gregory's ? Quelle est l'incohérence ? Je ne comprends pas."

Le vicaire le regarda avec impatience. Sa faculté de sympathie, habituellement si aimable, pleine d'humour et si astucieuse, s'était heurtée à l'un de ces murs limitatifs dont très peu de gens extrêmement sérieux sur une chose sont tout à fait dépourvus. Il lui arrivait (vraiment pas souvent) de dire une bêtise ; il l'a fait maintenant.

« Vous ne comprenez pas ? C'est sûrement extrêmement simple. Vous ne pouvez pas servir Dieu et Mammon ; c'est le long et le court. Vous devez choisir lequel.

Bien entendu, c'était définitif. Eddy dit : « Naturellement, si c'est comme ça, je quitterai St. Gregory immédiatement. C'est-à-dire que cela vous convient directement , ajouta-t-il, d'instinct prévenant, quoique en colère.

Le vicaire se tourna vers lui. Il fut amèrement déçu.

« Tu veux dire ça, Olivier ? Vous ne ferez pas un autre essai, dans le sens que je vous conseille ? Attention, je ne veux pas dire que je veux que vous n'ayez pas d'amis, pas d'intérêts extérieurs... Regardez Traherne, maintenant ; il en est plein... Je veux seulement, pour votre propre bien et celui de notre peuple, que votre cœur soit mis au travail.

"Je ferais mieux d'y aller", dit Eddy, le sachant avec certitude. Il a ajouté : « S'il vous plaît, ne pensez pas que je pars dans un état de colère stupide ou quoi que ce soit. Ce n'est pas ça. Bien sûr, vous avez parfaitement le droit de me parler comme vous l'avez fait ; mais cela m'a fait clairement comprendre ma position. Je vois que ce n'est pas du tout mon travail. Je dois en trouver un autre.

Le vicaire dit en tendant la main : « Je suis vraiment désolé, Oliver. Je ne veux pas te perdre. Réfléchissez-y pendant une semaine, voulez-vous, et dites-moi alors ce que vous avez décidé. Ne vous précipitez pas. N'oubliez pas que nous vous aimons tous ici ; vous perdrez de nombreuses opportunités précieuses si vous nous quittez. Je pense que vous manquez peut-être le meilleur de la vie. Mais je ne dois pas revenir sur ce que j'ai dit. C'est un choix définitif entre deux modes de vie. Ils ne se mélangeront pas.

«Ils le feront, ils le feront», se dit Eddy avant de se coucher. Si le vicaire pensait que non, son mode de vie ne pourrait pas être le sien. Il n'eut pas besoin d'y réfléchir pendant une semaine. Il rentrait chez lui pour Noël et il ne reviendrait plus après. Ce travail n'était pas pour lui. Et il ne pouvait pas, il le savait maintenant, être membre du clergé. Ils ont tracé des lignes ; ils s'opposaient aux gens et aux choses ; ils n'ont pas réussi à accepter. Le vicaire, lorsqu'il avait mentionné Datcherd , avait eu le même visage que Datcherd lorsqu'Eddy avait mentionné le père Dempsey et la mission ; Eddy commençait à trop bien connaître ce regard critique et désapprobateur. Partout où il l'a rencontré. Il détestait ça. Cela lui semblait encore plus étrange chez les ecclésiastiques que chez les autres, parce que les ecclésiastiques sont chrétiens et, selon Eddy, il n'y avait aucune négation dans ce credo vif et intensément positif. Ses commandements étaient certainement toujours d'aller et d'agir, et non de s'abstenir et de rejeter. Et regardez aussi le genre de personnes qui étaient autrefois acceptées dans ce cercle généreux et universel...

CHAPITRE VI.

LE DOYENÉ ET LA SALLE.

EDDY a été accueilli à la gare par sa sœur Daphné, qui conduisait la charrette à chiens. Daphné avait vingt ans ; une personne petite et soignée, vêtue de tweeds sur mesure, aux cheveux clairs, avec un joli visage bronzé brun, des yeux bleus alertes, une bouche résolument coupée et un menton long et droit. Daphné était désinvolte, vive d'esprit, extrêmement pratique, gâtée, plutôt égoïste, très sûre d'elle et avec un mépris juvénile dévoilé pour les manières et les gens qui ne lui plaisaient pas. Soit les gens étaient « bien » et « plutôt corrects », soit ils étaient rapidement rejetés comme « pédés », « désordonnés » ou « lourds ». Elle était très douée pour tous les jeux exigeant de l'activité, de la rapidité et de la dextérité de la main, et plus à l'aise à l'extérieur qu'à l'intérieur. Elle avait assez de sens de l'humour, une langue acérée, une certaine habileté et très peu d'imagination en effet. Un jeune confiant, déterminé à obtenir et à conserver le meilleur de la vie. N'ayant pas le don d'Eddy de voir plusieurs choses à la fois, elle en vit très clairement quelques-unes et se dirigea droit vers elles.

«Bonjour, jeune Daffy», lui cria Eddy en sortant de la gare.

Elle lui brandit son fouet.

"Tiens. J'ai amené le nouveau poney. Venez l'essayer. Il se méfie des chats et des jeunes enfants, alors faites attention dans les rues. Comment vas-tu, Tedders ? Plutôt en forme ?

« Oui, plutôt. Comment allez-vous tous?"

« Ça va fort, comme d'habitude. Mon père parle de la révision du livre de prières tous les soirs au dîner jusqu'à ce que je m'endorme. Il est terriblement chaud et fort en ce moment ; des réunions à ce sujet deux fois par semaine et des lettres au *Guardian* entre les deux. J'aurais aimé qu'ils se dépêchent et le fassent réviser et qu'ils le fassent. Oh, au fait, il dit que tu vas vouloir te battre avec lui à ce sujet maintenant, parce que tu seras trop haut pour vouloir qu'on le touche, ou quelque chose du genre. *Êtes* -vous défoncé ?

« Oh, je pense que oui. Mais j'aimerais aussi que le Livre de prières soit révisé.

Daphné soupira. « C'est ennuyeux si vous êtes défoncé. Père aura envie de se disputer aux repas. J'espère que vous ne voulez pas conserver le Symbole d'Athanasie, de toute façon.

« Oui, plutôt. J'aime ça, sauf les passages insultants envers les autres.

"Oh, eh bien," Daphné parut soulagée. « Tant que vous n'aimez pas ces passages, j'ose dire que tout ira bien. Le chanoine Jackson est venu déjeuner hier, et il a aimé ça, les insultes et tout, et oh, ma parole, comme j'étais fatigué de lui et de mon père ! Qu'importe qu'on l'ait ou non ? De toute façon, ce n'est que quelques fois par an. Oh, et mon père aussi aimerait une nouvelle traduction de la Bible. J'ose dire que vous en avez entendu parler ; il continue d'écrire des articles dans le *Spectator* à ce sujet... Et les Bellair ont une nouvelle voiture, une Panhard ; Molly apprend à la conduire. Nevill me l'a laissé faire l'autre jour ; c'était déchirant. J'aimerais que mon père garde une voiture. Je devrais penser qu'il pourrait le faire maintenant. Cela lui serait extrêmement utile de pouvoir assister aux réunions des comités. Attention à ce coin ; Timothy s'en fout toujours un peu.

Ils se tournèrent vers l'allée. Il se peut qu'il ait été mentionné ou non jusqu'à présent que la maison d'Eddy était un doyen, parce que son père était doyen . La cathédrale dont il avait la garde se trouvait dans un comté du Midland, dans un beau pays vallonné, aux hautes haies, propice à la chasse et entouré d'écuyers travailleurs. Les Midlands ne sont peut-être ni pittoresques ni romantiques, mais ils sont merveilleusement sains et produisent un certain nombre de personnes sensées, pondérées et intelligentes.

Le père et la mère d'Eddy étaient dans le couloir.

« Tu as l'air un peu fatiguée, ma chérie », dit sa mère après les salutations qu'on peut imaginer. "J'espère que ce sera bien pour toi de te reposer à la maison."

« Faites confiance à Finch pour garder ses employés en fuite », a déclaré le doyen, qui avait été à Cambridge avec Finch et ne l'avait pas particulièrement apprécié. Finch était déjà trop High Church à son goût ; lui-même avait toujours été Broad, ce qui expliquait sans aucun doute la raison pour laquelle il était désormais doyen.

« Noël est une période chargée », dit Eddy d'un ton banal.

Le doyen secoua la tête. « Ils en font trop, vous savez, ces gens-là. Trop de services, de réunions, de guildes, et je ne sais quoi. Ils gâchent ainsi leur propre travail.

Il était naturellement inquiet pour Eddy. Il ne voulait pas qu'il s'implique dans le milieu ritualiste et devienne ce genre de pasteur ; il trouvait cela stupide, obscurantiste, enfantin et inintelligent, pour ne pas dire un peu peu viril.

Ils allèrent déjeuner. Le doyen était plutôt vexé car Eddy, oubliant où il était, se signait avec grâce. Eddy s'en est rendu compte et a enregistré une note de ne plus recommencer.

"Et quand dois-tu revenir, chérie?" dit sa mère. Comme de nombreuses épouses de doyens, elle était une dame digne, intelligente et courtoise, avec de nombreuses revendications sociales ponctuellement et gracieusement remplies, et un grand amour de l'éducation, de belles manières et une tenue vestimentaire convenable. Elle avait de nombreuses inquiétudes, finement contenues. Elle craignait que le doyen ne se surmene et n'ait mal à la gorge ; de peur que Daphné ne se fasse casser une dent au hockey mixte, ou une jambe cassée sur un terrain de chasse ; de peur qu'Eddy ne choisisse une carrière ou une épouse qui ne lui convient pas, ou des idées très inappropriées. C'étaient ses angoisses négatives. Ses points positifs étaient que le doyen devait être reconnu selon ses mérites ; que Daphné devrait épouser l'homme idéal ; qu'Eddy devait réussir et aussi plaire à son père ; que le Livre de prières pourrait être révisé très prochainement.

Une de ses ambitions pour Eddy fut aussitôt satisfaite, car il plaisait à son père.

«Je ne retournerai pas du tout à St. Gregory.»

Le doyen leva rapidement les yeux.

« Oh, vous avez abandonné ça, n'est-ce pas ? Eh bien, bien sûr, cela ne pouvait pas durer toujours. Il voulait demander : « Qu'avez-vous décidé concernant les Ordres ? mais, comme le disent les pères, il faisait preuve d'assez de tact. En plus, il savait que Daphné le ferait.

« Allez-vous à l'église, Tedders ?

Sa mère, comme toujours lorsqu'elle s'exprimait ainsi, la corrigea. « Tu sais que mon père déteste que tu dises ça, Daphné. Prendre des ordres."

« Eh bien, prenez les commandes, alors. Et vous, Tedders ?

"Je ne pense pas", a déclaré Eddy, de bonne humeur comme le font les frères. « Actuellement, on m'a proposé un petit travail de révision au *Daily Post* . J'ai eu plutôt de la chance, car il est terriblement difficile d'accéder au *Post* et, bien sûr, je n'ai eu aucune expérience sauf à Cambridge ; mais je connais Maine, l'éditeur littéraire. J'avais l'habitude de rédiger de nombreuses critiques pour le *Cambridge Weekly* lorsque son frère le dirigeait. Je pense que ce sera plutôt amusant. Vous obtenez tellement de bons livres à garder pour vous si vous les révisez.

"Agréable et autrement, sans aucun doute", a déclaré le doyen. « Vous voudrez vous débarrasser de la plupart d'entre eux, j'imagine. Eh bien, la critique est bien sûr un aspect intéressant du journalisme, si vous envisagez d'essayer le journalisme. Vous sentez vraiment que vous voulez faire ça, n'est-ce pas ?

Il espérait toujours qu'Eddy, une fois libéré de l'ensemble rituel, deviendrait avec le temps un ecclésiastique de la Broad Church . Mais les ecclésiastiques sont les plus grands, pensait-il, pour avoir parcouru le monde un peu en premier.

Eddy a dit qu'il sentait vraiment qu'il voulait le faire.

« J'ai plutôt envie d'écrire moi-même un peu », a-t-il ajouté, « et cela me laissera du temps pour cela, ainsi que du temps pour d'autres travaux. J'ai aussi envie d'aller parfois travailler dans la colonie d'un homme que je connais.

"Que vas-tu écrire?" Daphné voulait savoir.

« Oh, c'est à peu près ce que tout le monde écrit , je suppose. Je m'en remets à votre imagination.

« Hmm. Peut-être qu'il y restera», spécula Daphné, ce qui était superflu, sachant qu'Eddy écrivait beaucoup à Cambridge, dans la *Review* , le *Magazine* , la *Granta* , le *Basileon* et même le *Tripod* .

« Un journaliste compétent, a déclaré le doyen, a un grand pouvoir entre les mains. Il peut faire plus que les politiciens pour façonner l'opinion publique. C'est une grande responsabilité. Regardez le *Guardian* , maintenant ; et le *Times* .

Eddy les regarda, ils étaient allongés sur la table près de la fenêtre. Il a également consulté le *Spectator* , *Punch* , le *Morning Post* , le *Saturday Westminster* , le *Quarterly* , le *Church Quarterly* , le *Hibbert* , le *Cornhill* , le *Commonwealth* , la *Common Cause* et *Country Life* . Ceux-ci faisaient partie des périodiques recueillis au doyenné. Parmi ceux qui n'ont pas été pris en compte figuraient le *Clarion* , le *Eye-Witness* (comme on l'appelait à l'époque), le *Church Times* , *Poetry and Drama* , la *Blue Review* , l' *English Review* , la *Suffragette* , *Further* et tous les quotidiens à un sou. Il s'agissait néanmoins d'un homme instruit et large d'esprit, qui aimait entendre les deux côtés (mais pas plus) d'une question, comme le laisse entendre la liste ci-dessus de sa littérature périodique.

Ils prirent un café dans le hall après le déjeuner. La grâce, l'aisance, l'espace, un luxe tranquille et bien élevé caractérisaient le doyenné. C'était un changement bien marqué pour Eddy, à la fois par rapport à l'ascèse de Saint-Grégoire et à la bohème (pour utiliser un mot idiot et inévitable) de nombre de ses autres amis londoniens. C'était une véritable maison de gentleman, l'une des demeures seigneuriales d'Angleterre, comme elles sont belles.

Daphné proposa d'en rendre visite à un autre cet après-midi. Elle a dû appeler chez les Bellair pour un chiot. Le colonel Bellairs était propriétaire foncier et JP, dont la maison se trouvait à trois kilomètres de la ville. Ses enfants et ceux du doyen étaient des amis intimes depuis que le doyen était arrivé à Welchester depuis Ely, où il avait été chanoine, il y a cinq ans. Molly Bellairs était la plus grande amie de Daphné Oliver. Il y avait aussi plusieurs garçons qui prospérèrent respectivement au Parlement, dans l'armée, à Oxford, Eton et Dartmouth. Ils aimaient Eddy, mais ne savaient pas pourquoi il n'entrait pas dans les services gouvernementaux, ce qui semble être une évidence.

Avant de se lancer dans cette expédition, Daphné et Eddy ont fait le tour des lieux, comme ils le faisaient toujours lors du premier jour d'Eddy à la maison. Ils jouèrent une partie de bumble-chiot sur la petite pelouse, inspectèrent le nouveau court de tennis qui venait d'être posé et qui risquait de ne pas être tout à fait à plat, et visitèrent le chenil et les écuries, où Eddy nourrissait son cheval avec une carotte. et a examiné ses jambes et a discuté avec le marié des perspectives de temps de chasse la semaine prochaine, et Daphné a caressé le nerveux Timothy, qui se méfiait des enfants et des chats.

Ces agréables devoirs accomplis, ils se dirigèrent d'un pas vif vers la salle, par le chemin des champs. Il ne faisait tout simplement pas froid. L'air soufflait autour d'eux, vif, frais et piquant, et chantait dans les bois de hêtres nus que longeait leur chemin. Au-dessus d'eux, des nuages blancs flottaient dans un ciel bleu. La terre brune était pleine d'une joie contenue mais vigoureuse. Eddy et Daphné avançaient rapidement à travers champs et ruelles. Eddy sentit l'exubérance du temps frais et la splendide terre picoter en lui. C'était l'une des nombreuses choses qu'il aimait et avec laquelle il se sentait tout à fait à l'aise, cette course à travers la campagne, à pied ou à cheval. Daphné aussi se sentait et regardait chez elle, avec sa démarche ferme et légère, son bâton propre et utile, ses cheveux blonds flottants en mèches sous son chapeau de tweed, et toute sa jeune grâce compétente et saine. Daphné était plutôt charmante, cela ne faisait aucun doute. Cela venait parfois à l'esprit d'Eddy lorsqu'il la rencontrait après une absence. Il y avait en elle une sorte d'attrait qui était tout à fait différent de la beauté, et qui faisait d'elle une personne populaire et recherchée, malgré ses manières désinvoltes et ses fréquents égoïsmes . Les jeunes hommes du quartier aimaient tous Daphné, et par conséquent elle passait un très bon moment, et était décidément gâtée et, d'une manière cool, pas désagréable, plutôt vaniteuse. Elle avait rarement des chutes mortifiant sa confiance en elle, en partie parce qu'elle était en général intelligente et compétente dans les choses qu'elle avait l'habitude de faire, et en partie parce qu'elle n'essayait pas de faire celles pour lesquelles elle aurait été moins bonne . non pas par peur de l'échec, mais simplement parce qu'ils l'ennuyaient. Mais la fille d'un ecclésiastique, même d'un doyen, doit malheureusement faire certaines choses qui l'ennuient. L'un est les bazars. Un autre laisse ses affaires dans les chalets. Mme Oliver leur avait donné un colis en papier kraft à déposer dans une maison de la ruelle. Ils quittèrent la maison et Eddy resta un moment pour discuter avec la maîtresse de maison. Maître Eddy était généralement apprécié à Welchester , car il avait toujours beaucoup d'attention à accorder, même aux plus pauvres et aux plus ennuyeux. Miss Daphné était également aimée et admirée, mais elle était généralement plus pressée. Elle était pressée aujourd'hui et ne laisserait pas Eddy rester longtemps.

« Si vous laissez Mme Tom Clark s'occuper de l'abcès de Tom, nous ne devrions jamais arriver au Hall aujourd'hui », dit-elle en quittant le cottage. "En plus, je déteste les abcès."

"Mais j'aime Tom et sa femme", a déclaré Eddy.

« Oh, ils vont bien. Le chalet est terriblement étouffant et toujours en désordre. Je devrais penser qu'elle pourrait le garder plus propre, avec un peu de persévérance et du savon carbolique. Peut-être que ce n'est pas le cas parce que Miss Harris lui en veut toujours. Je ne ferais pas de rangement, je dois l'avouer, si Miss Harris me mettait au courant à propos de ma chambre. Qu'en pensez-vous, elle est partie et a fait promettre à ma mère que je prendrais le stand de poupées au bazar des vicaires adjoints. C'est dommage. J'aurais habillé n'importe quel nombre de poupées, mais je n'en vends pas. C'est aussi un jour de chasse. C'est un destin horrible d'être la fille d'un curé. Tout va bien pour vous ; les fils des pasteurs ne sont pas obligés de vendre des poupées.

« Écoutez, » dit Eddy, « est-ce que nous avons du monde pour rester après Noël ?

« Ne pense pas. Seulement des droppers occasionnels ici et là ; Tante Maimie et ainsi de suite. Pourquoi?"

« Parce que, si nous avons de la place, je veux demander à certaines personnes ; mes amis à Londres. Celui de Denison.

Daphné, qui connaissait peu Denison et ne l'aimait pas, reçut cela sans joie. Ils s'étaient rencontrés l'année dernière à Cambridge et il l'avait ennuyée de plusieurs manières. L'un était ses vêtements ; Daphné aimait que les hommes soient soignés. Une autre était que lors du bal donné par le collège que lui et Eddy avaient orné, il ne lui avait pas demandé de danser, bien qu'il l'ait présentée à cet effet, mais s'était tenu à ses côtés pendant qu'elle était assise sans partenaire pendant sa valse préférée, apparemment sous l' illusion que ce qu'on attendait de lui, c'était une conversation intéressante. Même cela avait échoué avant longtemps, car Daphné n'avait ni trouvé cela intéressant ni prétendu le faire, et ils restèrent ensemble en silence, elle indignée et lui imperturbable, observant les festivités d'un œil indulgent, bien que cynique. Daphné le considérait comme une personne désagréable, inutile, superflue. Il a rassemblé ceci ; il ne fallait pas beaucoup de subtilité pour rassembler des informations auprès de Daphné ; et s'adapta à l'idée qu'elle se faisait de lui, se préparant à provoquer et à taquiner. Il était l'une des rares personnes capables de mettre Daphné en colère.

Alors elle a dit : « Oh ».

« Les autres, reprit vivement Eddy, ce sont deux filles que je connais ; ils ont plutôt travaillé trop et sont délabrés, et j'ai pensé que ce serait plutôt bien pour eux de venir ici. En plus, ce sont de grands amis à moi et à Denison (l'un d' eux est son cousin) et terriblement gentils. J'ai parfois écrit sur elles, je suppose : Jane Dawn et Eileen Le Moine. Jane dessine des choses extraordinairement belles à la plume et à l'encre et est dans l'ensemble une personne plutôt rafraîchissante. Eileen joue du violon – vous devez avoir entendu son nom – Mme. Le Moine. Tout le monde va l'entendre à l'instant ; elle est merveilleuse.

"Je pense qu'elle ferait mieux de jouer au bazar", suggéra Daphné, qui ne voyait pas pourquoi les filles des pasteurs devraient être les seules impliquées dans cette affaire de bazar. Elle n'aimait pas beaucoup les artistes, les musiciens et les gens de lettres, pour la plupart ; si souvent leur conversation portait sur des choses qui ennuyaient.

« Sont-ils jolis ? » » s'enquit-elle, voulant savoir si Eddy était amoureux de l'un ou l'autre. Cela pourrait être amusant s'il l'était.

Eddy réfléchit. «Je ne sais pas si tu qualifierais Jane de jolie, exactement. Très agréable à regarder. Doux et extraordinairement innocent.

"Je n'aime pas les filles douces et innocentes", a déclaré Daphné. "En règle générale, ils sont tellement incompétents."

"Eh bien, Jane est très compétente . Elle est extrêmement intelligente dans ses propres affaires, vous savez ; en fait, intelligent dans tous les domaines, mais intelligent n'est pas du tout le mot en fait. C'est un génie, je suppose, une sorte d'enfant inspirée, très simple en tout et avec qui il est agréable de parler. Pas le moins conventionnel.

"Non; Je ne pensais pas qu'elle serait comme ça. Et comment est Mme… l'autre ?

"Mme. Le Moine. Oh, eh bien… elle est… elle est très gentille aussi.

"Joli?"

« Elle est plutôt belle. Irlandais et un peu hongrois, je crois. Elle joue à merveille . »

"Oui, tu as dit ça."

Les réflexions de Daphné sur Mme Le Moine ont conduit à la question : « Est-elle mariée ou veuve ?

"Marié. Elle est très amie avec son mari.

"Eh bien, je suppose qu'elle le serait. Cela devrait l'être, de toute façon. Au fait, pouvons-nous l'avoir sans lui ?

« Oh, ils ne vivent pas ensemble. C'est pour ça qu'ils sont amis. Ils ne l'étaient pas avant de se séparer. Bien sûr, chacun les pose séparément. Elle vit avec une Miss Hogan, une personne terriblement charmante. J'adorerais lui demander aussi, mais il n'y aurait pas de place. Je me demande si maman accepterait que je pose la question à ces trois-là ? »

"Tu ferais mieux de le découvrir", conseilla Daphné. « Ils ne vont pas heurter mon père dans le mauvais sens, j'imagine, n'est-ce pas ? Il n'aime pas être surpris, rappelez-vous. Vous feriez mieux d'avertir M. Denison de ne pas parler contre la religion ou quoi que ce soit.

« Oh, Denison ira bien. Il sait que c'est un doyen.

« Est-ce que les autres sauront aussi que c'est un doyenné ?

Eddy, à vrai dire, avait une nuance de doute là-dessus. Ils étaient tous les deux si innocents. Arnold avait appris un peu à Cambridge sur l'attitude du clergé supérieur et sur ce qu'il ne fallait pas leur dire, même s'il en savait plus que ce qu'il avait toujours pratiqué . Jane avait fréquenté le Somerville College d'Oxford, mais cette branche particulière de l'apprentissage n'y est pas enseignée. Eileen n'avait jamais orné aucun établissement d'enseignement supérieur. Son père était un poète irlandais et rédacteur en chef d'un journal nationaliste et n'aimait aucun des nombreux doyens de sa connaissance. En Irlande, les doyens et les nationalistes ne sont pas toujours d'accord. Eddy espérait qu'Eileen n'avait pas de dégoût héréditaire pour la profession.

"Père et mère trouveront ça drôle, Mme Le Moine ne vivant pas avec son mari", a déclaré Daphné, qui avait cette perspicacité dans l'esprit de ses parents qui résulte de vingt années de cohabitation.

Eddy avait peur qu'ils le fassent.

« Mais ce n'est pas vraiment drôle, et ils comprendront bientôt que tout va bien. Ils l'aimeront, je sais. Tous ceux qui la connaissent le savent.

Il se souvenait en parlant que Hillier ne le faisait pas, et que James Peters ne faisait pas grand-chose. Mais il est certain que le doyen ne serait sur aucun point d'accord avec Hillier, ni même avec le joyeux et irréfléchi Peters, innocent de la Haute Critique. Peut-être serait-il diplomatique de dire au doyen que ces deux jeunes ecclésiastiques n'aimaient pas beaucoup Eileen Le Moine.

Pendant qu'Eddy réfléchissait à cette question, ils atteignirent la salle. La salle était le type de salle qu'on construisait à l'époque de notre ancien Georges ; il s'était élevé sur l'emplacement d'une maison élisabéthaine appartenant à la même famille. Ceci est mentionné pour indiquer que les Bellair avaient depuis longtemps une solide valeur dans le pays. En eux-mêmes, c'étaient des gens agréables, hospitaliers, de bonne race, actifs, d'un certain charme, que ceux susceptibles à toutes sortes de charmes, comme Eddy, ressentaient vivement. Enfin, aucun d'entre eux n'était intelligent, tous étaient bien habillés et la plupart étaient sur la pelouse, frappant une balle de golf captive, ce qui était l'une des nombreuses choses qu'ils faisaient bien, même si ce n'est au mieux qu'un résultat insatisfaisant. occupation, obtenant peu de résultats spectaculaires. Ils la quittèrent volontiers pour accueillir Eddy et Daphné.

Dick (les gardes) a dit : « Bonjour, vieil homme, à la maison pour Noël ? Bien pour vous. Viens tirer mercredi, veux-tu ? Pas encore pasteur, alors ?

Daphné a dit: "Il n'en a plus pour le moment."

Eddy a dit: "Je vais rédiger un journal pour le moment."

Claude (Madeleine) a dit : « A *quoi* ? Quel drôle de jeu ! Devez-vous aller aux mariages, vous asseoir au fond et écrire sur les vêtements de la mariée ? Quel chiffon !

Nevill (la Chambre des communes) a demandé : « Quel journal ? au cas où ce serait un du mauvais côté. On peut mentionner ici (ce qui a pu ou non être déduit) que les Bellair appartenaient au parti conservateur de l'État. Nevill soupçonnait un peu la solidité d'Eddy dans cette affaire (bien qu'il ne sache pas qu'Eddy appartenait à la Fabian Society ainsi qu'à la Primrose League). Il savait aussi bien que nos organes libéraux sont en grande partie servis par des journalistes conservateurs, et notre grande presse conservatrice est alimentée par des radicaux du Balliol College, d'Oxford, du King's College, de Cambridge et de bien d'autres foyers de sophisme moins raffinés. Ce fait, Nevill a qualifié à juste titre de dégoûtant. Il ne pensait pas que ces journalistes étaient des hommes honnêtes ou bons. Alors il a demandé : « Quel papier ? plutôt suspect.

Eddy a déclaré : « The *Daily Post* », qui est un organe conservateur et qui coûte également un centime, une somme tout à fait respectable, alors Nevill a été soulagé.

« J'avais peur que tu te lances dans une sorte de chiffon radical », dit-il, de manière tout à fait superflue, car il était évident qu'il avait eu peur de cela.

«Certains unionistes le font. Terriblement sans principes, je l'appelle. Je ne vois pas comment ils s'entendent avec eux-mêmes.

«Je devrais réfléchir assez facilement», dit Eddy; mais il ajouta, pour éviter une dispute (il avait souvent essayé de discuter avec Nevill, sans succès), « Mais la politique de mon journal ne me touchera pas. J'y vais entièrement en tant que critique littéraire.

"Oh je vois." Nevill s'est désintéressé parce que la littérature n'est pas intéressante, comme la politique. "Romans et poésie, et tout ça." Les romans, la poésie et tout le reste, bien sûr, doivent être révisés s'ils sont écrits ; mais ni leur écriture ni leur révision (peut-être pas non plus leur lecture, seulement cela prend moins de temps) ne semblent pas être une véritable œuvre d'homme.

Molly (la fille) a dit : « *Je* pense que c'est un plan terriblement intéressant, Eddy », même si elle était un peu désolée qu'Eddy n'aille pas à l'église. (Les Bellair étaient autorisés à l'appeler ainsi, mais pas Daphné.)

On pouvait compter sur Molly pour qu'elle soit toujours sympathique et gentille. C'était une personne de vingt ans, au visage rond et ensoleillé, avec des yeux clairs brun ambré et des cheveux bruns bouclés, et un rire joyeux et contagieux. Les gens la considéraient comme une chère petite fille ; elle était si douce, si altruiste, si charmante et polie, et en même temps pleine de bonne humeur hilarante et d'énergies joyeuses et de garçon manqué. Bien que moins magnétique, elle était en réalité bien plus gentille que Daphné. Les deux s'aimaient beaucoup. Tout le monde, y compris ses frères et Eddy Oliver, aimait Molly. Eddy et elle étaient devenus, au cours des deux dernières années, depuis que Molly avait grandi, des amis proches.

"Eh bien, regarde ici", dit Daphné, "nous sommes venus pour le chiot", et ils sont donc tous allés dans la cour où vivait le chiot.

Le chiot était dodu et joueur, avec des yeux ambrés et ressemblait un peu à Molly, comme le remarqua Eddy.

« Les Diddum ! J'aurais aimé *être* comme lui," répondit Molly en le serrant dans ses bras, tandis que son frère et sa sœur tombaient sur ses chevilles. « Il est plutôt plus gros que Wasums , Daffy, mais pas *aussi* trapu que Babs. Je pensais que tu devrais avoir celui du milieu.

"C'est une joie totale", dit Daphné en le prenant.

« Peut-être que je ferais mieux de descendre l'allée avec toi quand tu partiras, » dit Molly, « afin de rompre la séparation pour lui. Mais viens prendre le thé maintenant, n'est-ce pas ?

« On y va, Eddy ? » dit Daphné. « Tu penses que nous devrions le faire ? Il y aura des femmes de chanoines à la maison.

"C'est réglé", a déclaré Eddy. « Il n'y aura pas de nous. Même si j'aime les femmes de chanoines, c'est plutôt le premier jour. Je dois m'habituer progressivement à ces choses, sinon je m'énerve. Allez, Molly, il est temps d'essayer Bumble-Puppy avant le thé.

Ils partirent ensemble et Daphné resta dans les écuries et dans la cour avec les garçons et les chiens.

Les Bellair avaient cette sorte de thé extrêmement préférable qui se prend autour d'une table, avec de la confiture et des couteaux. Il n'y en avait pas au doyenné, parce que les gens viennent régulièrement dans les doyennés, et il n'y a peut-être pas assez de places réservées, et d'ailleurs, le thé de salon est plus poli pour les chanoines et leurs femmes. C'est donc à elle seule que Daphné et Eddy aimaient prendre le thé chez les Bellair. Aussi, les Bellairs' *en La famille* était une fête délicieuse et joyeuse. Le colonel Bellairs était hospitalier, génial et divertissant ; Mme Bellairs était d'une gentillesse merveilleuse et ressemblait un peu à Molly d'un point de vue sobre, maternel et considérablement épanoui. Ils étaient moins éclairés qu'au doyenné, mais tout à fait disposés à admettre que le livre de prières devrait être révisé, si le doyen le pensait, même si pour eux, personnellement, c'était assez bon tel quel. Il y avait peu de gens aussi bienveillants, aussi véritablement courtois et bien élevés.

Le colonel Bellairs, bien qu'un peu désolé pour le doyen parce qu'Eddy ne semblait pas s'installer progressivement dans une profession sensée — (dans son propre cas, le problème de « Que faire de nos garçons » avait toujours été très simple) — aimait du fils de son ami, et très gentil avec lui, et le trouvait un garçon gentil et attirant, même s'il ne s'était pas encore trouvé. Lui et sa femme espéraient tous deux qu'Eddy ferait cette découverte d'ici peu, pour une raison qu'ils avaient.

Après le thé, Claude et Molly repartirent avec les Oliver, pour rompre la séparation de Diddums . Eddy voulait parler à Molly de ses perspectives, et qu'elle lui dise à quel point elles étaient intéressantes (Molly était toujours si délicieusement intéressée par tout ce qu'on lui disait), alors lui et elle marchèrent devant l'allée, dans la pâle lumière de la maison. Lune de Noël, qui s'est levée peu après le thé. (Cela faisait un an que cela s'est produit).

« Je suppose, » dit-il, « que vous pensez que c'est assez faible d'avoir commencé une chose et de l'abandonner si tôt. Mais je suppose qu'il faut essayer un peu pour découvrir quel est réellement son travail.»

« Pourquoi, bien sûr. Ce serait absurde de s'accrocher si ce n'est pas vraiment ce que l'on aime faire.

« Moi aussi, j'ai aimé ça. Seulement, j'ai découvert que je ne voulais pas y consacrer tout mon temps et mon intérêt. Je ne peux pas être ce genre d'homme minutieux et mono-job. Les hommes sont là. Traherne, maintenant, j'aurais aimé que vous le connaissiez ; il est splendide. Il s'y jette corps et âme et dit non à tout le reste. Je ne peux pas. Je ne pense même pas que je le veuille. La vie est trop variée pour cela, me semble-t-il, et on veut tout avoir – ou du moins beaucoup de choses. La conséquence a été que j'ai été expulsé. Finch m'a dit que je devais interrompre ces autres choses ou m'en aller. Alors je suis sorti. Je comprends bien son point de vue, et qu'il avait raison d'une certaine manière ; mais je ne pouvais pas le faire. Il voulait que je voie moins mes amis, d'une part ; pensaient qu'ils gênaient leur travail, ce qui peut être le cas parfois ; et il ne les approuvait pas non plus tous. C'est trop drôle. Pourquoi ne devrait-on pas être ami avec n'importe qui, même si son point de vue n'est pas tout à fait le sien ?

"Bien sûr." Molly y réfléchit un instant et ajouta : "Je crois que je pourrais être amie avec n'importe qui, sauf un païen."

"Un quoi?"

« Un païen. Un incroyant, vous savez.

"Oh je vois. Je pensais que tu parlais d'un noir. Eh bien, cela dépend en partie de ce qu'ils ne croient pas, bien sûr. Je pense que personnellement, il faut essayer de croire le plus de choses possible, c'est plus intéressant ; mais je ne sens aucune barrière entre moi et ceux qui croient beaucoup moins. Vous ne le feriez pas non plus si vous appreniez à les connaître et à les aimer. On n'aime pas les gens pour ce qu'ils croient, ni on ne les aime pas pour ce qu'ils ne croient pas. Cela n'entre tout simplement pas du tout.

Quoi qu'il en soit, Molly ne pensait pas pouvoir être de véritables amies avec un païen. Le fait qu'Eddy l'ait fait l'inquiétait très légèrement ; elle préférait être d'accord avec Eddy. Mais elle a toujours été fidèle à ses propres principes et n'a pas tenté de le faire dans cette affaire.

"Je veux que vous rencontriez quelques-uns de mes amis qui, j'espère, viendront rester après Noël", poursuivit Eddy, qui savait qu'il pouvait compter sur un accueil beaucoup plus sympathique pour ses amis de Molly que de Daphné. « Je suis sûr que vous les aimerez énormément. L'un d'eux est Arnold Denison, dont vous avez sans doute entendu parler. (Molly l'avait fait, de Daphné.) "Les autres sont des filles : Jane Dawn et Eileen Le Moine." Il parla un peu de Jane Dawn et d'Eileen Le Moine, comme il avait parlé à Daphné, mais de manière plus approfondie, car Molly était une auditrice plus gratifiante.

« Ils ont l'air terriblement gentils. Tellement original et intelligent », fut son commentaire. « Il faut que ce soit parfaitement déchiré pour pouvoir faire quelque chose de vraiment bien. J'aimerais pouvoir."

"Moi aussi", dit Eddy. «J'aime les gens qui le peuvent. Ils sont tellement... eh bien, vivants, d'une manière ou d'une autre. Encore plus que la plupart des gens, je veux dire ; si possible », ajouta-t-il, conscient de l'intense vitalité de Molly, de celle de Daphné, et de la sienne, et de celle de Diddums . Mais les génies, il le savait, avaient une sorte de flamme brûlante leur permettant de vivre au-delà de cela...

« Nous ferions mieux d'attendre les autres ici », dit Molly en s'arrêtant à la porte du terrain, « et je remettrai Diddums à Daffy. Il sentira que tout va bien si je le mets dans ses bras et lui dis de rester là.

Ils attendirent, assis sur le montant. La lumière argentée inondait les champs bruns, les rendant gris et pâles. Cela argenté le corps brun absurde de Diddums alors qu'il se blottit dans les bras de Molly, et les cheveux bouclés, échappant aux vagues et le petit visage doux de Molly, un peu pâli par son éclat. Pour Eddy, les champs et les bois gris, ainsi que Molly et Diddum sous la lune formaient une délicieuse image de maison, dont lui-même faisait pleinement partie. Eddy avait certainement le don de s'intégrer dans n'importe quelle image sans pot, qu'il s'agisse d'une classe d'école du dimanche à St. Gregory's, d'un club de jeux du dimanche à Chelsea, d'un thé de chanoines au doyenné, des écuries et des chenils du Hall, ou une promenade avec un chiot dans les champs de campagne. Il leur appartenait à tous, et eux à lui, de sorte que personne ne disait jamais : « Que fait- *il* dans cette *galère* ? comme on le dit de temps en temps par la plupart d'entre nous.

Eddy, tandis qu'ils attendaient Claude et Daphné au portail, se demandait un peu si ses nouveaux amis s'intégreraient facilement dans ce tableau. Il l'espérait beaucoup.

Les autres arrivèrent, se chamaillant comme d'habitude. Molly a mis Diddums dans les bras de Daphné et lui a dit de rester là, et ils se sont séparés.

CHAPITRE VII.

VISITEURS AU DOYENÉ.

EDDY, alors qu'ils jouaient au coon-can ce soir-là (un jeu horrible répandu à cette époque), s'adressa à ses parents au sujet des visiteurs qu'il souhaitait. Il leur mentionna les faits déjà racontés à Daphné et Molly concernant leurs réalisations et leurs vertus (en omettant ceux concernant leurs arrangements domestiques). Et ces éloges funèbres sont une erreur quand on demande à des amis de rester. Il ne faut pas les prononcer. Cela fait naître un préjugé difficile à éradiquer dans l'esprit des parents, des frères et sœurs, et la visite pourrait s'avérer un échec. Eddy était intelligent et aurait dû le savoir, mais il était d'humeur irréfléchie ce Noël et il l'a fait.

Sa mère lui dit gentiment : « Très bien, chérie. Quel jour veux-tu qu'ils viennent ?

« Je préférerais qu'ils soient ici pour le jour de l'An , si cela ne vous dérange pas. Ils pourraient arriver le 31.

Eddy a inscrit trois deux au premier tour, pour l'excellente raison qu'il les avait récupérés. Daphné, dégoûtée, dit : « Regardez Teddy économisant six points de dégâts ! Je suppose que c'est comme ça qu'ils jouent dans votre bidonville.

Mme Oliver a dit : « Très bien. N'oubliez pas que les Bellair viennent dîner le jour de l'An. Cela fera une grande fête, mais nous pouvons nous en sortir très bien.

« À ton tour, maman », dit Daphné, qui n'aimait pas traîner.

Le doyen, qui avait l'air pensif, dit : « Le Moine, tu as dit qu'un de tes amis avait été appelé ? Aucun rapport, je suppose, avec cet écrivain Le Moine, dont la pièce a été censurée il n'y a pas longtemps ?

« Oui, c'est son mari. Mais c'est une personne charmante. Et c'était aussi une pièce délicieuse. Pas un peu ennuyeux, ni vulgaire, ni pompeux, comme certaines pièces censurées. Il n'a mis les parties qu'ils n'aimaient pas juste pour s'amuser, pour voir si elles seraient censurées ou non, et en partie parce que quelqu'un lui avait parié qu'il ne pourrait pas être censuré s'il essayait.

Le doyen avait l'air de trouver ça idiot. Mais il ne voulait pas parler de pièces censurées, à cause de Daphné, qui était jeune. Alors il a seulement dit : « Jouer avec le feu » et a changé de sujet. « Est-ce qu'il pleut dehors, Daffy ? » demanda-t-il avec une intention humoristique, alors que son tour venait de jouer. Comme personne ne lui a demandé pourquoi il voulait savoir, il leur a dit. "Parce que, si ça ne vous dérange pas, je pense sortir", et il posa la main sur la table.

« Oh, dis-je, père ! Deux farceurs ! Pas étonnant que tu sois absent. (Ce jargon d'un jeu ancien mais autrefois populaire exige peut-être des excuses ; de toute façon, personne n'a besoin d'essayer de le comprendre. *Tout passe, tout lasse* .... Même le Tango Tea sera trop tôt démodé).

Le doyen se leva de table. « Maintenant, je dois arrêter cette frivolité . J'ai beaucoup de travail à accomplir.

"Ne continue pas trop longtemps, Everard." Mme Oliver avait peur qu'il ait mal à la tête.

« J'en ai bien peur, c'est nécessaire lorsqu'une certaine personne conduit. La personne en question dans cette affaire est représentée par le pauvre vieux Taggert.

Le pauvre vieux Taggert était lié à un autre journal de l'Église, plus élevé que le *Guardian* , et il avait écrit dans ce journal de longs défis au doyen « pour expliquer de manière satisfaisante » ce qu'il avait voulu dire par certaines expressions utilisées par lui dans sa dernière lettre sur la révision. Le doyen pouvait expliquer n'importe quoi de manière satisfaisante et a trouvé que c'était un exercice agréable, mais qui prenait du temps et de l'énergie.

j'appelle une perte de temps effroyable , dit Daphné lorsque la porte fut fermée. « Parce qu'ils ne seront jamais d'accord et qu'ils ne semblent pas aller plus loin en parlant. Pourquoi ne jettent-ils pas un coup d'oeil ou quelque chose comme ça, pour voir qui a raison ? Ou tirer au sort. Un long, révisez tout, celui du milieu, révisez-le comme le père et ses semblables le souhaitent, un court, laissez-le tranquille, comme le veulent le *Church Times* et le Canon Jackson.

« Ne sois pas stupide, ma chérie », dit distraitement sa mère.

« Un jour , ajouta Eddy, tu seras peut-être assez vieux pour comprendre ces choses difficiles, ma chérie. En attendant, essayez d'être vu et non entendu.

« Quoi qu'il en soit, » dit Daphné, « je sors... Je crois que c'est plutôt un jeu de foot, en fait. Cela n'amuse pas plus d'une semaine. Je préfère jouer au bridge ou à cache-cache.

Noël est passé, comme Noël passera, laissez-lui seulement le temps. Ils le gardaient au doyenné comme ils le conservaient dans d'autres doyennés et, en fait, dans de très nombreux foyers non doyennés. Ils préparèrent des colis et manquèrent de papier kraft, achetèrent encore de la ficelle et beaucoup plus de timbres, envoyèrent des cartes et des cartes, et reçurent des cartes et des cartes et des cartes, et se dépêchèrent d'envoyer plus de cartes pour combler la différence (mais certains (il n'est arrivé que le jour de Noël, ce qui était un mauvais tour, et a dû attendre pour être renvoyé jusqu'au nouvel an), et a fait le tour des colis, et s'est enfin reposé, et le jour de Noël est arrivé. C'était une journée glaciale, avec de la glace, etc., et les Oliver sont allés patiner dans l'après-midi avec les Bellair, des oranges rondes et rondes. Eddy a appris à Molly un nouveau truc, ou pas, ou quel que soit le nom que ceux qui patinent ont donné à ce qu'ils apprennent, et Daphné et les garçons Bellair volaient main dans la main, gracieux et charmants à regarder. Dans la nuit, il a neigé et le lendemain, ils ont tous fait de la luge.

"Je n'ai pas vu Molly aussi bien depuis des semaines", a déclaré la mère de Molly à son père, même si Molly avait généralement l'air bien.

« Un temps sain », a déclaré le colonel Bellairs, « et un exercice sain. J'aime voir tous ces enfants jouer ensemble.

Sa femme appréciait aussi cela et rayonnait devant eux autour du thé, auquel les Oliver venaient souvent après l'exercice sain.

Pendant ce temps, Arnold Denison, Jane Dawn et Eileen Le Moine ont tous écrit pour dire qu'ils viendraient le 31, ce qu'ils ont fait. Ils sont venus par trois trains différents et Eddy a passé l'après-midi à les rencontrer, au lieu de patiner avec les Bellair. Arnold arriva d'abord, de Cambridge, et vingt minutes plus tard Jane, d'Oxford, sans son sac qu'elle avait égaré à Rugby. Pendant ce temps, Eddy reçut un long télégramme d'Eileen l'informant qu'elle avait raté son train et qu'elle passerait par le suivant. Il a emmené Jane et Arnold chez eux pour prendre le thé.

Daphné patinait toujours. Le doyen et sa femme ont toujours été charmants avec les invités. Le doyen a parlé de Cambridge à Arnold. Il avait côtoyé le professeur Denison et bien d'autres personnes et était toujours resté en contact avec Cambridge, comme il l'a fait remarquer. Parfois, alors qu'il était chanoine d'Ely, il avait prêché le sermon universitaire. Il n'approuvait pas entièrement les perspectives sociales et théologiques, ou non théologiques, du professeur Denison et de sa famille ; mais quand même, les Denison étaient des gens capables, intéressants et dignes de respect, bien que grincheux. Arnold le Doyen soupçonnait effectivement d'être très grincheux ; pas l'ami qu'il aurait choisi pour Eddy dans l'hypothèse improbable où il avait eu la sélection des amis d'Eddy. Certainement pas la personne qu'il aurait choisie pour qu'Eddy partage sa chambre, comme c'était maintenant leur plan. Mais rien de tout cela n'apparaissait dans son attitude courtoise, sinon très expansive, envers son invité.

À Jane, il parla de son père, un érudit distingué d'Oxford, et, pendant ce temps, la regardait avec curiosité, se demandant pourquoi elle avait l'air différente des filles auxquelles il était habitué. Sa femme aurait pu lui dire que c'était parce qu'elle portait une robe gris-bleu, assez joliment brodée sur l'empiècement et les poignets, au lieu d'une chemise, d'un manteau et d'une jupe. Elle n'était pas surprise, faisant partie de ces personnes dont l'expérience plutôt limitée leur a appris que les artistes sont souvent ainsi. Elle a parlé à Jane de Welchester , de la cathédrale et de ses fenêtres, dont certaines étaient en bon état. Jane, avec sa petite voix douce, ses jolies manières et son sourire charmant et amical, ne pouvait que faire une impression agréable à quiconque n'était pas trop lésé par la robe gris-bleu. Et Mme Oliver était assez artistique pour voir que la robe lui allait bien, même si elle préférait elle-même que les filles ne ressemblent pas aux premières images italiennes de Sainte-Ursule. Cela pourrait convenir à Oxford ou à Cambridge (on comprend que ce style soit encore, quoique de moins en moins fréquent, rencontré occasionnellement dans nos anciennes universités), ou sans aucun doute à Letchworth et à Hampstead Garden City, et peut-être au-delà de Blackfriars. Bridge (Mme Oliver était vague à ce sujet, ne connaissant pas bien cette partie de Londres) ; mais à Welchester , une ville de campagne dotée d'une cathédrale dans le Midland, cela ne convenait pas et n'a pas été fait. Mme Oliver se demandait si cela ne dérangeait pas Eddy, mais il ne semblait pas le faire. Eddy ne s'était jamais soucié de ce genre de choses que la plupart des garçons pensaient ; il n'avait jamais, à l'école, trahi la moindre inquiétude concernant les vêtements ou les manières de ses parents lorsqu'ils lui rendaient visite ; il pensait probablement que tous les vêtements et toutes les manières, comme toutes les idées, étaient très jolis, à leurs différentes manières.

Mais quand Daphné entra, vêtue d'une jupe en tweed et d'une casquette et d'une casquette de golf bleues, et joliment rougie par l'air vif jusqu'à la couleur d' un coquillage rose, ses yeux vifs observaient chaque détail de la tenue vestimentaire de Jane avant qu'elle ne soit présentée, et sa mère devina un scintillement réprimé dans son sourire. Mme Oliver espérait que Daphné se montrerait polie envers ces visiteurs. Elle avait peur que Daphné soit d'humeur plutôt perverse envers les amis d'Eddy. Denison, bien sûr, ne l'aimait franchement pas et ne le cachait pas beaucoup. Il était vaniteux, simple, ses cheveux en désordre, son col bas et ses manières hautaines. Denison était bien équipé pour prendre soin de lui-même ; ceux qui en sont venus aux mains avec lui s'en sont rarement sortis le mieux. Il se comportait très bien au thé, sachant, comme Eddy l'avait dit, que c'était un doyenné. Mais il était ennuyeux une fois. Quelqu'un avait offert à Mme Oliver à Noël un certain livre, contenant de nombreuses pensées belles et tranquilles sur ce monde, ses habitants, son origine et son but, écrit par un écrivain qui avait produit et continuerait sans aucun doute à produire, très beaucoup de ces livres. Beaucoup de gens lisent constamment cet écrivain et en tirent de l'aide, et souvent l'écrivent et le lui disent ; d'autres ne l'ont pas lu du tout, ne trouvant pas la vie assez longue ; d'autres encore le lisent parfois dans un moment d'inactivité, pour se divertir un peu. Parmi ces derniers se trouvait Arnold Denison. Lorsqu'il posa sa tasse de thé sur la table à côté de lui, son regard tomba sur le beau livre posé dessus, et il rit un peu.

« Lequel est-ce ? Oh, *les allées du jardin* . C'est l'avant-dernier, n'est-ce pas ? Il le ramassa, tourna les feuilles et rit d'un certain passage, qu'il commença à lire à haute voix. Il avait malheureusement, ou devait avoir, une portée philosophique et plus ou moins religieuse (l'écrivain était un chercheur vague mais zélé de la vérité) ; aussi, plus malheureusement encore, le doyen et sa femme connaissaient l'auteur ; en fait, il était souvent resté avec eux. Eddy en aurait prévenu Arnold s'il avait eu le temps, mais il était trop tard. Il ne pouvait que dire maintenant : « J'appelle cela très intéressant et joliment bien dit. »

Le doyen dit, cordialement, mais avec acerbe : « Ah, vous ne devez pas vous moquer de Phil Underwood ici, vous savez ; c'est un *persona grata* avec nous. Un cher camarade. Et pas du tout gâché par tout son immense succès. Aussi franc et indifférent qu'il l'était lorsque nous étions ensemble à Cambridge, il y a trente-cinq ans. Et regardez tout ce qu'il a fait depuis. Il est entré directement dans le cœur du public de lecture – la partie la plus réfléchie et la plus exigeante, bien sûr, car il n'est pas à la portée de n'importe quel homme – pas assez voyant ; ce n'est pas un de vos intelligents marchands de paradoxes et d'épigrammes. Il nous conduit par des sentiers très calmes et délicieux, tout droit sortis du monde bruyant. Un excellent repos et rafraîchissement pour les hommes et les femmes occupés ; nous voulons plus de gens comme lui en cette époque pressée, où le principal objectif de la plupart des gens semble être de voir tout ce qu'ils peuvent accomplir en si peu de temps.

« *Il est* assez doué pour ça, vous savez », suggéra Arnold, se tournant innocemment vers la page de titre de l'avant-dernière pour en trouver la date.

Mme Oliver dit doucement, mais avec un peu de distance : « Je trouve toujours un peu dommage de me moquer d'un écrivain qui a aidé tant de gens aussi grandement que Philip Underwood l'a fait », ce qui était atténuant et définitif, et du genre Ce qui est injuste, pensait Arnold, c'est qu'on ne devrait pas dire cela dans une conversation. C'est le pire des gens qui ne sont pas intelligents ; ils se retournent soudainement contre vous et marquent de gros points, et vous ne pouvez pas vous venger. Alors il dit, ennuyé : « Dois-je venir avec toi pour rencontrer Eileen, Eddy ? et Daphné pensait qu'il avait des manières pourries et qu'il avait insulté ses parents. Lui et Eddy sont sortis ensemble pour rencontrer Eileen.

Il était caractéristique de Jane qu'elle n'ait apporté aucune contribution à cette conversation, n'ayant jamais lu de Philip Underwood et n'ayant que très vaguement et vaguement entendu parler de lui. Jane était merveilleusement douée pour ne s'occuper que des premiers ; c'est pourquoi elle ne se moquait jamais du second ou du troisième ordre, car cela n'existait pas pour elle. Elle n'était pas de ces artistes qui se moquent de la Royal Academy ; elle n'a jamais vu la plupart des tableaux qui y étaient exposés, mais seulement les quelques-uns qu'elle désirait voir et qu'elle allait exprès voir. Elle ne s'est pas non plus moquée de nos écrivains de fiction les plus populaires, ni de Philip Underwood. Jane était très cloîtrée, très chaste. Quelles que soient les choses belles, elle pensait à ces choses-là et à aucune autre. En ce moment, elle pensait à la salle du doyenné , à la beauté de sa forme, à la belle courbe des escaliers en chêne qui y montaient, et à quel point il était agréable et valait la peine de dessiner le visage long, irrégulier et délicatement teinté de Daphné, avec le un sourire humoristique, unilatéral, à moitié réticent, et les vagues de cheveux dorés sous le bonnet bleu. Elle se demandait si Daphné la laisserait faire un croquis. Elle la dessinait comme une petite vagabonde, amusée, maussade, elfique, à moitié apprivoisée, complètement gâtée, de préférence en haillons et aux membres nus – les doigts de Jane démangeaient de travailler sur elle.

Plutôt une fille silencieuse, décida Mme Oliver, et dit : « Vous devez visiter la cathédrale demain.

Jane était d'accord qu'elle le devait, et Daphné espérait qu'Eddy s'occuperait de cette affaire. Pour elle, elle en avait assez de montrer aux gens la cathédrale et de les conduire jusqu'à la porte anglaise ancienne et aux arcs normands, et à quelque chose d'autre, la chapelle de la Dame, et toutes les autres choses ennuyeuses que le guide mettait superfluement dans la mémoire des gens. se dirige vers s'enquérir après. On emmenait des tantes faire le tour... Mais chaque fois que Daphné le pouvait, elle laissait le soin au doyen, qui l'appréciait et avait, bien sûr, beaucoup plus à dire à ce sujet, connaissant non seulement tous les détails de son architecture et de son histoire, mais aussi tous les détails des réparations, des fixations et des améliorations générales nécessaires, ainsi que le temps qu'il faudrait pour les réaliser et le peu d'argent actuellement disponible pour les réaliser. Le doyen tenait autant à sa cathédrale qu'à la révision. Mme Oliver en avait la connaissance habituelle chez les gens de culture qui habitent près des cathédrales, et Eddy cela et quelque chose de plus, ajouté par une grande affection. La cathédrale avait pour lui du glamour et de la gloire.

Le doyen commença à en parler à Jane.

« Vous êtes un artiste, nous dit Eddy, dit -il bientôt ; « Eh bien, je pense que certains éléments de notre cathédrale doivent être une source d'inspiration pour tout artiste. Connaissez-vous les études de Wilson Gavin sur les détails d'Ely ? Travail très exquis et délicat.

Jane le pensait aussi.

« Pauvre Gavin », ajouta le doyen plus gravement ; « Nous avions l'habitude de le voir un peu quand il descendait à Ely, il y a cinq ou six ans. C'est une chose extraordinaire qu'il puisse faire un travail comme celui-là, si merveilleusement pur et délicat, et plein, apparemment d'un amour si respectueux de la beauté – et en même temps mener la vie qu'il a menée depuis, et qu'il mène maintenant, je suppose.

Jane parut perplexe.

Le doyen a dit : « Ah, bien sûr, vous ne le connaissez pas. Mais on entend des histoires tristes… »

«Je connais un peu M. Gavin», a déclaré Jane. "Je l'aime toujours beaucoup."

Le doyen la trouvait soit pas assez précise, soit trop ignorante pour être crédible. De toute évidence, soit elle n'avait jamais entendu parler, soit elle avait complètement oublié, soit cela ne la dérangeait pas, ces histoires tristes. Il espéra le meilleur et abandonna le sujet. Il ne pouvait pas dire directement, devant Miss Dawn et Daphné, qu'il avait entendu dire que M. Gavin s'était enfui avec la femme de quelqu'un d'autre.

C'était peut-être mieux qu'Eddy, Arnold et Eileen arrivent à ce moment.

D'un coup d'œil, les Oliver virent que Mme Le Moine était différente de Miss Dawn. Elle était joliment habillée. Elle avait un manteau de voyage bleu, des fourrures grises, des yeux d'un bleu profond sous des sourcils noirs et un sourire engageant. Certainement « plutôt belle », comme avait dit Eddy à Daphné, et d'un charme qu'ils ressentaient tous, mais surtout le Doyen.

Mme Oliver, attirant le regard d'Eddy alors qu'il la présentait, vit qu'il était fier de celui-ci parmi ses visiteurs. Elle connaissait le regard, radieux, à moitié timide, le regard d'un gentil enfant présentant un camarade d'école admiré à ses gens, sûr qu'ils s'entendront bien, pensant combien il était heureux pour eux deux de se connaître. L'enfant le moins gentil a un regard différent, méfiant, nerveux, anxieux, de peur que son peuple ne se déshonore...

Mme Oliver a donné du thé à Mme Le Moine. Ils parlèrent tous. Eileen avait apporté avec elle un périodique qu'elle lisait dans le train et qui contenait un poème de Billy Raymond. Arnold l'a ramassé, l'a lu et a dit qu'il en était désolé. Eddy l'a ensuite lu et a dit : « Je l'aime plutôt. N'est-ce pas, Eileen ? C'est vraiment Billy dans une certaine humeur, bien sûr.

Arnold a déclaré que c'était Billy qui réagissait avec une telle violence contre Masefield - une procédure très sensée dans certaines limites - qu'il avait presque atterri dans la préciosité impressionniste des premiers édouardiens.

Eileen a déclaré: «C'est Billy quand il déjeune avec Cecil. Il est souvent pris comme ça à cette époque-là.

Le doyen a dit : « Et qui est Cecil ?

Eileen dit : « Mon mari », et le doyen et Mme Oliver ne savaient pas si, étant donné que l'on vivait séparé de son mari, c'était plutôt agréable de le mentionner avec désinvolture lors d'un thé comme celui-là ; plus particulièrement alors qu'il venait d'écrire une pièce censurée.

Le doyen, pour ne pas s'étendre sur le sujet de M. Le Moine, tendit la main à la *Blue Review* et parcourut la production de Billy, qui s'appelait « The Mussel Picker ».

Il le déposa immédiatement et dit : « Je ne peux pas dire que j'en tire une pensée très cohérente. »

Arnold a dit : « Tout à fait . Billy n'en avait pas à ce moment-là. C'est tout à fait évident. Billy l'a parfois fait, mais parfois non, vous savez. Billy est parfois, mais pas toujours, un jeune homme superficiel.

"Des jeunes hommes superficiels produisent une grande partie de notre poésie moderne, il me semble d'après ma faible connaissance de celle-ci", a déclaré le doyen. "On manque l'idée qui a rendu les géants victoriens si beaux."

Comme bon nombre des jeunes producteurs superficiels de notre poésie moderne étaient plus ou moins intimement connus de ses trois invités, Arnold soupçonnait le doyen d'essayer de se venger de ses calomnies sur Philip Underwood. Il se retint difficilement de dire, gentiment mais distantement, *à la manière de* Mme Oliver : « Je trouve toujours plutôt dommage de critiquer des écrivains qui ont aidé tant de gens aussi grandement que nos poètes géorgiens », et dit à la place : « Mais le truc avec Billy's, c'est que ce n'est pas du tout moderne. Cela respire il y a quinze ans, l'époque où les gens peignaient avec des mots et recherchaient uniquement une atmosphère. Bien sûr, quoi que vous disiez des meilleurs gens modernes, vous ne pouvez pas nier qu'ils sont pleins de réflexion, si pleins que parfois ils oublient le son et tout le reste. Bien sûr, cette idée ne vous *plaira peut-être pas* , c'est tout autre chose ; mais vous ne pouvez pas le manquer ; cela vous saute aux yeux... Avez-vous lu le truc de John Henderson dans l' *English Review de ce mois-* ci ?

C'était l'un des périodiques qui n'étaient pas acceptés au doyenné, donc le doyen ne l'avait pas lu. Il ne voulait pas non plus entrer dans une polémique sur la poésie moderne, qu'il connaissait moins bien que les géants victoriens.

Arnold, parlant trop, comme il le faisait souvent quand il ne parlait pas trop peu, dit à Daphné de l'autre côté de la pièce : « Que pensez- *vous* de John Henderson, Miss Oliver ?

Cela l'amusait de la provoquer, car elle était à sa hauteur en termes de grossièreté et l'attirait aussi par son visage attrayant et son discours brusque. Elle n'était pas ennuyeuse, même si elle ne se souciait peut-être pas de John Henderson ou de tout autre poète, et elle regardait et bâillait quand elle s'ennuyait.

«Je n'ai jamais pensé à lui du tout», dit-elle maintenant. "Qui est-il?" même si elle le savait très bien.

Arnold commença à lui dire, avec élaboration et diffusion.

"Je peux vous prêter ses œuvres, si vous le souhaitez", a-t-il ajouté.

Elle a dit : « Non, merci », et Mme Oliver a répondu : « Je crains que nous ne trouvions pas beaucoup de temps pour une lecture informelle ici, M. Denison », ce qui signifie qu'elle ne pensait pas que John Henderson convenait à Daphné. , parce qu'il était parfois grossier, et qu'elle le soupçonnait d'être libre-penseur, alors qu'en réalité il était ardemment et même passionnément religieux, d'une manière peu adaptée aux doyennés.

" *Je* ne lis pas les choses de John, tu sais, Arnold," dit Jane. « Je ne les aime pas beaucoup. Il a dit que je ferais mieux de ne pas essayer, car il ne pensait pas que je devrais jamais les aimer davantage.

"C'est John partout", a déclaré Eileen. « Il est si gentil et intouchable . Imaginez Cecil dire cela, sauf avec un sarcasme amer. John est un être cher, donc il l'est. Même s'il a lu pire mardi dernier à la librairie que je n'ai jamais entendu personne. On croirait qu'il a une prune dans la bouche.

Ces jeunes étaient évidemment très intéressés par les poètes et la poésie. Alors Mme Oliver a déclaré : « Le dernier soir de l'année, le doyen nous lit généralement de la poésie, juste avant que l'horloge ne sonne. Très souvent, il lit « Ring out, wild bells » de Tennyson. C'est une vieille coutume familiale chez nous », a-t-elle ajouté, et ils ont tous dit que c'était une bonne chose et que ce serait agréable. Alors Mme Oliver leur dit qu'ils ne devaient pas s'habiller pour le dîner, car il y aurait ensuite un chant du soir dans la cathédrale, à l'occasion du réveillon du Nouvel An.

"Mais tu n'es pas obligé d'y aller à moins que tu le veuilles," ajouta Daphné avec envie. Elle-même devait y aller, qu'elle le veuille ou non.

«J'aimerais bien», dit Eileen.

"C'est une façon de voir la cathédrale, bien sûr", a expliqué Eddy. "C'est plutôt beau à la lueur des bougies."

Alors ils décidèrent tous d'y aller, même Arnold, qui pensait que de toutes les façons de voir la cathédrale, c'était la moins bonne. Cependant, il y est allé, et quand ils sont revenus, ils se sont installés pour une nuit de fête, jouant du coon-can et du pianola, et préparant du punch, jusqu'à onze heures et demie, lorsque le doyen est revenu de son bureau avec Tennyson et a lu : « Sonnez, cloches sauvages. À midi moins cinq, ils commencèrent à écouter l'horloge sonner, et quand elle eut sonné et dûment compté, ils se burent mutuellement une bonne année en punch, sauf Jane, qui n'aimait pas trop le whisky pour en boire, et prit de la limonade. plutôt. En bref, ils formaient l'un des nombreux foyers heureux d' Angleterre qui terminaient la vieille année de la même manière joyeuse et amicale. Ceci fait, ils se couchèrent.

"Eddy dans la maison est vraiment très cher", dit Eileen à Jane, s'attardant un moment près du feu de Jane avant de rejoindre la sienne. "C'est un si… un si bon garçon, n'est-ce pas ?" Elle s'appuya sur ces mots, avec une touche de tendresse et de raillerie. Puis elle ajouta : « Mais, Jane, nous allons faire choquer ses parents avant de partir. Ce serait facile à faire. En fait, je ne suis pas sûr que nous ne l'ayons pas déjà fait un peu. Arnold est si imprudent, et vous si naïf, et moi si ambiguë dans ma position. J'ai peur qu'ils nous trouvent un peu anticonformistes, rien de moins, et qu'ils soient nerveux à l'idée que nous soyons trop avec la jolie petite sœur boudeuse. Mais j'espère qu'elle y veillera elle-même ; nous l'avons ennuyée, tu sais. Et Arnold insiste pour l'ennuyer, ce qui l'ennuie.

"Elle a l'air plutôt gentille quand elle est en colère", a déclaré Jane, à propos de la question avec professionnalisme. « Alors j'aimerais la dessiner. Les gens d'Eddy sont très gentils, mais pas très paisibles, d'une manière ou d'une autre, pensez-vous ? Je ne sais pas pourquoi, mais on se sent un peu fatigué après avoir beaucoup parlé avec eux ; c'est peut-être à cause de ce que vous dites qu'ils pourraient facilement être choqués ; et puis, on ne comprend pas toujours ce qu'ils disent. Du moins, je ne le fais pas ; mais je suis stupide pour comprendre les gens, je sais.

Jane soupira un peu et laissa ses cheveux bruns ondulés tomber en deux mèches lisses de chaque côté de son petit visage pâle. Le Doyenné était plein de normes, de codes et de valeurs étranges, étrangers et inintelligibles. Jane ne savait même pas de quoi il s'agissait, même si Eileen et Arnold, vivant dans une atmosphère moins raréfiée et plus proche du monde, auraient pu l'éclairer sur beaucoup d'entre eux. Au doyenné, il importait de savoir quel était le père de chacun ; très gentiment, mais on en a certainement pris note ; Mme Oliver appréciait la naissance et l'éducation, même si elle n'était pas snob et était tout à fait prête à être gentille et amicale envers ceux qui n'en avaient pas. La façon dont on s'habillait importait également ; si l'on portait des vêtements habituels, bien rangés et suffisamment chers ; si, en fait, on faisait preuve de bon goût en la matière, et n'était ni bon marché ni voyant, mais convenable à l'heure et à l'occasion. Ces choses comptent, c'est très certain. Il importait également que l'on puisse s'orienter dans un livre de prières de l'Église d'Angleterre pendant un service, une tâche pour laquelle Jane et Eileen étaient toutes deux incompétentes. Jane n'avait pas été élevée pour suivre les services religieux dans un livre, mais seulement pour s'asseoir dans les anti-chapelles d'un collège et écouter des hymnes ; et Eileen, élevée par un père de plus en plus anticlérical, avait dérivé de manière intermittente dans les églises catholiques romaines lorsqu'elle était enfant en Irlande, et n'en avait depuis jamais fréquenté aucune. En conséquence, ils avaient, impuissants, fouillé dans leurs livres lors du service du soir. Arnold, qui avait reçu la solide éducation de l'Église (sublimement indépendante des fantaisies personnelles quant à la croyance ou à l'incrédulité) de nos jeunes hommes anglais à l'école et au collège, savait tout cela et montrait à Jane comment trouver les Psaumes, tandis qu'Eddy exécutait la même chose . bureau pour Eileen. Daphné regardait avec un amusement cynique et Mme Oliver avec un véritable sentiment de choc.

"Quoi qu'il en soit", dit ensuite Daphné à sa mère, "je pense qu'ils seront d'accord avec mon père sur le fait qu'il faut le réviser."

Le lendemain, ils sont tous allés faire de la luge et ont rencontré la famille Bellairs. Eddy a réuni Molly et Eileen, parce qu'il voulait qu'elles se fassent des amis, ce que Daphné n'aimait pas, car elle voulait parler à Molly elle-même, et Eileen la faisait se sentir timide. Lorsqu'elle fut seule avec Molly, elle dit : « Que penses-tu des amis d'Eddy ?

"Mme. Le Moine est très charmant », a déclaré Molly, une personne reconnaissante. « Elle est terriblement jolie, n'est-ce pas ? Et Miss Dawn semble plutôt gentille, et M. Denison est très intelligent, je pense.

Daphné renifla. « Il le pense aussi. J'imagine qu'ils pensent tous qu'ils sont très intelligents. Mais ces deux-là (elle désigna Eileen et Jane) ne peuvent pas trouver leur place dans leurs livres de prières sans qu'on leur montre. Je n'appelle pas cela très intelligent.

"Comme c'est drôle", dit Molly.

L'acrimonie a été ajoutée au point de vue de Daphné sur Eileen par Claude Bellairs, qui la regardait comme s'il l'admirait. Claude, en général, regardait Daphné elle-même ainsi ; Daphné ne le voulait pas, trouvant cela idiot, mais c'était plutôt trop de voir son admiration transférée sur cette Mme Le Moine. N'importe qui aurait pu admirer Eileen ; Daphné l'admit à contrecœur, alors qu'elle la regardait. La manière d'Eileen d'accepter les attentions était aussi paresseuse et désinvolte que celle de Daphné, et considérablement moins provocante ; On ne pouvait pas dire qu'elle les encourageait. Seulement, elle avait un charme, un pouvoir d'attraction...

« *Je* ne trouve pas que ce soit gentil, une personne mariée qui laisse des hommes traîner autour d'elle», dit Daphné, qui était plutôt vulgaire.

Molly, qui était raffinée, colorait tout son visage rond et sensible.

« Daffy ! Comment peux-tu? Bien sûr, tout va bien.

"Eh bien, Claude flirterait en un rien de temps si elle le laissait faire."

« Mais bien sûr, elle ne le ferait pas. Comment pourrait-elle le faire ? Molly était terriblement choquée.

Daphné lui fit un sourire cynique et unilatéral. «Facilement, je devrais penser. Mais elle ne pense probablement pas qu'il en vaut la peine .

« Daffy, je pense que c'est horrible de parler comme ça. J'aimerais que tu ne le fasses pas.

"D'accord. Alors viens descendre la colline.

Les Bellair sont venus dîner ce soir-là. Molly était un peu sobre et, avec son flux habituel de bonne humeur enfantine, pas aussi spontanée que d'habitude. Elle s'assit entre Eddy et le doyen, et était plutôt silencieuse avec eux deux. Le doyen accueillit Eileen, et de l'autre côté se trouvait Nevill Bellairs, qui, après avoir déduit dans l'après-midi qu'elle était en partie irlandaise, mentionna très naturellement le Home Rule Bill, contre lequel il avait largement voté contre pendant la dernière session. Étant irlandaise, Mme Le Moine était probablement très attachée à ce sujet, qu'il aborda avec la complaisance de quelqu'un qui avait combattu pour sa cause. Elle l'écouta avec son sourire à moitié railleur et impénétrable, jusqu'à ce qu'Eddy dise de l'autre côté de la table : « Mme. Le Moine est un dirigeant du pays, Nevill ; faites attention », et Nevill s'est arrêté brusquement en plein débit et a dit : « Ce n'est pas le cas ! et il feignait de ne pas s'en soucier, et d'être seulement déconcerté pour lui-même, mais il était vraiment indigné contre elle d'être une telle chose, et un peu contre Eddy de ne pas l'avoir prévenu. Cela a tari sa meilleure conversation, car on ne pouvait pas parler politique à un dirigeant du pays. Il se demandait si elle aussi était papiste. Il parla donc de la chasse en Irlande et découvrit qu'elle ne savait rien de la chasse là-bas ni ailleurs. Puis il essaya Londres, mais découvrit que le Londres qu'elle connaissait était différent du sien, sauf extérieurement, et qu'on ne peut pas toujours parler de rues et d'immeubles, surtout si on ne fréquente pas les mêmes restaurants. Depuis différents lieux de restauration, le monde est vu sous différents angles

; Peu de choses constituent un test plus significatif du point de vue d'une personne.

Pendant ce temps, le doyen parlait à Jane des lieux d'intérêt, tels que les camps romains, dans le quartier . Le doyen, comme beaucoup de doyens, parlait plutôt bien. Il trouvait Jane plutôt attentive et plus instruite que la plupart des jeunes femmes, et il trouvait dommage qu'elle porte une robe aussi démodée. Il ne l'a pas dit, mais lui a demandé si elle l'avait conçu d'après Sainte Ursule de Carpaccio, et elle a répondu non, d'après un ange jouant du tambourin de Jacopo Bellini à l'Académie. Alors , après cela, ils parlèrent de Venise, et il dit qu'il devait lui montrer ses photographies après le dîner. "Ce doit être un endroit merveilleux pour un artiste", lui dit-il, et elle accepta. Puis ils comparèrent leurs notes et découvrirent qu'il avait séjourné à l'hôtel Europa et qu'il avait eu une belle vue sur la Giudecca et Santa Maria Maggiore depuis. les fenêtres (« le plus exquis par temps gris »), et elle avait séjourné dans l'appartement d'un ami artiste, face au Rio delle Beccarie , qui est un *rio* des pauvres. Comme Eileen et Nevill, ils avaient mangé dans des endroits différents ; mais, contrairement à Londres, Venise est un tout cohérent, sans anneaux dans des anneaux, de sorte qu'ils pouvaient parler, bien qu'avec des réserves et quelques propos contradictoires. Le doyen aimait parler de tableaux, de Torcello , de Ruskin, de Saint-Marc et de toutes les autres choses dont on parle quand on est allé à Venise. Peut-être aussi avait-il envie de l'entendre parler un peu d'eux, s'intéressant aux impressions d'un artiste. Jane était d'une simplicité et d'un sens pratique plutôt décevants sur ces sujets ; les artistes, comme les autres experts, ont tendance à laisser les rhapsodies au profane et à assumer tacitement leur admiration pour la beauté dilatée par le non professionnel. Ils déroutent les gens ; le doyen s'en souvenait à propos du pauvre Wilson Gavin.

Pendant qu'il retenait ainsi l'attention de Jane, Eddy parlait à Molly de patinage, un sujet qui les intéressait tous deux vivement, Daphné s'entraînait avec Claude, et Arnold divertissait Mme Oliver, qu'il trouvait un peu *difficile* et plutôt une *grande dame* . Franchement, Mme Oliver n'aimait pas Arnold, et il voyait aussi bien sa courtoisie que l'impolitesse de Daphné. Elle le pensait vaniteux (ce qu'il était), irrévérencieux (ce qu'il était aussi), mondain (ce qu'il n'était pas) et ayant une mauvaise influence sur Eddy (et s'il l'était, cela dépendait de ce que vous entendiez par « mauvais »).

Dans l'ensemble, ce fut un dîner plutôt inconfortable, comme les dîners. Il y avait un sentiment d'inadaptation. Il y avait juste assez de monde à contre-courant pour donner un sentiment de tension, sentiment ressenti surtout par Eddy, qui avait des perceptions, et souhaitait particulièrement que la soirée soit une réussite. Même Molly et lui s'étaient heurtés à quelque chose, un rocher au-dessous du flux joyeux et amical de leurs rapports sexuels, qui le relevait, même s'il ne comprenait pas ce que c'était. Il y a eu un conflit spirituel quelque part, entre presque chacun d'entre eux. Entre lui et Molly, c'était tout ce qu'elle faisait ; il ne s'était jamais senti plus amical ; c'était elle qui avait dressé un mur étrange et vague. Il ne pouvait pas voir dans son esprit, alors il ne s'en soucia pas beaucoup mais resta joyeux et amical.

Ils étaient tous plus heureux après le dîner, lorsqu'ils jouaient du pianola dans la salle et dansaient dessus.

Mais dans l'ensemble, la soirée n'a été qu'un succès mitigé.

Les Bellair ont ensuite dit à leurs parents qu'ils ne se souciaient pas beaucoup des amis qu'Eddy avait hébergés.

« *Je* crois qu'ils sont coincés», a déclaré Dick (les gardes), qui n'était pas présent au dîner, mais les avait rencontrés en train de faire de la luge. « Cet homme, Denison, essaie toujours d'être intelligent. Je ne peux pas supporter ça ; c'est une très mauvaise forme. Ne pensez pas non plus qu'il réussisse, si vous me le demandez. Je ne vois pas qu'il soit particulièrement intelligent de toujours se moquer de choses dont on ne sait rien. Je ne comprends pas pourquoi Eddy l'aime bien. Il n'aime pas du tout les choses qui passionnent Eddy : la chasse, le tir, les jeux ou le métier de soldat.

"Il y en a beaucoup comme lui à Oxford", a déclaré Claude. «Je connais le genre. Balliol en est plein. Terriblement malsain et très ennuyeux à rencontrer. Ils écrivent des choses et s'admirent mutuellement. Je suppose que c'est la même chose à Cambridge. Seulement, j'aurais dû penser qu'Eddy se serait tenu à l'écart.

Claude avait été dégoûté par ce qu'il considérait comme la grossièreté d'Arnold envers Daphné. "Mais je pensais que Mme Le Moine avait l'air plutôt gentille", a-t-il ajouté.

"Eh bien, je dois dire", a déclaré Nevill, "elle était un peu trop pour moi. Les Home Rulers anglais sont déjà assez mauvais, mais au moins ils n'en savent rien et sont généralement simplement idiots ; mais les Irlandais sont plus nombreux que je ne peux en supporter. Eddy m'a dit plus tard que son père était ce type Conolly, qui dirige l' *Hibernian* – le chiffon le plus déloyal qui ait jamais prospéré dans un caniveau de Dublin. Il fait plus de mal que n'importe quel autre journal irlandais, je crois. Que pouvez-vous attendre de sa fille, sans parler d'une femme mariée à un dramaturge peu recommandable et qui ne vit même pas avec lui ? Je me demande plutôt si Mme Oliver aime l'avoir à la maison avec Daphné.

« Mademoiselle… comment l'appelez-vous… Matin… semblait inoffensive, mais un peu décalée », a déclaré Dick. « De toute façon, elle ne parle pas beaucoup, comme Denison. Des choses bizarres qu'elle porte, cependant. Et elle ne connaît pas grand-chose de Londres, pour une personne qui y vit, je dois l'avouer. Il semble n'avoir vu aucune des pièces de théâtre. Plutôt vague, d'une manière ou d'une autre, elle m'a semblé l'être.

Claude gémit. « Son père aussi si vous le rencontriez. Un vieux rêveur craintif. Je coach avec lui en Sciences Politiques. Il est considéré comme une grande houle ; On m'a dit que j'avais de la chance de l'avoir ; mais je n'arrive pas à comprendre lui ou ses livres. Sa fille n'a que son œil absent.

"Les pauvres choses", dit Mme Bellairs, endormie. « Et la pauvre Mme Oliver et le doyen. Je me demande combien de temps ces malheureux restent et si nous devrions leur demander de venir un jour ?

Mais aucun de ses enfants ne semblait penser qu'ils devraient le faire. Même Molly, toujours loyale, toujours hospitalière, toujours généreuse, ne le pensait pas. Car dans l'âme enfantine de Molly, plus que sa loyauté, son hospitalité et sa générosité, il y avait son sens moral, et c'était se demander, honteusement, à contrecœur, si ces amis d'Eddy étaient vraiment « bons ».

Alors ils ne leur ont pas demandé de venir.

CHAPITRE VIII.

LES VISITEURS PARTENT.

Le lendemain matin, Eileen reçut une lettre. Elle le lut avant le petit-déjeuner, devint un peu plus pâle et leva les yeux vers Eddy comme si elle essayait de ramener son esprit de loin. Dans ses yeux il y avait de la peur, et ce regard de pitié sombre et douce qu'il avait appris à associer à l'un des seuls amis d'Eileen.

Elle dit : « Hugh est malade », fronçant les sourcils distraitement, et ajouta : « Je dois aller le voir ce matin. Il est seul », et Eddy se souvint d'un paragraphe qu'il avait vu dans le *Morning Post* à propos de Lady Dorothy Datcherd et de la Riviera. Lady Dorothy n'est jamais restée avec Datcherd lorsqu'il était malade. Périodiquement, ses poumons se détérioraient beaucoup et il devait s'allonger, et il détestait ça.

"Est-ce qu'il écrit lui-même?" » demanda Arnold. Il aimait Hugh Datcherd .

« Oui, oh, il ne dit pas qu'il est malade, il ne le fera jamais, mais je le sais par ses écrits, je dois prendre le prochain train, j'en ai peur » ; elle se souvint de se tourner vers Mme Oliver et de s'excuser. "Je suis vraiment désolé d'être si soudain."

«Nous sommes vraiment désolés pour la cause», a déclaré Mme Oliver avec courtoisie. "Est-ce ton frère?" (Ce ne serait sûrement pas son mari, dans ces circonstances ?)

"Ce n'est pas le cas", a déclaré Eileen, toujours abstraite. «C'est un ami. Il est seul et phtisique, et si on ne s'occupe pas de lui, il se détruit en faisant des choses assez folles. Sa femme est partie.

Mme Oliver est devenue un peu moins sympathique. C'était dommage que ce ne soit pas un frère, ce qui aurait été plus naturel. Cependant, Mme Le Moine était, bien sûr, une femme mariée, quoique dans des circonstances curieuses. Elle commença à parler de trains, de calèches et de sandwichs.

Eddy a expliqué ensuite pendant qu'Eileen était à l'étage.

« C'est Hugh Datcherd , un de ses grands amis ; pauvre type, ses poumons ont terriblement disparu, j'en ai peur. C'est un homme extraordinairement intéressant et compétent ; gère une énorme colonie au nord-est de Londres et propose un certain nombre de programmes sociaux différents partout. Il édite *Further* – le voyez-vous déjà, père ?

« *Plus loin ?* Oui, cela m'a été signalé une ou deux fois. Cela va bien « plus loin » que même nos pauvres doyens hérétiques, n'est-ce pas ?

Cela a pris une tout autre direction, pensa Eddy. Nos doyens hérétiques ne vont pas toujours très loin sur la voie qui mène à l'amélioration sociale et à la destruction des bidonvilles ; ils sont souvent trop occupés à améliorer la théologie pour avoir beaucoup de temps pour améliorer les maisons.

« Un homme compétent, j'ose le dire », a déclaré le doyen. « Comme tous les Datcherds . La plupart d'entre eux ont été parlementaires, bien entendu. Deux Datcherds étaient à Cambridge avec moi : Roger et Stephen ; les oncles de cet homme, je suppose ; son père serait avant mon époque. Ils étaient tous deux des hommes très brillants et d'excellents orateurs à l'Union, et sont désormais devenus des orateurs parlementaires compétents. Une famille de Whigs héréditaires ; mais cet homme est le seul véritable radical, devrais-je dire. Dommage qu'il soit si amer contre le christianisme.

"Il n'est pas amer", a déclaré Eddy. « Il est très doux. Seulement, il n'y croit pas comme moyen de progrès.

« Sûrement, » dit Mme Oliver, « il a épousé l'une des filles de Lord Ulverstone ... Dorothy, n'est-ce pas ? (Lord Ulverstone et la famille de Mme Oliver étaient tous deux originaires de Westmorland, où règne un fort sentiment de clan.)

« Lui et Dorothy ne semblent pas s'entendre, n'est-ce pas ? » intervint Daphné, et sa mère dit : « Daphné, chérie » et changea de sujet. Daphné n'aurait pas dû, en droit, entendre parler de Hugh Datcherd malade et seul et de Mme Le Moine allant le voir.

« C'est une femme éprouvante, j'imagine », dit Eddy, qui ne voulait pas manquer de tact, mais qui avait été absorbé par ses propres pensées et avait été laissé pour compte lorsque sa mère avait commencé un nouveau sujet. « Dure, égoïste et extravagante, et ne pense qu'à s'amuser et ne se soucie pas des plans de Datcherd , ni de Datcherd lui-même, d'ailleurs. Elle s'en va et le laisse malade tout seul. Il a failli mourir l'année dernière ; il était également terriblement bouleversé par la mort de leur petite fille – elle était la seule enfant et Datcherd lui était absolument dévoué, et je crois que sa mère l'a négligée lorsqu'elle était malade, tout comme elle le fait .

"Ces histoires sont bien sûr exagérées", a déclaré Mme Oliver, parce que Lady Dorothy était l'une des Westmorland Ulverstone , parce que Daphné écoutait et parce qu'elle soupçonnait que la source de ces histoires était Eileen Le Moine.

"Oh, je n'ai aucun doute qu'il y a aussi son côté, si on le savait", a admis Eddy, prêt, comme d'habitude, à voir le point de vue de chacun. « Ce serait terriblement ennuyeux d'être marié à un homme qui s'intéresse à toutes les choses que vous détestez le plus et qui y consacre tout son temps, son argent et son énergie. Mais de toute façon, vous voyez pourquoi ses amis, et particulièrement Eileen, qui est sa plus grande amie, se sentent responsables de lui.

"C'est un état de choses très triste", a déclaré Mme Oliver.

"Quoi qu'il en soit," dit Daphné, "voici le piège à poney."

Eileen est descendue, main dans la main avec Jane, et a dit au revoir au doyen, à Mme Oliver et à Daphné, et "Merci beaucoup de m'avoir invité", et est partie avec Eddy et Jane, toujours avec ce regard. de mélancolie troublée sur son visage.

Elle sourit faiblement à Eddy depuis le train.

«Je suis désolé, Eddy. C'est dommage que je doive y aller », mais ses pensées n'étaient pas pour lui, comme il le savait.

À l'extérieur de la gare, ils rencontrèrent Arnold, et lui et Jane partirent ensemble voir quelque chose dans la cathédrale, pendant qu'Eddy rentrait chez lui.

Jane poussa un petit soupir pitoyable. "Pauvres chéris," murmura-t-elle.

"Hein?" » questionna Arnold, qui s'intéressait à la rue.

"Pauvre Eileen", a amplifié Jane; "Pauvre Hugh."

"Oh, tout à fait ", acquiesça Arnold. Mais, se sentant plus intéressé par les idées que par les gens, il parla de Welchester .

« L'étouffement de l'endroit ! » » commenta-t-il avec une énergie d'injure. « La lourdeur. Les chanoines et leurs épouses. La—la culture éclairée du doyenné. La propriété. L'exactitude. L'intelligence. Le cathédralisme . Le bon élevage. Comment Eddy peut-il supporter ça, Jane ? Pourquoi ne donne-t-il pas un coup de pied à quelqu'un ou à quelque chose et ne s'enfuit-il pas ?

"Eddy aime ça", a déclaré Jane. « Il l'aime beaucoup. Après tout, c'est plutôt exquis ; regardcr--"

Ils s'étaient arrêtés au bout de Church Street et regardaient, le long de son étroite longueur, la place qui s'ouvrait devant le splendide front ouest. Arnold plissa les yeux, reconnaissant.

« *Tout va* bien. Ce sont les gens auxquels je pense.

« Mais tu sais, Arnold, Eddy n'est pas exclusif comme la plupart des gens, comme toi et moi, et… et Mme Oliver, et ces gentils Bellair. Il aime tout le monde et tout. Les choses lui sont délicieuses simplement parce qu'elles existent.

Arnold gémit. « Whitman a dit ça avant toi, la brute. Si je pensais qu'Eddy avait quelque chose en commun avec Walt, notre amitié prendrait fin immédiatement.

"Il n'a rien du tout", le rassura placidement Jane. « Whitman détestait toutes sortes de choses. Whitman vous ressemble davantage ; il aurait détesté Welchester .

« Oui, j'ai bien peur que ce soit vrai. La propreté, le ton grossier, les visages suffisants des hommes et des femmes dans la rue, les fidèles dans les cathédrales, les observants du sabbat, les respectables et les aisés, les chapeaux du dimanche et les manteaux noirs des hommes, les panaches et les jupes serrées des femmes, les combats de thé, les doyens instruits et leurs épouses distinguées – qu'ai-je à voir avec ceux-ci ou ceux-là avec moi ? Je les déteste tous ; éloignez-vous d'eux, je ne les aurai plus près de moi . *Allons, camerado* , je prendrai la route sous les étoiles... Quel dommage qu'il ait dit cela ; mais je ne peux pas changer d'avis, même pour lui... Comme ce cher vieux Phil Underwood serait ici chez lui, n'est-ce pas. Comme il doit apprécier ses visites au doyenné, où il est persona *grata* . Et comme il devait ennuyer la jeune sœur. *Elle va* bien, tu sais, Jane. Je l'aime plutôt. Et elle me déteste. Elle est tout à fait authentique et exempte de clichés ; tout aussi mondains qu'ils le font , et ne prétend jamais être autre chose. En plus, elle est toute vivante ; un peu comme un jeune animal sauvage. C'est étrange qu'elle et Eddy soient frère et sœur, c'est ainsi qu'elle a décidé et fixé toutes ses opinions et ses rejets, et lui est si impressionnable. Oh, autre chose : j'ai le sentiment malheureux qu'Eddy va, un jour, épouser cette petite fille aux yeux jaunes : Miss Bellairs. D'une manière ou d'une autre , je le ressens.

Jane a dit : « Non-sens » et a ri. "Elle n'est pas du tout le genre."

« Bien sûr que non. Mais pour Eddy, comme vous l'avez observé, toutes sortes de choses sont acceptables. Elle est d'un genre, vous l'admettrez. Et celle à laquelle il est attaché : le vent, la météo, les aventures joyeuses et la vieille compagnie, elle représente pour lui. Pas un appel subtil, mais quand même un appel. Ils s'aiment, et ça va tourner à ça, vous verrez. Eddy ne dit jamais : « Ce n'est pas le genre de chose, ni le genre de personne, pour moi. » Parce qu'ils le sont tous. Regardez la façon dont il a avalé ces pasteurs dans son bidonville. Il les a avalés… eh bien, il les aime. Regardez la façon dont il accepte Welchester , la lourdeur et tout, et il aime ça. Il en était de même à Cambridge ; rien n'était hors de portée pour lui ; il n'a jamais fixé de limite. Je ne suis vraiment pas exigeante » - Jane se moqua encore de lui - « mais je vous dis qu'il fréquentait parfois les choses les plus extrêmes et cela ne semblait pas s'en soucier. Il était en effet parfois tenu en très mauvaise compagnie ; une entreprise que le doyen n'aurait pas du tout approuvée, j'en suis sûr. Plusieurs fois , j'ai dû intervenir et essayer en vain de le sortir de force d'un ensemble sélectionné. Les cinglés, les suffisants , les hommes pieux, les parieurs *roués* , les gros costauds, tout cela était de l'eau à son moulin. Et c'est toujours pareil. Miss Bellairs, sans aucun doute, est une fille très gentille, tout à fait authentique et naturelle, et qui ressemble plutôt à un chaton joyeux, toujours attirant. Mais elle est rigide intérieurement ; elle ne se mêlera pas aux gens avec qui Eddy voudra se mêler. Elle n'est pas exhaustive. Elle ne nous aimerait pas beaucoup, par exemple ; elle nous considérerait comme des êtres plutôt étranges et louches, pas ce à quoi elle est habituée ou ce qu'elle comprend. Nous devrions nous inquiéter et l'intriguer. Elle est gaie et douce et altruiste, et bonne, douce servante, et laisse qui veut être intelligent. Il les laisse faire, mais ne veut pas avoir grand-chose à voir avec eux. Elle va tous nous exclure et essayer d'enfermer Eddy avec elle. Elle n'y arrivera pas, car il continuera à vouloir un peu de tout ce qui existe et ils seront donc tous deux malheureux. Sa part du monde, voyez-vous, toute la part qu'elle demande, est homogène ; le sien est hétérogène, une sorte de ragoût de gitans avec tout dedans. On peut dire qu'il est avide de plats variés, alors qu'elle a un appétit simple et fastidieux. Il y a déjà les matériaux nécessaires pour un autre mariage malheureux.

Jane regardait la porte du Prieur, la tête penchée sur le côté. Elle y sourit paisiblement.

"Vraiment, Arnold——"

"Oh, je sais. Vous allez dire, quelle raison ai-je de supposer qu'Eddy ait jamais pensé à cette jeune fille de cette façon, comme on dit dans la fiction. Je ne dis pas qu'il l'a encore fait. Mais il le fera. La proximité le fera, les goûts communs et la vieille affection. Tu verras, Jane. Je ne me trompe pas souvent sur ces malheureuses affaires. Je les déteste tellement que cela me donne un instinct.

Jane secoua la tête. «Je pense que Welchester vous affecte négativement, Arnold. C'est, vous savez, ce que feraient les gens qui vous ennuient tant ici, j'imagine : regardez toute l'affection et l'amitié de ce genre.

"C'est vrai." Arnold la regarda avec surprise. « Mais je n'aurais pas dû m'attendre à ce que tu le saches. Vous progressez en perspicacité, Jane ; c'est la première fois que je te connais conscient de la vulgarité à ton sujet.

Jane avait l'air un peu fière d'elle, comme elle ne le faisait que lorsqu'elle avait fait preuve d'une certaine connaissance du monde. Elle ne dit pas qu'elle avait acquis ses connaissances auprès de Mme Oliver et du doyen, qui, observant Eddy et Eileen, l'avaient fait trop visiblement avec des yeux troublés, de sorte qu'elle avait envie de les réconforter avec des explications qu'ils ne comprendraient jamais.

Il était certain qu'ils étaient soulagés qu'Eileen soit partie, même si la raison de son départ l'avait placée sous un jour plus douteux. De plus, elle a malheureusement oublié d'écrire sa lettre de pain et de beurre . "Je suppose qu'elle ne peut pas consacrer son temps à Hugh", a déclaré Daphné. Mais elle écrivit à Jane pour lui dire que Hugh souffrait d'une hémorragie et qu'il avait reçu l'ordre de partir dès qu'il serait en forme. «Ils disent Davos, mais il ne le fera pas. Je ne sais pas où ce sera. Jane, dont l'astuce mondaine avait après tout des limites étroites, répéta cela à Eddy en présence de sa mère.

« Sa femme est-elle déjà revenue ? » Demanda gravement Mme Oliver, et Jane secoua la tête. "Oh non. Elle ne le fera pas. Elle passe l'hiver sur la Riviera.

"Je pense que M. Datcherd ferait aussi mieux de passer l'hiver sur la Riviera", suggéra Mme Oliver.

"N'est-ce pas plutôt mauvais pour la consommation ?" » dit Eddy, évitant les problèmes autres que l'hygiène.

« Je crois, » dit Jane, sans les éluder, « sa femme ne reviendra plus du tout vers lui. Elle en a marre de lui, j'en ai peur. J'ose dire que c'est une bonne chose ; elle est très irritante et difficile.

Mme Oliver a changé de sujet. Cela lui semblait ce que les femmes de son quartier auraient appelé des événements étranges. Elle les commenta au doyen, qui, plus tolérant, dit : « Il faut accorder une certaine licence au génie, je suppose. » Peut-être : mais la question était de savoir combien. Le génie peut modifier les mœurs – (pour le pire, pensa Mme Oliver) – mais il ne devrait pas être autorisé à modifier la morale.

"Quoi qu'il en soit," dit Mme Oliver, "je suis plutôt troublée qu'Eddy soit si intime avec ces gens."

"Eddy est un garçon calme", a déclaré le doyen. "Il sait où tracer la limite." C'est ce que les parents pensent souvent de leurs enfants, sans aucune garantie ! Tracer la ligne était précisément l'art qu'Eddy n'avait pas du tout appris, se plaignait Arnold.

Jane et Arnold restèrent encore trois jours au doyenné. Jane a dessiné des détails de la cathédrale et des études de Daphné. Le doyen pensait, comme il l'avait souvent pensé auparavant, que les artistes étaient des gens intéressants, enfantins, mais plutôt déroutants, incroyablement innocents, ou bien incroyablement enclins à accepter le mal moral avec indifférence ; aussi que, bien que, craignait-il, tout à fait en dehors de l'Église, et ce qu'il considérait comme païen dans ses perspectives, elle montrait, comme le pauvre Wilson Gavin, une appréciation très délicate de l'architecture ecclésiastique et de l'art religieux.

Mme Oliver la pensait plus anticonformiste et manquant de connaissance du monde qu'aucune fille n'avait le droit de l'être.

Daphné et la famille Bellairs la considéraient comme une excentrique inoffensive qui ôtait son chapeau sur la route.

Les Bellair pensaient qu'elle devait vouloir voter, jusqu'à ce qu'elle annonce son indifférence à ce sujet, ce qui dégoûta Daphné, une suffragiste ardente et potentiellement militante, et déçut sa mère, une membre calme mais sérieuse de l'Union nationale pour le droit de vote des femmes, qui alla aux réunions auxquelles Daphné n'était pas autorisée. Jane – peut-être à cause de l'étrange asexuité qui faisait partie de son charme, peut-être parce qu'elle était une artiste et d'un autre monde – semblait se soucier peu des droits ou des torts des femmes. Mme Oliver a noté que sa conscience sociale n'était pas éveillée et la pensait égoïste. Les artistes étaient peut-être ainsi : enveloppés dans leur propre joie du beau monde, de sorte qu'ils ne se tournaient jamais pour regarder dans l'ombre. Eddy, lui-même fervent suffragiste, a déclaré que c'était parce que Jane n'avait jamais vécu parmi les très pauvres.

"Elle devrait utiliser son pouvoir de vision", a déclaré le doyen. "Elle en a plein."

"Elle a un guichet unique", a expliqué Eddy. « Elle ne regarde que les belles choses ; elle a un mur blanc entre elle et les laids.

"En termes simples, une jeune femme égoïste", dit Mme Oliver, mais pour elle-même.

Voilà pour Jane. Arnold fut condamné plus sévèrement. Plus ils le voyaient, moins ils l'aimaient et plus il devenait dédaigneux. Même parfois, il ne se souvenait plus qu'il s'agissait d'un doyenné, même s'il essayait vraiment de le faire. Mais l'ambiance l'ennuyait.

"M. Denison a parfois des manières vraiment très malheureuses de s'exprimer », a déclaré Mme Oliver, qui en avait aussi, pensa Arnold.

"Oh, il veut bien dire", s'excusa Eddy. « Vous ne devez pas vous soucier de lui. Il a des cors, et si quelqu'un marche dessus, il devient méchant. Il est toujours comme ça.

"En fait, un cochon vaniteux", dit Daphné, pas pour elle-même.

Personnellement , Daphné pensait que la meilleure des trois était Mme Le Moine, qui de toute façon s'habillait bien et savait danser, même si ses habitudes pouvaient être étranges. Mieux vaut des habitudes bizarres que des vêtements bizarres, pensait Daphné, païenne par nature, avec l'œil de l'artiste et l'âme matérialiste.

Quoi qu'il en soit, Jane et Arnold sont partis lundi. Du point de vue de Mme Oliver et du doyen, cela aurait pu être mieux si c'était samedi, car leurs idées sur la façon de passer le dimanche s'étaient révélées inadaptées à un doyenné. Les Oliver n'étaient pas du tout sabbatiques , ils avaient l'esprit beaucoup trop large pour cela, mais ils pensaient que leurs visiteurs devraient aller à l'église une fois par jour. Peut-être que Jane avait été découragée par ses expériences avec le Livre de prières la veille du Nouvel An. Peut-être qu'elle n'a jamais eu l'idée d'y aller. Quoi qu'il en soit, le matin, elle restait à la maison et dessinait, et le soir, elle se promenait dans la cathédrale pendant les collectes, restait pour l'hymne national et sortait, paisible et contente, sans aucun soupçon d'avoir fait une chose mauvaise ou inhabituelle. Arnold restait allongé dans le hall toute la matinée, fumait et lisait *Le Nouveau Machiavel*, qui était l'un des livres qui n'étaient pas appréciés au doyenné. (Arnold, d'ailleurs, ne l'aimait pas beaucoup non plus, mais il s'y plongeait et en sortait, grognant quand il s'ennuyait.) En conséquence (pas à cause du Nouveau Machiavel, qu'elle aurait trouvé ennuyeux, mais d' *être* obligée elle-même pour aller à l'église), Daphné était fâchée et envieuse, le doyen et sa femme légèrement désapprobateurs, et Eddy désolé du malentendu.

Dans l'ensemble, la visite n'a pas été le succès espéré par Eddy. Il le sentait. Malgré quelques efforts honnêtes de part et d'autre, les hôtes et les invités ne s'étaient pas bien intégrés.

Revenant d'une promenade à Welchester et voyant ses rues pleines de paix et de crépuscule bleu d'hiver et étoilées de lampes jaunes, Eddy trouva étrange qu'il y ait des disharmonies dans un tel endroit. Il y avait la paix, et une beauté, une dignité et une grâce nostalgiques et ordonnées.

Ils chantaient dans la cathédrale et les lumières brillaient de rouge à travers les vitraux. Étrangement, le lieu transcendait toutes les factions, toutes les barrières, leur prouvant des illusions dans la lumière immobile du Réel. Eddy, sous toutes ses inefficacités , ses futilités de vie et de pensée, avait un sens très aigu de l'unité, de la cohérence de toute beauté et de tout bien ; dans un sens, il a vraiment transcendé les barrières reconnues par les gens moins superficiels. Avec un bond de bienvenue, son cœur s'est ouvert pour embrasser toute beauté, toute vérité. On pouvait sûrement se permettre d'en manquer aucun aspect par cécité. Les yeux ouverts, il regarda la nuit bleue des lampes et des ombres, des hommes et des femmes, et au-delà, les étoiles et la faucille de la lune, et tout cela se pressait dans sa vision, et il reprit un peu son souffle et sourit : parce que c'était tellement bon et tellement.

Quand il rentra chez lui , il vit sa mère assise dans le couloir, lisant le *Times* . Ému par l'amour et la sympathie, il passa son bras autour de ses épaules, se pencha sur elle et l'embrassa. La grâce, l'éducation, la culture – elle faisait sûrement partie de tout cela et devait contribuer, comme la Cathédrale, à l'harmonie. Arnold avait trouvé Mme Oliver banale. Eddy la trouvait admirable. Jane ne l'avait pas trouvée du tout. Il y avait une différence entre eux. Sans aucun doute, la méthode d'Eddy, qu'elle soit la plus véridique ou non, était celle qui gaspillait le moins.

CHAPITRE IX.

LE CLUB.

PEU après le retour d'Eddy à Londres, Eileen Le Moine lui a écrit et lui a demandé de la rencontrer pour un déjeuner dans un restaurant d'Old Compton Street. C'était un restaurant un peu plus sélect que celui qu'eux et leurs amis fréquentaient habituellement à Soho, alors Eddy devina qu'elle voulait lui parler seule et sans interruption. Elle arriva en retard, comme toujours, pâle et un peu distraite, comme si elle était fatiguée d'esprit ou de corps, mais son sourire lui apparut, radieux et gentil. Directe et précise, comme d'habitude, elle commença immédiatement, alors qu'ils commençaient à manger du risotto : « Je me demande si tu ferais quelque chose pour Hugh ?

Eddy a dit : « Je m'y attendais » et a ajouté : « J'espère qu'il va beaucoup mieux ?

"Il ne l'est pas", lui dit-elle. « Le médecin dit qu'il doit partir – hors d'Angleterre – pendant un bon mois, sans ennui ni travail du tout. C'est en partie à cause de la nervosité, voyez-vous, et du surmenage. Quelqu'un devra l'accompagner pour s'occuper de lui, mais on n'a pas encore décidé qui. Il ira probablement en Grèce et se promènera... De toute façon, il doit s'absenter quelque part... Et il se détruit d'inquiétude parce qu'il doit quitter son travail - la colonie et tout - et il a peur que cela disparaisse. en morceaux. Vous savez qu'il fait ouvrir le Club House tous les soirs aux garçons et aux jeunes hommes, et qu'il y va lui-même plusieurs soirs par semaine. Nous avons pensé que cela ne vous dérangerait peut-être pas de prendre les choses en main, d'être généralement responsables, en fait. Il y a bien sûr plusieurs assistants, mais Hugh veut que quelqu'un s'en occupe et incite les gens à donner des conférences et à faire avancer les choses. Nous pensions que vous auriez peut-être le temps, et nous savions que vous aviez l'expérience et que vous pouviez le faire. Il est très important d'avoir quelqu'un au sommet qu'il aime ; cela fait toute la différence. Et Hugh trouve plein d'espoir qu'ils vous aient expulsé de St. Gregory's ; il n'approuve pas entièrement Saint-Grégoire, comme vous le savez. Maintenant, tu veux ?

Eddy, après mûre réflexion, a déclaré qu'il ferait de son mieux.

« Je serai très incompétent, vous savez. Est-ce que cela importera beaucoup ? Je suppose que les hommes là-bas – Pollard et les autres – m'aideront à m'en sortir. Et tu descendras peut-être de temps en temps.

Elle répondit : « Je peux », puis le regarda un instant d'un air spéculatif et ajouta : « Mais je ne peux pas. Je pourrais être absent, avec Hugh.

"Oh," dit Eddy.

"Si personne d'autre ne peut l'accompagner de manière satisfaisante", a-t-elle déclaré. « Il doit avoir la bonne personne. Quelqu'un qui, en plus de s'occuper de lui, lui donnera envie de vivre, de voyager et de voir des choses. C'est très important, dit le médecin. C'est une personne terriblement déprimée, le pauvre Hugh. Je peux l'égayer. J'espère donc plutôt que j'irai me promener en Grèce avec lui. Cela nous plairait tous les deux, bien sûr.

"Bien sûr", dit Eddy, le menton sur la main, regardant par la fenêtre les orangers qui poussaient dans des bacs près de la porte.

"Et pour ne pas choquer les gens", a ajouté Eileen, "Bridget vient aussi. Non pas que cela nous dérange que les gens avec ce genre d'esprit horrible soient choqués – mais cela ne servirait pas à gâcher le travail de Hugh, et cela pourrait le faire. Hugh, bien sûr, ne veut pas non plus que l'on dise quoi que ce soit sur moi. Les gens sont tellement stupides. Je me demande si le moment viendra un jour où deux amis pourront se promener ensemble sans qu'aucun mal ne soit dit. Bridget ne pense jamais. Mais après tout, si personne n'est prêt à donner l'exemple en faisant preuve de bon sens, comment pouvons-nous sortir de tout cet enchevêtrement horrible et inapproprié ? Jane, bien sûr, dit : qu'importe, personne qui compte ne s'en soucierait ; mais pour Jane, si peu de gens comptent. Jane le ferait elle-même demain, sans même se douter que quiconque était choqué. Mais on ne peut pas laisser les gens dire des choses sur Hugh, et sur lui qui dirige des clubs, des colonies et tout ; cela le détruirait, lui et eux ; il fait partie de ceux qui doivent faire attention ; ce qui est ennuyeux, mais on n'y peut rien.

"Non, on n'y peut rien", approuva Eddy. « On ne veut pas que les gens soient blessés ou choqués, même en dehors des clubs et autres ; et tant de gens, même les plus gentils, le seraient.

Là, elle différait de lui. « Pas le plus gentil. Le moins sympa. Les insensés, les grossiers, les renfermés, les–les ennuyeux.

Eddy sourit en désaccord, et elle se souvint qu'ils seraient sans aucun doute choqués par le doyenné.

"Eh bien," dit-elle, "faites comme vous le souhaitez. Les plus gentils donc, comme les moins gentils, car aucun d'eux ne sait mieux, les pauvres chéris. D'ailleurs, Bridget a dit qu'elle serait elle-même choquée si nous y allions seules. Bridget a des humeurs, vous savez, lorsqu'elle se targue d'être convenable, la femme britannique qui garde les conventions. Elle est dans l'un d'eux maintenant... Eh bien, allez voir Hugh demain, d'accord, et parlez de la colonie. Il aura beaucoup à dire, mais ne l'excitez pas. C'est merveilleux la confiance qu'il a en toi, Eddy, depuis que tu as quitté St. Gregory.

« Une raison insuffisante, dit Eddy, mais qui conduit à une conclusion tout à fait appropriée. Oui, je vais aller le voir, alors.

Il l'a fait le lendemain. Il trouva Datcherd assis à la table à écrire de sa bibliothèque. C'était une grande et belle bibliothèque dans une grande et belle maison. Les Datcherd étaient riches (ou l'auraient été si Datcherd n'avait pas dépensé beaucoup trop d'argent pour construire des maisons pour les pauvres, et Lady Dorothy Datcherd plutôt trop pour les cartes, les vêtements et autres produits de luxe), et il y avait dans leurs biens cet air de caste. , de culture héritée, d'intelligence transmise et de reconnaissance des responsabilités sociales et politiques, que l'on retrouve peut-être uniquement dans les familles avec une tradition politique de plusieurs générations. Datcherd n'était pas un écrivain indépendant et intelligent ; c'était un Whig héréditaire ; c'est pourquoi il ne pouvait pas être détaché, pourquoi, dans sa rupture avec les coutumes et les conventions, il y aurait toujours une déchirure et une tension, une amertume d'hostilité, au lieu de la légère aisance du jeu d'Eileen Le Moine, qui pourrait doucement se moquer de lui. le monde autoritaire parce qu'il n'a jamais été sous sa domination, n'a jamais conçu autre chose que la liberté. C'est pour cela, et en raison de leur sens plus aigu des responsabilités, que ce sont les aristocrates qui feront toujours les meilleurs révolutionnaires sociaux. Ils savent que la vie est réelle, que la vie est sérieuse ; ils sont liés au statut établi par d'innombrables liens dont le maintien ou la rupture signifie un but. En fait, ils sont fortement impliqués dans tous les domaines ; ils ne peuvent échapper à leurs responsabilités ; ce sont des adultes dans un monde d'enfants légers. Alors, ils devraient sûrement avoir davantage de rênes dans leurs mains, et moins de secousses par le bas... Telles étaient, du moins, les réflexions d'Eddy dans la bibliothèque de Datcherd , tandis qu'il attendait que Datcherd termine une lettre et pensait à quel point il était malade. Il a regardé.

La conversation qui a suivi n'a pas besoin d'être détaillée. Datcherd a conseillé à Eddy d'organiser des conférences au Club House chaque fois qu'il le pouvait, sur la salle de lecture, le gymnase, la salle de billard, la menuiserie et les autres divertissements et entreprises éducatives qui fleurissent dans de telles institutions. Eddy les connaissait déjà, pour avoir parfois été au Club House. Son objectif principal était éducatif. Des jeunes âgés de quinze à cinq ou vingt ans y venaient et consacraient leurs soirées à l'apprentissage de l'économie politique, de la sociologie, de l'histoire, de l'art, des exercices physiques, des sciences et d'autres branches du savoir. Ils avaient des instructeurs réguliers ; et en plus de cela, des conférenciers irréguliers venaient une ou deux fois par semaine, des amis de Datcherd , des politiciens, des travailleurs sociaux, des écrivains, tous ceux qui venaient et que Datcherd considérait comme aptes. La Fabian Society, semblait-il, prospérait encore parmi les membres du Club et recevait des indulgences occasionnelles telles que M. Shaw ou M. Sidney Webb, et des friandises moindres fréquemment. Ils avaient des débats et d'autres habitudes comme on peut facilement l'imaginer. Après les avoir indiqués, Datcherd a expliqué à Eddy quelque chose à propos de ses assistants et de la manière dont chacun avait besoin d'une gestion ferme ou d'un appel d'offres.

Pendant qu'ils parlaient, Billy Raymond entra pour parler à Datcherd d'un nouveau poète qu'il avait trouvé, et qui écrivait des vers qui semblaient convenir à *Further* . Billy Raymond, personne généreuse et reconnaissante, avait l'habitude de trouver de nouveaux poètes, généralement dans les caves, les greniers ou les appartements des ouvriers. On disait communément qu'il les trouvait moins qu'il ne les fabriquait, par quelque magie transmutatrice de son propre toucher. Quoi qu'il en soit, ils produisaient assez souvent de la poésie, pour des périodes plus ou moins longues. Ce dernier était un socialiste de conviction et d'expression ; d'où son aptitude à *poursuivre* . Eddy n'était pas sûr qu'ils devraient parler de *Further* ; cela avait visiblement excité Hugh.

Lui et Billy Raymond sont repartis ensemble, ce qui a plutôt plu à Eddy, car il préférait Billy à la plupart des gens de sa connaissance, ce qui en disait long. Il y avait chez Billy une ampleur, une grande et douce tolérance, une courtoisie envers toutes sortes et conditions d'hommes et d'opinions, qui le rendaient reposant, comparé, par exemple, à l'intolérant Arnold Denison. La différence résidait peut-être en partie dans le fait que Billy était un poète, avec une vision d'artiste qui englobe, et Arnold seulement un critique, dont la fonction est de sélectionner et d'exclure. En bref, Billy était un producteur et Arnold un éditeur ; et les éditeurs doivent répéter sans cesse que les choses ne marchent pas, ne sont pas assez bonnes. S'ils ne peuvent pas dire cela, ce sont en effet de mauvais éditeurs. Billy, selon Eddy, s'approchait plus que la plupart des gens de cette synthèse qui, croyait Eddy, unit toutes les factions et toutes les sections de la vérité.

Billy dit : « Pauvre cher Hugh. Je suis extraordinairement désolé pour lui. Je suis heureux que vous puissiez aider au règlement. Il déteste tellement le quitter. Je suis sûr que je ne pourrais pas m'inquiéter de mon travail ou de quoi que ce soit d'autre si je devais me promener en Grècc pendant un mois ; mais il est tellement–tellement ascétique. Je pense que je respecte Datcherd plus que presque n'importe qui ; il est absolument déterminé. Il n'appréciera pas du tout la Grèce, je crois, à cause de tous les habitants des bidonvilles qui ne peuvent pas y être et ne le feraient pas s'ils le pouvaient. Cela lui semblera un méchant gaspillage d'argent. Le gaspillage, vous savez ! Ma parole!"

«Peut-être», dit Eddy, «apprendra-t-il à profiter davantage de la vie maintenant que sa femme l'a quitté. Elle a dû être un poids pour lui.

« Oh, eh bien, » dit Billy, « je ne sais pas. Peut-être que oui... On n'a jamais vraiment senti qu'elle existait vraiment, et j'ose dire que lui non plus, donc je ne pense pas que son départ fera une grande différence. Elle était une sorte de chose irréelle, une ombre. Je me suis toujours plutôt bien entendu avec elle ; en fait, je l'aimais plutôt d'une certaine manière ; mais je n'ai jamais eu l'impression qu'elle était réellement là.

"Elle serait là pour Datcherd , cependant", a déclaré Eddy, estimant que la sagesse de Billy n'englobait guère les circonstances particulières de la vie conjugale, et Billy, jamais très intéressé par les relations personnelles, a répondu: "Peut-être."

Ils étaient à Kensington, et Billy alla rendre visite à sa grand-mère, qui habitait Gordon Place, et à qui il allait fréquemment jouer au backgammon et lui raconter la nouvelle. Billy était un jeune homme très affectueux et dévoué, et presque aussi friand de backgammon que sa grand-mère. Avec sa grand-mère vivait une tante qui n'aimait pas beaucoup sa poésie, et Billy l'aimait beaucoup aussi. Il se rendait parfois avec sa grand-mère à l'église St. Mary Abbot, pour l'aider à assister à des mariages (qu'elle préférait même au backgammon) ou à assister à des offices. Elle était fière de Billy, mais, parmi les poètes à lire, elle préférait Scott, Keble ou le docteur Watts. Elle s'avouait être en retard sur les temps modernes, mais aimait voir et entendre ce que faisaient les jeunes, même si cela semblait généralement plutôt idiot. Billy est allé chez elle cet après-midi, et Eddy a rendu visite à Mme Le Moine et à Miss Hogan à Campden Hill Road. Il trouva Miss Hogan, qui revenait tout juste d'un tournage de photos, et elle lui offrit du thé et une conversation.

« Bien sûr, vous avez entendu parler de nos intentions. En fait, nous partons jeudi... La dernière fois qu'Eileen est partie à l'étranger, les gens avec qui elle se trouvait ont pris un maniaque par erreur ; donc très inconfortable. J'ai bien cru qu'après cela, elle avait décidé que les voyages n'étaient pas pour elle. Cependant, il semble que non. Vous savez – je suis sûr qu'elle vous l'a dit – elle était pour y aller juste lui et elle, *tout simple* . Bien entendu, c'est très inapproprié, pour ne pas dire malsain. Ils ne voulaient aucun mal, chers enfants, mais qui croirait cela, et encore, à quoi servent-ils *sinon* d'être observés ? Je l'ai présenté à Eileen de ma manière la plus banale et *la plus bornée* , mais, il va sans dire, combien infructueuse ! J'ai donc finalement dû proposer d'y aller aussi. Bien sûr, par gentillesse, elle a dû accepter cela, même si ce ne sera pas du tout pareil, surtout pas pour Hugh. Quoi qu'il en soit, nous y sommes et nous partons jeudi. Hugh sera très bouleversé par la Manche ; Je crois qu'il l'est toujours ; aucune constitution, pauvre créature. Je crois aussi qu'il est de ceux avec qui cela dure entre Calais et Paris, classe des plus malheureuses, mais à éviter comme compagnon de voyage. Je le sais trop bien, à cause d'une de mes tantes... Eh bien, de toute façon, nous allons prendre le train pour Trieste, puis un bateau pour Kalamata, puis nous lever et traverser la Grèce à pied. Jusqu'à présent, je n'ai fait que la Grèce au château de Dunnottar, sous la garde de Sir Henry Lunn, qui, bien que moins excitant, est plus sûr, grâce aux chiens sauvages qui déchirent les piétons sur les collines grecques, laisse-t-on comprendre. J'espère seulement que nous pourrons être préservés... Et pendant ce temps, vous allez diriger ces merveilleux clubs de Hugh. Je me demande si vous le ferez comme il le souhaiterait ! C'est beau de voir à quel point il te fait confiance – eh bien, je ne peux pas imaginer. À sa place, je ne le ferais pas ; Je préférerais confier mes clubs à un subordonné illettré selon mon cœur et élevé dans ma propre foi. Quant à vous, vous avez tellement de croyances que celle de Hugh sera noyée dans la foule. Mais vous êtes sûr que vous réussirez ? C'est bien et c'est la principale qualification pour réussir.

Ainsi Miss Hogan babillait, en partie parce qu'elle le faisait toujours, en partie parce que le jeune homme avait l'air plutôt tendu, et elle avait peur, si elle s'arrêtait, qu'il puisse dire à quel point il était triste du départ d'Eileen, et elle croyait que ces choses valaient mieux ne pas être exprimées. Il n'était pas le seul jeune homme à aimer Eileen, et Miss Hogan avait ses propres idées sur la manière de gérer de telles émotions. Elle ne croyait pas que les sentiments d'Eddy étaient profonds, ni qu'il s'avouerait une quelconque émotion au-delà de l'amitié, en raison de ses propres opinions sur ce qui était juste, sans parler de ce qui était sensé ; et sans doute, s'il était laissé à lui-même pendant environ un mois, il parviendrait à se rétablir complètement. Il serait manifestement idiot, voire erroné, de tomber amoureux d'Eileen Le Moine, et Bridget ne croyait pas qu'Eddy, malgré une certaine confusion dans son état d'esprit, était vraiment idiot.

Elle dirigea la conversation vers le spectacle de cinéma auquel elle venait d'assister, et cela lui rappela Sally Peters.

« As-tu entendu ce que cet idiot d'enfant a fait ? Elle a rejoint les Wild Women et a lancé son parapluie sur de nombreux postimpressionnistes dans les galeries Grafton. Bien sûr, ils l'ont surprise – l' enfant la plus maladroite ! – et l'ont arrêtée sur-le-champ, et elle sera jugée demain avec trois autres fous, assez vieux pour savoir qu'il ne faut pas entraîner un bébé ignorant comme celui-là dans des méfaits. . J'espère qu'elle aura un mois et qu'elle la servira correctement. Je suppose qu'elle fera une grève de la faim ; mais elle est si ronde que cela n'affectera probablement pas sa santé de manière défavorable . Je ne sais pas qui l'a eue ; sans doute des créatures folles et méchantes qui ont vu qu'elle n'avait pas plus d'esprit qu'un petit hibou, et l'ont mise en gaffe dans les vitrines et les verres à image comme une jeune bouteille bleue... À propos, même si vous l'êtes, je sais , tant de choses, je suis sûr que vous fixez une limite aux militants.

Eddy a dit qu'il pensait avoir compris leur point de vue.

"Point de vue! Ils n'en ont pas », s'écria Miss Hogan. « Je suppose que, comme d'autres personnes honnêtes, vous voulez que les femmes aient le droit de vote ! Eh bien, vous devez admettre qu'ils ont gâché toute chance d' *y parvenir* , de toute façon – ils ont détruit toute la campagne pour le droit de vote avec leurs horribles parapluies pointus et leurs petites bombes absurdes.

Eddy l'a accordé. « Ils ont brisé le suffrage, pour le moment, oui. Les pauvres choses. Il réfléchit un moment sur ces malheureux et ajouta : « Mais je vois quand même ce qu'ils veulent dire. Ils brisent, gâchent et blessent les choses, les gens et les causes, parce qu'ils sont stupides de colère ; mais ils ont des raisons d'être en colère, après tout. Oh, j'admets qu'ils sont très, très stupides et peu artistiques, désespérément inesthétiques et britanniques et sans imagination et cruels et sans aucun humour - mais je vois ce qu'ils veulent dire, d'une certaine manière.

"Eh bien, ne me l'explique pas, alors, parce que je l'ai entendu trop souvent de première main ces derniers temps."

Eddy fit le tour des chambres d'Old Compton Street qu'il partageait avec Arnold Denison. Arnold avait choisi Soho comme résidence en partie parce qu'il l'aimait, en partie pour améliorer sa connaissance des langues et en partie pour étudier les goûts littéraires du quartier , car c'était là qu'il avait l'intention, lorsqu'il aurait plus de temps libre, d'ouvrir une librairie. . Eddy aussi a aimé ça. (C'est une observation superflue, car n'importe qui le ferait.) En fait, il aimait sa vie en général à l'instant. Il aimait rédiger des critiques pour le *Daily Post* et écrire pour lui-même (lui-même *via* les rédacteurs de divers magazines qui rencontraient ses productions sur leur parcours circulaire et les poussaient à nouveau). Il aimait avoir des exemplaires de critiques de livres à conserver ; son goût était catholique et omnivore, et ne reculait devant rien. Avec joie, il parcourait tout, même les romans primés dans des concours de romans, les ouvrages discursifs populaires appelés « À propos de l'endroit », et les livres de vers (pour leur rendre justice, même pas populaires) appelés « Pipings », et ainsi de suite . Il a écrit des critiques élogieuses sur chacun d'eux, parce qu'il les appréciait tous. On peut dire à juste titre qu'il a vu chacun comme son producteur les voyait, ce qui peut ou non être ce qu'un critique devrait essayer de faire, mais il est en tout cas reconnaissant et réconfortant envers la personne examinée. Arnold, qui ne l'a pas fait, a protesté en vain qu'il perdrait bientôt son emploi. « Aucun éditeur littéraire ne supportera longtemps une telle plénitude aveugle... C'est une dispense de la providence que vous ne soyez pas venu lire pour nous, comme je l'avais autrefois souhaité à tort. Vous auriez, pour autant que vos conseils eussent du poids, nous entraîner dans le caniveau. N'avez-vous aucun sens des valeurs ou de la décence ? Pouvez-vous vraiment aimer ces effusions fleuries d'esprits vils ? Il lisait la dernière critique d'Eddy, qui concernait un livre de vers écrit par une dame douée de tendances émotionnelles et d'une admiration pour le paysage. Arnold secoua la tête et rit en posant la critique.

« Ce qui est bizarre, c'est que ce n'est pas une mauvaise critique, malgré tout ce que vous dites en remerciement du fou qui a écrit le livre. C'est ce que je ne comprends pas ; comment tu peux être si intelligent et pourtant si idiot. Vous avez donné le livre exactement, en quelques phrases - personne ne peut se méprendre sur sa nature - et puis vous faites plusieurs remarques tout à fait vraies, pour ne pas dire brillantes, à son sujet - et puis vous continuez en disant combien il est bon. .. Eh bien, je serai curieux de voir combien de temps ils vous garderont.

"Ils m'aiment bien", lui assura Eddy avec complaisance. « Ils pensent que j'écris bien. Les auteurs m'aiment aussi. Je reçois maintes lettres de remerciement sincères de la part de ceux qu'il y a peu de gens à louer et encore moins à aimer. Comme vous l'avez peut-être remarqué, ils jonchent la table du petit-déjeuner. Est-ce *comme il faut* que je réponde ? Je le fais – je veux dire, je l'ai fait les deux fois – parce que cela me paraissait plus poli, mais c'était peut-être une erreur, car la correspondance entre moi et l'un d'eux n'a pas encore cessé, et ne le fera peut-être jamais, car aucun de nous n'aime mettre fin à sa correspondance. il. Comme la vie est complexe ! »

Pendant ce temps, il se rendait presque tous les soirs au Club House, près du Léa. Ça aussi, il aimait. Il avait un don que Datcherd avait détecté en lui, celui de s'entendre avec toutes sortes de gens, quels que soient leurs revenus, leur éducation, leur statut social, leur intelligence ou leur respectabilité. Il n'excluait pas, comme Arnold, l'inintelligent, le respectable, le banal ; ni, comme Datcherd , les religieux orthodoxes ; ni, comme Jane le faisait, sans le savoir, le vulgaire ; ni, comme beaucoup de gens agréables, sociables et bien élevés, les sans instruction, ceux que nous appelons, à juste titre et de manière globale, les pauvres - à juste titre, car, bien que la pauvreté puisse paraître l'attribut le plus superficiel et le plus insignifiant du produit achevé, elle est aussi la cause originelle et fondamentale de toutes les différences. Molly Bellairs pensait qu'Eddy aurait fait un excellent ecclésiastique, meilleur que son père, qui était d'une gentillesse illimitée, mais mal à l'aise et parlait au-dessus de la tête des pauvres. Eddy, moins saisi des problèmes théologiques, avait une maîtrise plus sûre des points de vue et appréhendait la moins spirituelle des plaisanteries, la moins pathétique des querelles, la moins pittoresque des émotions. Il était donc populaire.

Il a constaté que le genre de conférences auxquelles les clubs de Datcherd étaient habitués portaient en grande partie sur des sujets tels que le salaire minimum, le capitalisme contre l'industrialisme, les organisations organisées. Le travail , la journée de huit heures, la réforme du droit des pauvres, la dotation des mères, le co-partenariat, etc. le tout très intéressant et rentable s'il est bien traité. Eddy a donc écrit à Bob Traherne, le deuxième vicaire de St. Gregory's, pour lui demander d'en donner un. Traherne a répondu qu'il donnerait, si Eddy le souhaitait, un cours de six personnes. Il a procédé ainsi et, comme il était un bon orateur, concis et piquant, il a attiré un large public et a été immensément populaire. À la fin de sa conférence , il a vendu des tracts à un sou rédigés par des socialistes de l'Église ; les a vraiment vendus, en grand nombre. Après sa troisième conférence, qui portait sur le salaire minimum, il a déclaré qu'il serait heureux de recevoir les noms de toutes les personnes qui souhaiteraient rejoindre la Ligue socialiste de l'Église, la société la plus efficace qu'il connaisse pour faire avancer ces objectifs . Il en reçut sept immédiatement, et six autres les uns après les autres.

Les protestations parvinrent à Eddy de la part d'un secrétaire perturbé, un jeune homme pâle aux cheveux roux, fidèle à l'esprit de Datcherd .

"Ce n'est pas ce que M. Datcherd souhaiterait, M. Oliver."

Eddy a dit : « Pourquoi diable ne le ferait-il pas ? Il aime que les hommes soient socialistes, n'est-ce pas ?

« Pas de ce genre, il ne le fait pas. Du moins, il ne le ferait pas. Il aime qu'ils pensent par eux-mêmes, qu'ils ne soient pas liés à l'Église.

« Eh bien, ils réfléchissent par eux-mêmes. Il n'aimerait certainement pas non plus qu'ils soient liés à ses convictions. Je suis sûr que tout va bien, Pollard. De toute façon, je ne peux pas les empêcher de rejoindre la Ligue s'ils le souhaitent, n'est-ce pas ?

« Nous devrions arrêter le révérend Traherne, voilà où il se trouve. Il parlerait à un éléphant. Il s'en empare et en abuse. Ce n'est pas bien, et ce n'est pas juste, ni ce que M. Datcherd voudrait au Club.

"C'est absurde", dit Eddy. "M. Datcherd serait ravi. M. Traherne est un conférencier de premier ordre, vous savez ; ils apprennent plus de lui que de toute la littérature socialiste qu'ils sortent de la bibliothèque.

Pire encore, plusieurs jeunes hommes qui méprisaient aller à l'église s'y mirent tout d'un coup, se rendant à vélo jusqu'à l'arrondissement pour entendre prêcher le révérend Traherne. Datcherd n'avait aucune objection à ce que quelqu'un aille à l'église par conviction, mais ce genre d'influence déséquilibrée et irraisonnée qu'il considérait certainement comme dégradant et indigne d'un citoyen réfléchi. Selon Datcherd , quelles que soient les convictions d'un homme , qu'elles *soient* des convictions fondées sur la raison et des principes, et non sur des impulsions incohérentes et des émotions fortuites. Il était presque certain qu'il n'aurait pas approuvé l'influence de Traherne sur ses clubs.

Pollard aurait encore moins approuvé celle du capitaine Greville. Le capitaine Greville était un capitaine à la retraite, qu'il n'est pas nécessaire de décrire ici. Sa mission dans la vie était de parler de la National Service League. Eddy, qui, on s'en souvient, appartenait entre autres à cette ligue, le rencontra quelque part et le pria de venir s'adresser un soir au club à ce sujet. Il l'a fait. Il a fait un très bon discours, d'une durée de trente-cinq minutes, ce qui est exactement la durée idéale pour ce sujet. (Certaines personnes se trompent et parlent trop longtemps, sur ce sujet comme sur beaucoup d'autres, et manquent en conséquence leur objectif.) Le capitaine Greville a déclaré : « Comme c'est délicieux de renforcer la fibre nationale et le sens du devoir civique en mettant tous les hommes en relation avec idées nationales à travers une formation personnelle pendant la jeunesse ; renforcer la santé nationale par un développement physique sain et une discipline, etc. ; mettre à contribution, dans l'affaire la plus importante qu'une nation puisse avoir à traiter, à savoir la défense nationale , la connaissance, l'intérêt et la critique de l'esprit national ; sauvegarder la nation contre la guerre en montrant que nous y sommes préparés et garantir que, si la guerre éclatait, la paix puisse être rapidement rétablie ; en bref, organiser notre force humaine ; en outre, ne pas être abattu au moment de l'invasion pour port illégal d'une arme à feu, ce qui est un incident (sensation) fréquent. Il en dit beaucoup plus, qu'il n'est pas nécessaire de préciser, car cela est sans doute familier à beaucoup et ne serait pas le bienvenu pour d'autres. À la fin, il a dit : « Êtes-vous démocrates ? Alors rejoignez la Ligue, qui prône le seul système de défense démocratique . Êtes-vous socialistes ? (c'était généreux, car il n'aimait pas beaucoup les socialistes) « Alors adhérez à la Ligue, qui vise une réforme strictement conforme aux principes du socialisme coopératif ; en fait, nombreux sont ceux qui s'y opposent au motif qu'il est trop socialiste. Enfin (a-t-il observé), ce que nous voulons, ce n'est pas une armée permanente, ni une guerre – à Dieu ne plaise – mais des hommes capables de se battre *comme* des hommes pour défendre leurs femmes, leurs enfants et leurs maisons.

Le Club a apparemment réalisé soudainement que c'était ce qu'il voulait et s'est rassemblé pour signer des cartes et recevoir des boutons portant la devise inspirante : « La voie du devoir est la voie de la sécurité ». Bref, un bon tiers des jeunes gens devinrent adhérents à la Ligue, encouragés dans cette voie par Eddy et félicités par le capitaine enthousiaste. Ils ont été invités à poser des questions, et ils l'ont fait. Ils ont demandé : qu'en est-il des employeurs qui renvoient définitivement un homme parce qu'il doit s'absenter pour son camp de quatre mois ? Réponse : Cela n'arriverait pas ; la force serait exercée sur l'employeur. (Un certain scepticisme , mais un sentiment général d'approbation à ce sujet, comme à quelque chose qui serait en effet grandiose s'il pouvait être exploité, et qui pourrait en soi valoir la peine d'adhérer à la Ligue, simplement pour se moquer de l'employeur.) Réponse supplémentaire : Le regretté Sir Joseph Whitworth a déclaré : « Le travail d'un homme qui a suivi un cours d'exercice militaire vaut dix-huit pence par semaine de plus que celui d'un homme non formé, car grâce à la formation reçue lors de l'exercice militaire, les hommes apprennent l'obéissance, l'attention. , et la combinaison, qui sont toutes si nécessaires au travail. Question : L'obtiendraient-ils ? Réponse : Obtenez quoi ? Question : Les dix-huit pence. Réponse : En matière de justice, ils devraient certainement le faire. Question : Les employeurs seraient-ils obligés de le leur accorder ? Réponse : Tous ces détails seront précisés ultérieurement dans le projet de loi. Conclusion : Le projet de loi ne serait pas populaire auprès des employeurs. Autre conclusion : rejoignons-le. Ce qu'ils ont fait.

Avant son départ, le capitaine Greville s'est dit très satisfait des résultats encourageants de la soirée et il espérait que tous ceux qui seraient intéressés viendraient voir une projection de cinéma qu'il donnerait à Hackney la semaine prochaine, intitulée « In Time of Invasion." Il oserait dire qu'ils apprendraient ainsi quelque chose des horreurs d'une attaque non préparée. Le Club y est allé . C'était un spectacle splendide, qui valait bien trois pence . Il y avait de nombreux hommes arrêtés illégalement avec des armes à feu et abattus comme des lapins ; chez des soldats non entraînés et incompétents fuyant l'ennemi ; des mères abandonnées défendant jusqu'au bout leurs maisons contre des soldats brutaux ; des cadavres d'enfants jetés sur des piques pour célébrer une fête prussienne ; Les scouts et les guides, le seul élément salvateur dans la terrible démonstration d'incompétence nationale, accomplissant de merveilleux exploits d'adresse et d'héroïsme et mourant comme des mouches dans l'exercice de leurs fonctions. Par la suite, il y eut une série très différente pour illustrer l'invasion telle qu'elle aurait été si la loi sur le service national avait été adoptée. « Les envahisseurs réalisent leur erreur », était inscrit sur le premier rideau. Des jeunes hommes bien entraînés, efficaces et courageux se sont alors lancés sur le terrain, fiers de posséder les armes à feu auxquelles ils avaient droit, calmes dans leur entraînement parfait, leur témérité et leur discipline, présentant un front inébranlable et imprenable aux troupes recroquevillées. l'ennemi, qui s'est retiré dans un désordre brisé, réalisant son erreur (acclamations). Puis, sur le rideau du Finis, éclata la grande morale de tout cela : « Le chemin du devoir est le chemin de la sécurité. Gardez vos maisons inviolées en apprenant à les défendre. (Acclamations renouvelées et « God Save the King »).

Un très beau spectacle auquel, faut-il ajouter, M. Sidney Pollard, le secrétaire du Club, n'a pas assisté.

Ce fut peu de temps après que le capitaine Greville, ayant été très content – très content, comme il le dit – du Lea-side Club, offrit à sa bibliothèque une collection complète de Kipling. Kipling, puisque la période Kipling remontait à quelques années, n'était pas très connu du Club ; apparaissant soudain parmi eux, au sommet du cinéma, il fit fureur . Si M.

Datcherd *lui* faisait écrire de la poésie pour *Further*, maintenant, au lieu de M. Henderson et M. Raymond, et de toutes les personnes qu'il a rencontrées, ce serait quelque chose comme. Trouvant Kipling si populaire et cédant à une demande, Eddy, qui lisait plutôt bien, donna quelques lectures de Kipling, qui furent très appréciées par un public nombreux.

«Autant les emmener immédiatement au music-hall», se plaignit M. Pollard.

« Est-ce qu'ils aimeraient ça ? Je le ferai », répondit Eddy, et il le fit, payant une douzaine de garçons à l'Empire.

Il ne faut pas croire qu'Eddy ait négligé, dans le culte d'un patriotisme viril, les autres aspects de la vie. Au contraire, il engagea Billy Raymond, un homme de bonne humeur, à donner une conférence sur le drame, et après cela, il emmena une soirée au Savoy Theatre pour voir Shakespeare de Granville Barker, ce qui les ennuyait beaucoup. Puis il a demandé à Jane de faire une conférence sur les dessins et, pour l'illustrer, il a emmené des jeunes plutôt apathiques voir la propre exposition de Jane. Il a également organisé une soirée là où M. Roger Fry parlait sur le postimpressionnisme, puis, quand ils l'ont bien compris, à la galerie où il était alors en train d'être illustré. Il leur dit d'abord qu'ils pouvaient bien sûr rire des images s'ils le voulaient, mais que c'était une façon extrêmement stupide de les regarder ; ils ne l'ont donc pas fait, tant son influence sur eux était grande à cette époque. Au lieu de cela, lorsqu'il leur faisait remarquer les beautés de Matisse, ils faisaient semblant d'être d'accord avec lui et écoutaient avec tolérance, même s'ils s'ennuyaient, pendant qu'il avait une discussion intelligente avec un ami artiste qu'il avait rencontré.

Tout cela pour dire qu'Eddy avait ses jeunes hommes bien en main, mieux en main que Datcherd , qui était moins cordial et moins cordial avec eux, ne les avait jamais eus. C'était très amusant. Influencer les gens en masse l'est toujours ; c'est un peu comme conduire une voiture grande et puissante, qui est envoyée dévier à droite ou à gauche par un petit tour de poignet. Il est probable que les acteurs ressentent cela lorsqu'ils jouent, mais encore plus ; peut-être que les locuteurs ressentent cela lorsqu'ils parlent. Faire ce qu'on veut avec les gens, les matières plastiques les plus intéressantes et les plus absorbantes à portée de main, c'est mieux que de travailler avec de l'argile, des peintures ou des mots. Non pas qu'Eddy soit consciemment conscient de ce qu'il faisait de cette façon ; seulement, à propos de chaque nouveauté qui se présentait, il désirait que ces garçons qu'il aimait se sentent enthousiastes et reconnaissants, comme il le ressentait lui-même ; et il était ravi qu'ils le fassent, se montrant ainsi si sains d'esprit, sensés et intelligents. Il les avait trouvés assez passionnés par certaines choses importantes : les questions industrielles, certains aspects du socialisme, le Parti radical en politique ; il s'agissait pour lui de les rendre également intéressés par d'autres choses, jusqu'ici apparemment plutôt négligées par eux. L'une de ces choses était l'Église ; ici, son succès ne fut que partiel, mais nettement encourageant. Un autre aspect était le bien du torysme, auquel ils étaient un peu aveugles. Pour leur ouvrir les yeux, il a demandé à un ami conservateur très intelligent de s'adresser à eux quatre mardis successifs sur la politique. Il ne voulait pas du tout changer leur politique – quoi de mieux que d'être radical ? – (c'était aussi le cas, car cela aurait été une tâche en dehors même de sa sphère d'influence) – mais ils devraient certainement voir les deux. côtés. Ainsi les deux camps se présentèrent devant eux ; et le résultat fut certainement qu'ils regardèrent du mauvais côté avec beaucoup moins d'intolérance qu'auparavant, parce que M. Oliver, qui était de premier ordre, lui donna son air, comme il l'avait fait pour Matisse et cette ennuyeuse histoire du Savoy. Matisse, Shakespeare, la réforme tarifaire, tout cela paraissait idiot, mais là, ils plaisaient à un bon gars et à un ami agréable, qui savait aussi apprécier Harry Lauder, le vieux Victor Grayson, Kipling et le salaire minimum.

Tels étaient les intérêts d'une vie variée et bondée lors des soirées club du Léa. Affolé par eux, M. Sidney Pollard écrivit à son maître en Grèce (adresse Poste-Restante, Athènes, où ses pérégrinations le mèneraient éventuellement et où il demanderait des lettres) pour lui dire que tout allait bien, et voici un réformateur tarifaire lâché au club le mardi soir, et un pasteur qui se déchaînait à propos de son socialisme fantaisiste le mercredi, et un autre pasteur tenant un service missionnaire dans la rue dimanche après-midi, ne parlant même pas de socialisme (c'était le Père Dempsey) – et la moitié du club qui traîne autour de lui et lui demande des questions, ce qui est toujours le début de la fin, car n'importe quel pasteur, ayant été élevé dans ce milieu, peut répondre aux questions avec bien plus de pose que n'importe qui ne peut leur demander ; et un quelconque capitaine ou autre parlant d'absurdités sur le service national, et distribuant ses stupides boutons comme s'il s'agissait de gouttes de chocolat lors d'un festin scolaire, et les conduisant à aller à un idiot de cinéma, calculé pour les transformer tous en Des jingos de la teinte la plus profonde ; et un maniaque de Blue Water qui parlait des Dreadnoughts, de sorte que « Nous en voulons huit et nous n'attendrons pas » était chanté par les écoliers dans les rues au lieu de « Chaque gentille fille aime un marin », ce qui peut signifier, émotionnellement, beaucoup c'est la même chose, mais c'est politiquement offensant. De plus, M. Oliver avait donné des lectures à Kipling, et la moitié des gars étaient fous de Kipling et se battaient pour que les Ballades des casernes soient retirées de la bibliothèque. Enfin, « M. Oliver ne veut peut-être pas de mal, mais il fait beaucoup », a déclaré M. Pollard. « S'il continue ici, le ton du Club sera gâché, il est personnellement populaire, parce qu'il est l'ami de tous à ses manières et qu'il a des manières agréables, et c'est la pire des choses. Si vous ne rentrez pas bientôt vous-même, peut-être ferez-vous quelques changements en écrivant et direz à M. Oliver si vous approuvez ou non les choses ci-dessus. J'ai cru bon de vous le dire, et vous agirez selon votre pensée. J'espère vraiment que votre santé s'améliore, vous nous manquez beaucoup ici.

Datcherd reçut enfin cette lettre, mais pas tout de suite, car il traversait alors la plaine de Thessalie entre Volo et Tempe.

CHAPITRE X.

RETOUR DE DATCHERD.

Le dernier jour d'avril, Eddy a engagé un nationaliste irlandais pour s'adresser au Club sur le Home Rule. C'était une personne colérique, qui méprisait les Anglais et le disait ; ce qui était insensé de la part d'un orateur, et faisait plutôt abstraction de ses autres remarques, car les jeunes gens du Club préféraient être aimés, même de ceux qui leur faisaient des discours. Sa cause, exposée sans doute avec trop de véhémence, fut dans l'ensemble approuvée par le Club, aussi radical qu'il fût dans l'ensemble ; mais il est remarquable que ce sujet particulier ait tendance à tomber inaperçu auprès du public ouvrier anglais, qui a probablement le sentiment profondément enraciné que cela ne les affecte pas sérieusement d'une manière ou d'une autre. Quoi qu'il en soit, ce nationaliste n'évoquait guère la sympathie qu'il méritait au sein du Club. Ils étaient également enclins à s'amuser de son accent, qui était celui de Wexford sans modification. Eddy l'appréciait probablement, lui et ses arguments, plus que quiconque.

Ainsi, lorsque, le deuxième jour de mai, Eddy présenta un orangiste pour parler du même sujet sous un autre point de vue, l'auditoire fut enclin à le recevoir favorablement . L'orangiste était jeune, beaucoup plus jeune que le nationaliste, et également irlandais, quoique originaire d'une autre région, tant géographique que sociale. Son accent, ce qu'il en avait, est mieux décrit comme un accent poli de l'Irlande du Nord, et il avait été à Cambridge avec Eddy. Bien que capable de férocité, et avec un regard de volonté de combat d'Ulster, la férocité était plutôt dirigée contre ses compatriotes déloyaux que contre son public, ce qui était plus satisfaisant pour le public. Et quand il le voulait, il pouvait les faire rire, ce qui était encore plus satisfaisant. À son visage, on pourrait, avant qu'il parle, deviner qu'il était nationaliste, tant son air était essentiellement et indubitablement irlandais du sud-ouest. Pour éviter une erreur aussi pénible, il parlait en général beaucoup.

Il s'est exprimé ce soir avec énergie, lucidité, humour et véhémence, et le Club l'a écouté avec appréciation. Peu à peu, il les a fait évoluer d'une approbation personnelle de lui-même à une approbation partielle, ou du moins à une sympathie pour sa cause. Il aborde la question financière avec une production chiffrée imposante. Il commença plusieurs fois par « Les nationalistes vous le diront » , puis il répéta précisément ce que le nationaliste leur *avait* dit l'autre soir, pour ensuite le renverser avec un argument qui était parfois concluant, qui suffisait souvent et parfois juste. je ne le ferais pas ; et le Club acclama le premier type, accepta le second comme ingénieux et dit « Oh », avec bonne humeur , au troisième. Dans l'ensemble, c'était un excellent discours, plein de conviction profonde, avec un certain sens incontestable et une poignée d' absurdités intelligentes. Pas un mot n'était ennuyeux, et pas un mot n'était méchant envers le pape de Rome ou ses partisans, comme cela est habituel, et peut-être essentiel, dans de tels discours lorsqu'ils sont produits en Irlande, et nécessite leur expurgation minutieuse avant d'être prononcés devant un public anglais. qui ont un sentiment tolérant, bien que dédaigneux, envers cette Église malavisée. Le jeune homme parla pendant une demi-heure et tint son audience. Il les a tenus même lorsqu'il a dit, jusqu'à la fin : « Je me demande si l'un d'entre vous ici connaît quelque chose sur l'Irlande et la politique irlandaise, ou est-ce que vous obtenez tout cela de seconde main dans les journaux radicaux anglais ? Savez-vous du tout de quoi vous parlez ? Mauvais gouvernement, économie incompétente, partialité, préjugés, injustice, tyrannie, voilà à quoi les radicaux anglais veulent nous livrer. Et c'est à cela qu'ils ne nous livreront pas, car nous, en Ulster, la partie la plus véritablement irlandaise de l'Irlande, avons signé cet accord. Il sortit de sa poche de poitrine l'Alliance et la tint devant eux, de sorte qu'ils virent tous la Main Rouge qui brillait dessus. Il le leur lut et s'assit. Des acclamations éclatèrent, des trépignements de pieds, des applaudissements ; ce fut l'accueil le plus enthousiaste qu'un orateur ait jamais reçu au Club.

Quelqu'un a commencé à chanter « Rule Britannia », comme l' expression la plus proche qui lui est venue à l'esprit des sentiments patriotiques et anti-perturbateurs qui l'habitaient, et cela a été repris et crié dans toute la pièce. C'était comme si l'influence insidieuse de Kipling, de la National Service League, de l'Invasion Pictures, de la Primrose League et de la Blue Water School, qui rongeaient progressivement le cœur sain du Club, éclatait enfin. sous le poison final de l'orangeisme, dans une éruption qui ne pouvait être apaisée que par le chant et les cris. Alors ils chantèrent et crièrent, certains par enthousiasme, d'autres pour s'amuser, et Eddy dit à son ami l'orateur : « Vous les avez assez bien récupérés cette fois-ci », et il regarda en souriant la foule en liesse, des chaises avant jusqu'à l'arrière : et, à l'arrière de tous, rencontra le regard de Datcherd . Il se tenait appuyé contre la porte, sans jubilation , sans chant, morose, les mains dans les poches, un sourire cynique effleurant légèrement ses lèvres. A ses côtés se trouvait Sidney Pollard, avec des yeux très brillants dans un visage blanc, et un air de « Voilà, vous voyez par vous-même ».

Eddy ne savait pas que Datcherd viendrait au Club ce soir, même s'il savait qu'il était arrivé en Angleterre, trois semaines avant ce qu'il avait prévu. En le voyant, il se leva et sourit, et le public, suivant ses yeux, se retourna et vit leur président et maître revenu. Là-dessus, ils applaudirent à nouveau, plus fort si possible qu'auparavant. La reconnaissance de Datcherd était des plus faibles. Il resta là un moment de plus, puis se retourna et quitta la pièce.

La réunion se termina, après les politesses et les remerciements d'usage, et Eddy emmena son ami.

"Vous devez venir et être présenté à Datcherd ", dit-il. "Je me demande où il va."

Son ami avait l'air dubitatif. « Il aurait pu venir me parler dans la pièce s'il l'avait voulu. Peut-être que non. Peut-être qu'il serait fatigué après son voyage. Il n'avait pas l'air extraordinairement joyeux, d'une manière ou d'une autre. Je pense que je ne vais pas le déranger.

« Oh, il va bien. Il ressemblait seulement à un Home Ruler écoutant les applaudissements d'Orange . Je suppose qu'ils n'ont pas l'air très radieux, en règle générale, n'est-ce pas ?

"Ils ne. Mais vous ne voulez pas dire que cela le dérangerait que je vienne parler, n'est-ce pas ? Parce que s'il le fait, je n'aurais jamais dû venir. Vous m'avez dit qu'ils recevaient des conférences de toutes sortes de personnes sur toutes sortes de choses.

« C'est ce qu'ils font. Non, bien sûr, cela ne le dérangerait pas. Mais c'est à cela qu'il doit ressembler en public, comme un manifeste, n'est-ce pas. Comme un ecclésiastique écoutant un prédicateur non-conformiste. Il doit affirmer ses principes.

« Mais un ecclésiastique ne demanderait probablement pas à un non-conformiste de prêcher dans son église. En règle générale, ce n'est pas le cas, je crois.

Eddy fut forcé d'admettre que, malheureusement, ce n'était pas le cas.

Son ami, homme de bonnes manières, était un peu fâché. « Nous l'avons offensé maintenant, et je ne lui en veux pas. Tu aurais du me le dire. Je n'aurais jamais dû venir. C'est tellement rustique de s'introduire dans le club d'une personne et de prêcher des choses qu'elle déteste. Je pouvais dire qu'il détestait ça, à son regard. Il gardait l'autre bout de la pièce, pour ne pas m'éclater et me dire quoi que ce soit de féroce. Non, je ne viens pas le chercher ; Je n'oserais pas le regarder en face ; vous pouvez y aller seul. Vous m'avez vraiment laissé entrer, Oliver. Je déteste être impoli envers le mauvais côté, cela leur donne un tel avantage. En règle générale, ils sont assez grossiers avec nous pour le faire à deux. *Je* ne veux rien avoir à faire avec son petit Club Radical ; s'il veut le garder pour lui et pour ses amis radicaux, il est le bienvenu.»

"Vous dites des bêtises", a déclaré Eddy. "Est-ce que ça s'est comporté comme un club radical ce soir?"

"Il n'a pas. C'est exactement pourquoi Datcherd a toutes les raisons d'être ennuyé. Eh bien, tu peux lui dire de ma part que ce n'était la faute de personne d'autre que la tienne. Bonne nuit."

Il partit, plus de colère que de chagrin (ce soir-là avait vraiment été plutôt amusant, bien que grossier) et Eddy partit trouver Datcherd .

Mais il n'a pas trouvé Datcherd . On lui a dit que Datcherd avait quitté le club et était rentré chez lui. La remarque de son ami lui revint. "Il a gardé l'autre bout de la pièce, pour ne pas m'éclater et dire quoi que ce soit de féroce." Était-ce ce que lui faisait Datcherd , ou était-il fatigué après son voyage ? Eddy espérait le meilleur, mais avait des pressentiments. Datcherd n'avait certainement pas l'air cordial ou joyeux. Son apparence avait déçu et plutôt blessé le Club. Ils ont estimé qu'une autre expression, après trois mois d'absence, aurait été plus appropriée. Après tout, pour ce qui est de l'agréabilité de son comportement , M. Datcherd , même dans le meilleur des cas (ce qui, semble-t-il, n'était guère le cas), n'était pas un patch sur M. Oliver.

Ces événements se sont produits un vendredi soir. Il se trouve qu'Eddy quittait la ville le lendemain matin pour un week-end à Cambridge, il ne verrait donc Datcherd que lundi soir. Lui et Arnold ont passé le week-end chez Arnold. Chaque fois qu'Eddy visitait les Denison, il était de nouveau frappé par le raffinement extrême et raréfié de leur atmosphère ; ils (sauf Arnold, qui avait été rendu grossier, comme lui, par le contact du monde) étaient académiques dans le meilleur sens du terme ; théoriques, philosophiques, idéalistes, sereinement sûrs de la vérité, compensant par l'élevage ce qui, peut-être, leur manquait un peu (du moins Mme Denison et sa fille manquaient) d' humour ; sans jamais s'écarter de la position politique, religieuse et économique qu'ils avaient adoptée une fois pour toutes. Un peu impénétrables et fermés aux problèmes nouveaux, ils l'étaient ; le genre de libéral dont on pensait qu'il ne deviendrait jamais conservateur, quelles que soient les circonstances. Un type précieux, représentant l'éducation et la conscience dans un monde agité ; s'il est chrétien et anglican, il appartient souvent à l'Union chrétienne-sociale ; sinon, comme les Denisons , elle appartiendra sûrement à une autre société bien intentionnée et aux principes élevés visant à améliorer les pauvres. Ce sont, en bref, messieurs et dames. La vie à la campagne est trop endormie pour eux et leurs idées progressistes ; Londres est bien trop éveillée ; ils fleurissent donc comme des fleurs exquises dans nos anciennes universités et à Manchester, et visitent la Grèce et l'Italie pendant les vacances.

Eddy trouvait paisible d'être avec les Denison . Revenir à Londres lundi matin était un peu perturbant. Il ne pouvait s'empêcher d'éprouver un léger sentiment d'anxiété à propos de sa rencontre avec Datcherd . Peut-être valait-il mieux, pensa-t-il, donner à Datcherd deux jours pour se remettre du choc de la réunion unioniste. Il espérait que Datcherd , lorsqu'il le rencontrerait, ressemblerait moins à un Home Ruler écoutant les applaudissements d'Orange (une expression de visage très désagréable) que vendredi soir. Pensant qu'il ferait mieux de s'en rendre compte le plus tôt possible, il s'est rendu chez Datcherd cet après-midi-là.

Datcherd était dans sa bibliothèque, comme d'habitude, en train d'écrire. Il se leva, serra la main d'Eddy et dit : « Je venais te voir », ce qui soulagea Eddy. Mais il parla assez gravement et ajouta : « Il y a certaines choses dont je veux vous parler », puis il s'assit, caressa son genou maigre dans ses mains maigres et se mordit les lèvres.

Eddy lui a demandé s'il allait beaucoup mieux, pensant qu'il n'en avait pas l'air, et s'il avait passé un bon moment. Datcherd répondit à peine ; il était de ces gens qui ne pensent qu'à une chose à la fois, et il pensait tout à l'heure à autre chose qu'à sa santé ou à ses bons moments.

Il dit, après un moment de silence : "C'est extrêmement gentil de votre part de gérer le Club pendant tout ce temps."

Eddy, avec un sourire pâle, s'est excusé : "Vous savez, nous avons vraiment eu un Home Ruler pour parler mercredi."

Datcherd se détendit un peu et sourit à son tour.

"Je sais. En fait, je comprends qu'il y a très peu de représentants de quelque cause que ce soit avec lesquels vous n'avez *pas* eu à parler.

« Je vois, dit Eddy, que Pollard vous a tout dit.

«Pollard m'a dit certaines choses. Et n'oubliez pas que j'ai passé les soirées du samedi et du dimanche au Club.

"Quoi," demanda Eddy avec espoir, "y as-tu pensé ?"

Datcherd resta silencieux un moment. Peut-être se rappelait-il encore une fois à quel point Eddy avait été gentil de diriger le Club pendant tout ce temps. Lorsqu'il parlait, c'était avec une admirable modération.

«Cela ne semble guère correspondre aux lignes sur lesquelles je l'ai laissé. J'ai été un peu surpris, je dois l'admettre. Nous avions un très petit club le dimanche soir, parce que beaucoup d'entre eux étaient allés assister à un service à l'église. Cela m'a plutôt surpris. Ils n'avaient jamais fait ça. Bien sûr, cela ne me dérange pas, mais… »

"C'est Traherne", dit Eddy. « Il a eu une énorme emprise sur certains d'entre eux lorsqu'il est venu parler. Il est toujours populaire, vous savez, auprès des hommes et des garçons.

"J'ose dire. Qu'est-ce qui t'a poussé à l'avoir ?

« Oh, pour parler des loyers, des salaires et tout ça. Il est très bon. Ils l'aimaient bien.

«C'est évident. Il a entraîné certains d'entre eux dans la Ligue socialiste de l'Église, et d'autres encore ont rejoint l'Église après lui. Eh bien, c'est leur propre affaire, bien sûr ; s'ils aiment ce genre de chose, je n'ai aucune objection. Ils en auront bientôt marre, j'imagine... Mais, si vous me permettez, pourquoi diable avez-vous corrompu leurs esprits avec des conférences sur la réforme tarifaire, le service national, l'Ulsterisme et les Dreadnoughts ? N'avez-vous pas réalisé qu'on ne peut pas laisser entrer ce genre d'influence sans mettre en danger la santé mentale d'un groupe de gars à moitié instruits ? Je les ai laissés lire Mill ; Je les trouve en train de lire Kipling. Ma parole, vu la façon dont vous vous comportez, n'importe qui penserait que vous appartenez à la Primrose League.

"Oui," dit simplement Eddy.

Datcherd le regarda, complètement interloqué.

« Et *toi* ?

"J'appartiens à la Primrose League", répéta Eddy. "Pourquoi pas?"

Datcherd rassembla ses esprits surpris et rit brièvement.

"Je vous demande pardon. L'erreur, je suppose, était la mienne. D'une manière ou d'une autre, je m'étais mis en tête que tu étais un Fabien.

"C'est ce que je suis", a déclaré Eddy, expliquant patiemment. « Toutes ces vieilles choses, tu sais. Et la plupart des nouveaux aussi. Je suis désolé si vous ne le saviez pas ; Je suppose que j'aurais dû le mentionner, mais je n'y ai jamais pensé. Est-ce que ça importe?"

Datcherd le regardait avec des yeux graves et effrayés, comme un maniaque.

"Matière? Eh bien, je ne sais pas. Oui, je suppose que cela aurait été important, de mon point de vue, si j'avais su. Parce que cela signifie simplement que vous jouiez alors que je pensais que vous étiez sérieux ; que, alors que je supposais que vous preniez vos convictions et les miennes au sérieux et que vous aviez l'intention d'agir en conséquence, ce ne sont en réalité qu'un jeu pour vous. Vous ne prenez aucune cause au sérieux, je suppose.

"Je prends toutes les causes au sérieux", le corrigea rapidement Eddy. Il se leva et se promena dans la pièce, les mains enfoncées dans les poches, fronçant un peu les sourcils parce que la vie était si sérieuse.

« Vous voyez, » expliqua-t-il en s'arrêtant devant Datcherd et en fronçant les sourcils, « la vérité est tellement omniprésente ; ça arrive partout; s'infiltre dans tout. Comme de l'huile de foie de morue renversée dans une malle à vêtements ; tout en est saturé. (Est-ce une mauvaise comparaison ? J'y ai pensé parce que cela m'est arrivé l'autre jour.) Les vêtements sont tous différents les uns des autres, mais l'huile de foie de morue est dans chacun d'eux pour toujours et à jamais. La vérité est ainsi : omniprésente. N'est-ce pas ?

"Non", a déclaré Datcherd avec véhémence. "Non. La vérité n'est *pas* comme ça. Si tel était le cas, cela signifierait qu'une chose n'est ni meilleure ni pire qu'une autre ; que tout progrès, moral ou autre, était illusoire. Nous devrions tous devenir fatalistes, engourdis, indifférents, morts, assis les mains devant nous et à la dérive avec la marée. Ce serait la fin de tout combat, de toute amélioration, de toute vie. Mais la vérité n'est *pas* ainsi. Une chose *est* meilleure qu'une autre et le sera toujours. La démocratie *est* un meilleur objectif que l'oligarchie ; la liberté *vaut* mieux que la tyrannie ; le travail *vaut* mieux que l'oisiveté. Et parce qu'il se bat, même lentement et avec hésitation, du côté de ces choses meilleures, le libéralisme est meilleur que le torysme, la Ligue des jeunes libéraux est une meilleure chose à encourager parmi les jeunes gens du pays que la Ligue Primrose. Vous dites que la vérité est partout. Franchement, je regarde la Primrose League et toutes vos associations conservatrices, et je ne les trouve pas. Je ne vois qu'un tissu monumental de mensonges. Mentir au peuple pour son bien, c'est ce que tous les conservateurs honnêtes admettraient faire. Leur mentir pour leur préjudice, c'est ce que nous disons qu'ils font. Vérité! Il n'est pas nommé parmi eux. Ils n'ont pas un esprit capable de connaître la vérité lorsqu'ils la voient. Ce n'est pas de leur faute. Ce sont pour la plupart de bons hommes déformés par une mauvaise croyance. Et vous dites qu'un credo en vaut un autre.»

"Je dis qu'il y a de la vérité dans chacun d'eux", a déclaré Eddy. « Ne voyez-vous pas la vérité dans le torysme ? Je peux, c'est très clair. Tout cela est si banal, si souvent répété, mais c'est vrai malgré cela. N'y a-t-il pas de vérité dans le gouvernement par le meilleur pour les autres ? Si ce n'est pas bon, qu'est-ce que c'est ? S'il n'est pas vrai qu'un homme est plus apte par nature et par formation qu'un autre à gérer des affaires politiques difficiles, rien n'est vrai. Et il est vrai qu'il peut y parvenir mieux sans qu'une masse de gens ignorants, mal instruits et sentimentaux ne cessent de tirer sur les rênes. Mettre le meilleur par-dessus, c'est l'essentiel du torysme.» Datcherd le regardait cyniquement.

"Et pourtant, vous appartenez à la Ligue des Jeunes Libéraux."

« Bien sûr que oui. Voulez-vous que je développe également l'essentiel et les beautés du libéralisme ? Je pourrais, mais je ne le ferai pas, parce que tu viens de le faire toi-même. Tout ce que vous avez dit sur sa contribution à la liberté et à l'illumination est profondément vrai, et c'est la raison pour laquelle je suis libéral. J'insiste sur mon droit d'être les deux. Je suis les deux. J'espère que je serai toujours les deux.

Datcherd dit, après un moment de réflexion : « J'aurais aimé que nous ayons cette conversation il y a trois mois. Nous ne l'avons pas fait ; J'ai été imprudent et précipité, et c'est ainsi que nous avons créé tout ce gâchis.

« *Est* -ce que c'est le bordel ? » demanda Eddy. « Je suis désolé si c'est le cas. Cela ne m'a pas frappé sous cet angle depuis tout ce temps.

"Ne me trouvez pas ingrat, Oliver," dit rapidement Datcherd . "Je ne suis pas. En considérant les choses comme vous le faites, je suppose qu'il était naturel que vous ayez fait ce que vous avez fait. Peut-être que vous m'auriez peut-être donné un peu plus de détails sur votre point de vue auparavant, mais peu importe maintenant. Ce qui compte, c'est que je trouve le Club dans un état de confusion mentale auquel je ne m'attendais pas, et il faudra du temps pour rétablir la situation, si jamais nous y parvenons. Nous voulons, comme vous le savez, faire du Club le noyau d'un noyau radical solide. Eh bien, ma parole, s'il y avait des élections maintenant, je ne pourrais pas dire dans quel sens certains d'entre eux voteraient. Vous pourriez répondre que cela n'a pas d'importance, car très peu d'électeurs sont encore présents ; mais c'est le cas. C'est ce que j'appelle un gâchis ; et un gâchis idiot aussi. Ils ont fait l'imbécile avec des choses qu'ils devraient être assez enthousiastes pour prendre avec un sérieux mortel. C'est votre faute. Tu sembles être devenu très populaire, Je dois dire; ce qui n'est que le mal. Tout ce que je peux faire maintenant, c'est essayer de redresser la situation petit à petit.

"Tu préférerais que je ne vienne plus t'aider, je suppose", dit Eddy.

« Pour être tout à fait franc, je le ferais. En fait, je ne t'aurais à aucun prix. Cela ne vous dérange pas que je parle clairement ? L'erreur est la mienne ; mais cela *a* été une erreur assez idiote, et nous ne devons plus en commettre... Je n'aurais jamais dû partir. Je ne le ferai plus, quoi qu'en disent les médecins idiots.

Eddy lui tendit la main. "Au revoir. Je suis vraiment vraiment désolé, Datcherd . Je suppose que j'aurais dû deviner ce que tu ressentirais à propos de tout cela.

« Honnêtement, je pense que tu devrais le faire. Mais merci beaucoup quand même pour tout le mal que vous vous êtes donné... Vous faites un travail de révision en ce moment, n'est-ce pas ? Son ton impliquait qu'Eddy ferait mieux de continuer à faire du travail de révision et de s'abstenir de faire autre chose.

Eddy a quitté la maison. Il était désolé, plutôt en colère et très déçu. Il aimait le Club ; il avait espéré continuer à aider. Il semblait que personne ne le considérait comme apte à avoir quoi que ce soit à voir avec des clubs et de telles entreprises philanthropiques. D'abord, le Vicaire de St. Gregory's l'avait mis à la porte parce qu'il avait trop d'intérêts en plus (Datcherd en était un), et maintenant Datcherd l'avait mis à la porte parce qu'il avait essayé de donner trop d'intérêts au Club (la raison pour laquelle le Vicaire représentait l'un d'entre eux).). Nulle part il ne semblait recherché. C'était un raté et un paria. En plus de cela, Datcherd pensait qu'il s'était comporté de manière déshonorante . Peut-être qu'il l'avait fait. Ici, il a vu le point de vue de Datcherd . Même son ami l'Ulsterman avait visiblement eu la même pensée à ce sujet. Eddy a admis avec regret qu'il avait été idiot de ne pas savoir exactement ce que ressentirait Datcherd . Mais il était en colère contre Datcherd pour ce sentiment. Datcherd était étroit, opiniâtre et injuste. Beaucoup de gens le sont, dans un monde injuste.

Il est rentré chez lui et l'a dit à Arnold, qui a répondu : « Bien sûr. Je ne comprends pas pourquoi tu ne savais pas comment ça se passerait. Je vous ai toujours dit que vous étiez absurdes, avec vos fous de Blue Water, vos antédiluviens de la taxe alimentaire et vos capitaines de conscription. (Non, ne me dites pas que ce n'est pas de la conscription ; ce n'est pas le moment. Vous êtes déprimé, et c'est à moi de parler.) Vous feriez mieux de ne plus vous essayer à de bonnes œuvres, mais de vous en tenir à gagner un salaire. un moyen de subsistance honnête, à condition qu'ils vous donnent de l'argent pour ce que vous faites. J'ose dire, d'après une rumeur que j'ai entendue d'Innes aujourd'hui, que cela ne saurait tarder. Je crois que le *Daily Post* envisage de réduire son personnel littéraire, et il commencera très probablement par vous, à moins que vous n'appreniez à restreindre un peu vos appréciations redondantes. Aucun journal ne pourrait supporter longtemps ce poids d'enthousiasme aveugle.

"Hulbert m'a dit que je devais critiquer plus sévèrement", a déclaré Eddy. « Alors j'essaie de le faire maintenant. C'est difficile, quand j'aime une chose, d'être sévère à ce sujet. Je me demande si on devrait le faire.

Mais il se demandait vraiment plus ce que pensait et dirait Eileen Le Moine de sa différence avec Datcherd .

Il ne l'a pas découvert pendant une semaine. Il a appelé au 3, Campden Hill Road, et a trouvé les deux occupants dehors. Ils ne lui écrivirent pas, comme il s'y attendait à moitié, pour lui demander de revenir ou de les rencontrer quelque part. Il rencontra enfin Eileen seule, au sortir d'une exposition de dessins animés de Max Beerbohm . Il était entré, mais il se retourna en la voyant. Elle avait l'air en quelque sorte changée et grave, et elle était encore plus belle qu'il ne l'avait connu, mais fatiguée et avec des yeux ombragés de feu et de douceur ; elle lui semblait vaguement moins une enfant qu'une femme. Peut-être que c'était la Grèce... D'une manière ou d'une autre, la Grèce, et tous les mondes anciens et nouveaux, et toutes les mers, semblaient entre eux alors qu'elle le regardait avec des yeux durcis. Un observateur aurait dit à ce regard qu'elle ne l'aimait pas ; pourtant elle l'avait toujours beaucoup aimé. Elle était une personne capricieuse ; tous ses amis le savaient.

Il s'est détourné de la porte d'entrée pour marcher avec elle, même si elle a dit : « Vous n'entrez pas ?

«Non», dit-il. « Je les ai déjà vus une fois. Je préférerais te voir maintenant, si ça ne te dérange pas. Je suppose que tu vas quelque part ? Tu ne viendrais pas prendre le thé avec moi d'abord ?

Elle hésita un moment, comme si elle se demandait si elle le ferait, puis dit : « Non ; Je vais prendre le thé avec la grand-mère de Billy ; elle veut entendre parler de la Grèce. Ensuite, Billy et moi emmenons Jane à l'Académie pour élargir son esprit. Elle ne l'a encore jamais vu et il est temps de terminer ses études.

Elle le dit froidement, même avec la petite moquerie familière de Jane et de l'Académie, et Eddy savait qu'elle était en colère contre lui. Cela ne lui plaisait pas, et il dit rapidement : « Puis-je vous accompagner jusqu'à Gordon Place ? (c'est là que vivait la grand-mère de Billy), et elle répondit avec une maussade enfantine : « Si nous prenons le même chemin à la fois, je suppose que nous serons ensemble », et n'en dit pas plus jusqu'à ce qu'il rompe le silence alors qu'ils traversaient Leicester. Place au soleil avec : « S'il vous plaît, est-ce qu'il y a quelque chose qui ne va pas, Eileen ?

Elle se tourna et le regarda, son visage dur dans l'ombre du large bord du chapeau, et rejeta ironiquement : « Ce n'est pas le cas. Bien sûr que non; Comment serait-il?"

Eddy fit un geste de désespoir avec ses mains.

« Toi aussi, tu es en colère. Je le savais. Vous êtes tous en colère parce que j'ai demandé à des réformateurs tarifaires et à des orangistes de donner une conférence au Club.

"Tu me le dis?" » Elle parlait toujours avec une ironie inconfortable. « J'imagine que vous espériez que nous serions reconnaissants et ravis d'être ramenés de Grèce juste au moment où Hugh commençait à aller mieux et à profiter des choses, par une lettre de ce misérable Pollard décrivant la façon dont vous avez gâté le Club. Eh bien, nous n'étions pas encore allés à

Olympie. Nous y allions quand Hugh a insisté pour appeler des lettres à Athènes et a obtenu ceci. Des lettres en effet ! Bridget et moi n'avons pas demandé s'il y en avait pour nous ; mais Hugh le fera toujours. Et bien sûr, quand il l' aurait lu , plus rien ne le retiendrait ; il doit rentrer chez lui par le prochain train et arriver à Londres trois semaines plus tôt que prévu. Maintenant, pourquoi, si vous aviez senti que vous deviez gâcher le club de Hugh, n'auriez-vous pas pu faire étrangler Pollard en premier, de la même manière qu'il n'écrirait pas de lettres ?

"J'aurais aimé l'avoir fait", dit Eddy avec une ferveur amère . "J'étais bête."

"Et pire que ça, c'est ce que tu étais", dit Eileen sans ménagement. « Vous étiez sans principes, et vous manquiez tellement de prévoyance que vous avez détruit vos propres projets. Trois semaines de plus, et vous auriez pu avoir vingt et un capitaines, ecclésiastiques et jeunes gens d'Ulster supplémentaires pour compléter l'éducation des jeunes libéraux de Hugh. Dans l'état actuel des choses, Hugh pense que vous ne leur avez pas fait beaucoup de mal, même si vous avez fait de votre mieux, et il s'efforce de leur redonner du sens . Le bien de la Grèce lui a déjà disparu ; l'inquiétude était exactement ce qu'il ne devait pas faire, et vous l'avez obligé à le faire. Il vit déjà à toute vitesse, il travaille trop et il est triste parce que tout est dans un désordre stupide. Hugh se soucie de son travail plus que de toute autre chose au monde, » sa voix s'adoucit pour adopter la cadence protectrice familière à Eddy, « et vous lui avez fait du mal. Personne ne devrait blesser Hugh dans son travail, même un peu. Vous ne le saviez pas ?

Elle le regardait maintenant avec des yeux moins hostiles mais plus tristes , comme si ses pensées l'avaient quitté et s'étaient égarées vers une autre application de ce principe. En effet, comme elle l'a dit, cela avait l'effet d'un credo, une déclaration d'un principe directeur de la vie, qui doit d'une manière ou d'une autre être préservé intact pendant que tout le reste s'effondre.

« Aurais-je pu savoir que cela lui aurait fait du mal : quelques conférences ? Eddy protesta contre l'injustice de la situation, s'énervant un peu. "Vous parlez tous comme si Datcherd était la maîtresse d'une école de filles, censée protéger ses élèves de la contamination d'influences dégradantes et qui découvre qu'elles ont lu Nietsche ou *Tom Jones* ."

C'était une erreur de dire cela. Il le savait peut-être. Eileen rougit de rose avec un nouvel élan de colère.

"Est-ce ainsi? Est-ce ainsi qu'on parle de Hugh ? Je lui dirai que tu l'as dit. Non, je ne lui dérangerais pas les oreilles avec quelque chose d'aussi mesquin. Je me demande, sais-tu comment il parle de toi ? Il pense que vous devez être faible mentalement, et il vous trouve des excuses, c'est ce qu'il fait ; il ne dit jamais un mot méchant contre vous, seulement comment vous devriez être enfermé et non relâché comme les gens ordinaires, et comment il aurait dû savoir que vous étiez comme ça et vous expliquer au préalable en tant de mots les principes qu'il voulait maintenir . Comme s'il n'avait pas été trop malade pour expliquer quoi que ce soit, et comme si n'importe quel bébé ne l'aurait pas su, et comme si n'importe quelle personne honorable n'aurait pas pris particulièrement soin, juste au moment où il était malade et absent, de gérer les choses simplement. comme il le voudrait. Et après, vous le traitez de maîtresse d'école de filles… »

« Au contraire, » dit Eddy avec colère, « j'ai dit que non. Vous êtes horriblement injuste. Est-ce utile de poursuivre cette conversation ?

"Ce n'est pas. Ni aucun autre.

Alors, dans son enthousiasme, elle est montée dans un bus qui n'allait pas chez la grand-mère de Billy, et il a ravalé sa fierté et le lui a dit, mais elle n'a pas voulu avaler la sienne et l'écouter, mais elle est montée au sommet et a été transportée. en bas de Piccadilly et devrait changer à Hyde Park Corner.

Eileen était singulièrement mauvaise en bus, réfléchit Eddy avec amertume. Il se dirigea vers l'Embankment, trop écrasé et mécontent pour rentrer chez lui et risquer de rencontrer Arnold. Il avait été grossier et de mauvaise humeur avec Eileen, et s'était moqué de Datcherd avec elle, et elle avait été grossière et de mauvaise humeur avec lui, et ne lui pardonnerait jamais, car il s'agissait de Datcherd , son ami, envers qui la loyauté était le moteur de sa vie. Tous ses autres amis pourraient passer par le conseil d'administration, si Datcherd prospérait. À quel point elle s'en souciait, réfléchit Eddy, sa colère se fondant rapidement dans une pitié et un regret qui lui faisaient mal. Car toutes les paroles amères qu'elle lui avait adressées avaient ce fondement : une sollicitude poignante pour Datcherd , avec sa santé et sa maison détruites, et son amour désespéré et insatisfait pour elle - un amour qui ne serait jamais satisfait, parce qu'il avait des principes qui lui interdisaient de le faire. et elle avait pour lui un amour qui préserverait toujours intacts ses principes et l'œuvre de sa vie. Et ils commençaient à s'en soucier tellement – Eddy avait vu cela sur le visage d'Eileen lorsqu'il l'avait rencontré pour la première fois aux Leicester Galleries – avec une telle intensité, une flamme si absorbante, que cela faisait mal et brûlait… Eddy ne voulait pas le regarder. .

Mais une chose que cela avait fait pour lui ; cela avait tué en lui les derniers vestiges de cette émotion absurde qu'il avait eu pour elle, une émotion qui avait toujours été si désespérée et qui, pour cette raison même, n'était jamais devenue et ne deviendrait jamais de l'amour.

Mais il voulait être amis. Même si elle avait été l'agressrice dans la querelle, aussi injuste, injuste et méchante qu'elle ait été, il avait toujours envie de lui écrire et de lui dire qu'il était désolé, et qu'elle viendrait déjeuner et continuerait à être amie.

Il tourna vers Soho Square et retourna dans ses appartements. Il y trouva une lettre de son rédacteur en chef lui disant que ses services au *Daily Post* ne seraient plus requis après la fin mai. Ce n'était pas inattendu. Le *Post* économisait son personnel littéraire et commençait par lui . Il était très naturel, voire inévitable, qu'ils le fassent ; car ses critiques manquaient de discrimination et son intérêt pour le Club l'avait souvent rendu négligent de son propre travail. Il jeta la lettre à Arnold, qui venait d'entrer.

Arnold a déclaré: "Je craignais autant."

"Et maintenant, je me demande?" » dit Eddy, sans s'en soucier particulièrement.

Arnold le regarda pensivement.

« Vraiment, c'est très difficile. Je ne sais pas... Vous embrouillez tellement les choses, n'est-ce pas ? J'aimerais que tu apprennes à faire un seul travail à la fois et que tu t'y tiennes.

Eddy dit amèrement : « Malheureusement, cela ne me collera pas. »

Arnold a dit : « Si oncle Wilfred vous voulait, viendriez-vous nous voir ?

Eddy supposait qu'il le ferait. Mais il est probable que l'oncle Wilfred ne l'accepterait pas. Plus tard dans la soirée, il reçut un télégramme l'informant que son père avait eu un accident vasculaire cérébral et qu'il pouvait rentrer immédiatement à la maison. Il prit un train à huit heures et demie et arriva à Welchester à dix heures.

CHAPITRE XI.

LE PAYS.

LE Doyen était paralysé du côté droit, sa femme agitée et anxieuse, sa fille contrariée.

«C'est absurde», dit Daphné à Eddy, le lendemain de son arrivée. « Père n'a pas plus de bon sens qu'un bébé. Il insiste pour s'inquiéter d'un article qu'il n'a pas terminé pour le *Church Quarterly* sur le problème synoptique. Comme si un autre comme ça comptait ! Les magazines en sont déjà trop remplis.

Mais le doyen a fait comprendre à Eddy que cela comptait, et l'a incité à trouver et à déchiffrer ses notes approximatives pour la fin de l'article, et à les rédiger sous la forme appropriée. Il allait tellement mieux après un après-midi que le médecin a dit à Eddy : « Combien de temps peux-tu rester à la maison ?

« Tant que je peux être utile. Je viens d'abandonner un travail et je n'en ai pas encore commencé un autre, donc à présent je suis libre.

« Plus vous restez longtemps, mieux c'est, tant pour votre père que pour votre mère », a déclaré le médecin. « Vous pouvez soulager beaucoup de pression de Mme Oliver. Miss Daphné est très jeune – trop jeune pour soigner beaucoup de malades, j'imagine ; et l'infirmière ne peut faire que ce que les infirmières peuvent faire. Il veut de la compagnie et quelqu'un qui puisse faire pour lui le genre de travail que vous faites aujourd'hui.

donc à Arnold qu'il ne savait pas quand il reviendrait à Londres. Arnold a répondu que chaque fois qu'il le ferait, il pourrait venir dans la maison d'édition de son oncle. Il a ajouté dans un post-scriptum qu'il avait rencontré Eileen et Datcherd au Moulin d'Or, et qu'Eileen avait dit : « Donne mon amour à Eddy et dis que je suis désolé. N'oubliez pas. Désolé pour son père, Arnold comprit, bien sûr ; mais Eddy croyait que cela signifiait plus que cela, et qu'Eileen lui lançait à travers l'espace sa réparation typiquement douce et désinvolte pour ses paroles amères.

Il a continué avec le problème synoptique. Les notes du doyen étaient lucides et cohérentes, comme l'ensemble de son œuvre. Cela parut à Eddy un article intéressant, et le doyen sourit légèrement en le disant. Eddy était reconnaissant et intelligent, sinon instruit ou profond. Le doyen avait eu peur pendant un certain temps de se transformer en un clerc de cette espèce active, si absorbée par les énergies pratiques qu'elle n'accorde pas la valeur qu'elle mérite à une théologie réfléchie. Le doyen avait des raisons de craindre que trop de membres du clergé de la Haute Église soient ainsi. Mais il espérait maintenant qu'Eddy, s'il finissait par prendre les ordres, pourrait être de ceux qui réfléchissent à la foi qui est en eux et s'attaquent au problème du Quatrième Évangile. Peut-être avait-il dû le faire, alors qu'il dirigeait le club de libre pensée de Datcherd .

« Est-ce que vous aidez toujours Datcherd ? » demanda le doyen, dans son discours lent et entravé, c'était tout ce qu'il pouvait utiliser maintenant.

"Non. Datcherd en a fini avec moi. J'ai mal géré les choses là-bas, de son point de vue. Je n'étais pas assez exclusif pour lui », et Eddy, pour amuser son père, raconta l'histoire de ce fiasco.

Daphné a déclaré: «C'est bien pour vous de faire parler un anti-suffragiste. Comment peux-tu? Ils sont toujours aussi stupides et ennuyeux. Pire presque que l'autre côté, même si cela en dit long. Je pense, Tedders, que tu méritais d'être expulsé.

Daphné était devenue une militante. Mme Oliver en avait parlé à Eddy la veille. Mme Oliver elle-même appartenait à la respectable Union nationale pour le droit de vote des femmes, la branche pure et réformée de celle-ci, établie à Welchester , non militante, sans parti, non passionnante. Daphné et quelques autres jeunes esprits brillants et ardents avaient rejoint la WSPU et s'étaient efforcés de militer à Welchester . Daphné avait laissé tomber du liquide désinfectant de Jeye , qui est collant et brun, dans la boîte aux lettres au coin du Close, et avait ainsi rendu désagréable une lettre d'un voisin lui demandant de jouer au tennis, et une lettre au doyen d'un voisin. canon fixant la date (qui était indéchiffrable) d'une réunion de comité.

Daphné a regardé d'un œil critique au petit-déjeuner le lendemain ces deux résultats de sa tactique et les a qualifiés de « Très bien ».

« Dégoûtant », a déclaré le doyen. «Je ne savais pas que nous avions ces femmes sauvages à Welchester . Qui diable cela pouvait-il être ?

«Moi», dit Daphné. "Je l'ai fait seul."

Scène : le doyen horrifié, sévère et honteux ; Mme Oliver choquée et répressive ; Daphné boudeuse et provocante, et refusant de promettre de ne plus recommencer.

« Nous avons rejoint les militants, plusieurs d'entre nous », a-t-elle déclaré.

"OMS?" demanda sa mère. "Je suis sûr que non, Molly."

"Non, Molly ne l'a pas fait", dit Daphné avec dégoût. « Tous les Bellair sont trop terriblement bien élevés pour se battre pour ce qu'ils devraient avoir. Ce sont des antis, tous. Nevill approuve le gavage forcé.

"Tout le monde aussi, bien sûr", a déclaré le doyen. « On ne peut pas permettre aux prisonniers de mourir entre nos mains simplement parce qu'ils sont criminellement fous. Une fois pour toutes, Daphné, je ne veux pas que cet épisode répugnant se reproduise. Les filles des autres peuvent se ridiculiser si elles le souhaitent, mais la mienne ne le fera pas. Est-ce bien clair ?

Daphné marmonna quelque chose et parut rebelle ; mais le doyen ne pensait pas qu'elle lui désobéirait catégoriquement. En fait, elle n'a pas répété l'épisode répugnant du Jeye , mais elle a été retrouvée quelques soirs plus tard en train d'essayer d'incendier un abri pour ouvriers à la tombée de la nuit et arrêtée. Elle avait naturellement hâte d'aller en prison, pour achever ses expériences, mais on lui a proposé une amende (que le doyen a insisté, malgré ses protestations, pour payer), et s'est engagée à ne plus recommencer. Le doyen a ensuite déclaré qu'il avait honte de regarder ses voisins en face et, très peu de temps après, il a eu une attaque. Daphné décida à contrecœur que les méthodes militantes devaient être suspendues jusqu'à ce qu'il soit rétabli et plus apte à faire face aux chocs. Pour se soulager, elle s'est engagée dans une violente querelle avec Nevill Bellairs, qui était chez elle pour la Pentecôte et a osé lui faire des remontrances sur ses démarches. Ils se séparèrent dans le chagrin et la colère, et Daphné rentra à la maison très contrariée et maltraita Nevill envers Eddy comme un bâton dans la boue.

"Mais c'est *idiot* de brûler et de gâcher des choses", a déclaré Eddy. « Très peu de choses sont idiotes, je pense, mais c'est parce que ce n'est pas le moyen d'obtenir quelque chose. Vous ne faites que remettre les choses en place ; vous êtes des réactionnaires. Tous les suffragistes sensés vous détestent, vous savez.

Daphné n'était pas incitée à dire quoi que ce soit sur l'échec des méthodes pacifiques et sur le moment de la violence, ni sur aucune autre chose qu'il est naturel et habituel de dire dans les circonstances ; elle était d'un silence maussade, et Eddy, la regardant avec surprise, la vit sombre et en colère.

S'interrogeant un peu, il attribua cela à son désaccord avec Nevill. Peut-être qu'elle se sentait vraiment si mal. Certes , elle et Nevill avaient été de grands amis au cours de la dernière année. C'était dommage qu'ils se disputent sur une divergence d'opinions ; n'importe quoi au monde, à Eddy, semblait une cause d'aliénation plus raisonnable. Il regardait cependant sa jeune sœur avec un nouveau respect ; après tout, c'était plutôt respectable de se soucier autant d'un point de vue.

Molly Bellairs a jeté plus de lumière sur l'affaire le lendemain quand Eddy est allé au tennis là-bas (Daphné avait refusé d'y aller).

"Pauvre Daffy", dit Molly à Eddy alors qu'ils étaient assis dehors. « Elle est terriblement en colère contre Nevill parce qu'il est anti-suffragette et qu'il lui dit qu'elle est idiote de militer. Et il est en colère contre elle. Elle lui a dit, je crois, qu'elle ne serait plus amie avec lui tant qu'il n'aurait pas changé. Et il ne change jamais rien, et elle non plus, alors les voilà. C'est *vraiment* dommage, car ils s'aiment vraiment énormément. Nevill est malheureux. Regarde-le."

Eddy regarda et vit Nevill, morose et gracieux en flanelle, fracassant des doubles fautes dans le filet.

"Il fait toujours ça quand il est de mauvaise humeur", a expliqué Molly.

"Pourquoi s'en soucie-t-il autant?" » demanda Eddy avec une curiosité fraternelle. « Tu veux dire qu'il aime *vraiment* Daffy ? Plus affectueux, je veux dire, que le reste d'entre vous ?

"Tout à fait différemment." Molly est devenue maternelle et sage. « Vous ne l'avez pas vu ? Cela fait déjà un an que ça dure. *Je* crois, Eddy, qu'ils seraient déjà *fiancés* sans ça.

"Oh, le feraient-ils?" Eddy était intéressé. « Mais seraient-ils assez ânes pour laisser cela les gêner s'ils veulent se fiancer ? Je pensais que Daffy avait plus de bon sens.

Molly secoua la tête. « Ils pensent tellement mal, voyez-vous, et ils sont en colère à ce sujet... Eh bien, je ne sais pas. Je suppose qu'ils ont raison, s'ils pensent vraiment que c'est une question de bien et de mal. Vous ne pouvez pas continuer à être ami avec une personne, et encore moins vous fiancer avec elle, si vous sentez qu'elle se comporte terriblement mal. Vous voyez, Daffy pense qu'il est immoral de la part de Nevill d'être du côté anti au Parlement et d'approuver ce qu'elle appelle l'intimidation organisée , et il pense qu'il est immoral de sa part d'être une militante. *Je* pense que Daffy a tort, bien sûr, mais je peux tout à fait voir qu'elle ne pouvait pas se fiancer avec Nevill en ressentant ce qu'elle fait.

« Pourquoi, réfléchit Eddy, ne peuvent-ils pas chacun voir le point de vue de l'autre, le bon côté, pas le mauvais ? C'est tellement absurde de se disputer sur les mérites respectifs de différents principes, alors que tous sont si excellents.

— Ce n'est pas le cas, répondit Molly d'un ton plutôt brusque. « Cela te ressemble tellement, Eddy, et c'est absurde. De quoi d'autre devrait-on se disputer ? Ce que *je* trouve absurde, c'est de se disputer à propos de choses personnelles, comme le font certaines personnes.

"C'est absurde de se disputer", dit Eddy, et ils laissèrent là et allèrent jouer au tennis.

Avant de rentrer chez lui, le colonel Bellairs lui proposa un plan. Son plus jeune garçon, Bob, étant malade, avait reçu l'ordre de passer l'été à la maison et ne devait retourner à Eton qu'en septembre. En attendant, il voulait poursuivre son travail et ils lui cherchaient un tuteur, un jeune homme intelligent d'une école publique qui saurait ce qu'il devrait apprendre. Comme Eddy avait l'intention de rester chez lui pour le moment, accepterait-il ce travail ? Le colonel proposa un paiement généreux et Eddy trouva que c'était un excellent plan. Il rentra chez lui engagé pour le travail et le commença le lendemain matin. Bob, qui avait seize ans, n'était, comme tous les Bellair, ni intelligent ni stupide ; ses dons étaient plutôt pratiques que littéraires, mais il avait une tête assez utile. Eddy a découvert qu'il aimait plutôt enseigner. Il avait un certain pouvoir de transmettre aux autres son propre intérêt pour les choses, ce qui était utile.

À mesure que le doyen allait mieux, Eddy restait parfois au Hall après les heures de travail et jouait au tennis ou au bumble-puppy avec Molly et Bob avant le déjeuner, ou aidait Molly à nourrir les lapins ou à laver l'un des chiens. Il y avait une cohérence et une unité agréables dans ces occupations, ainsi que chez Molly et Bob, ce qu'Eddy appréciait. Pendant ce temps, il agissait comme assistant et secrétaire de son père, et était utile et agréable à la maison.

Cohérence et unité ; ces qualités semblaient pour l'essentiel faire cruellement défaut à Welchester , comme ailleurs. C'était – la vie à la campagne, la vie à la cathédrale ou dans n'importe quelle autre ville est – un chaos d'éléments en guerre, dérangeant pour le spectateur. Il n'y a plus de communautés, de village ou autre. À Welchester et dans les environs, il y avait une pression continue d'intérêts opposés. Vous l'avez vu sur la route principale menant à Welchester , où les villas et les habitants des villas ont évincé les cottages et les petits agriculteurs ; les a évincés et a imposé une exigence différente à la vie, a établi une norme différente et opposée. Puis, au cœur de la ville, se trouvait la Cathédrale, située sur une colline et pour un ensemble d'intérêts encore très différents, et tout autour se trouvaient les maisons des chanoines en vieilles briques et le Doyenné, qui imposaient à la vie. des normes d'une certaine dignité, d'une certaine beauté, d'une certaine tradition et d'un certain ordre, qui n'étaient pas du tout acceptées ni par les bidonvilles derrière Church Street, ni par Beulah, le tabernacle suffisant juste à l'extérieur du Close. Et la société de la cathédrale, les chanoines et leurs familles, les avocats, les médecins et la noblesse au chômage, se tenaient à l'écart avec une gentillesse satisfaite des citadins, des commerçants, des dentistes, des commissaires-priseurs. Sentiment et opinion à Welchester était , en un mot, désintégré, déchiré, en désaccord avec lui-même. Il a élu un député conservateur, mais seulement avec une faible majorité ; l'importante minorité se considérait négligée, non représentée.

Dans la campagne verdoyante et vallonnée au-delà des portes de la ville, les mêmes conflits malsains attristaient les champs, les ruelles et les parcs. Les propriétaires fonciers, grands et petits, se sont battus jusqu'au dernier fossé, jusqu'au dernier panneau d'affichage peu généreux, avec les voyageurs ; les écuyers et les gardiens étaient en profond désaccord avec les braconniers ; les fermiers voyaient la vie sous un angle opposé à celui des ouvriers ; le curé différait du ministre et souvent, hélas, de ses ouailles. C'était comme si tous ces éléments en guerre, qui auraient pu, depuis un poste d'observation commun, diriger ensemble l'exploration de la terre promise, restaient chez eux, se disputant la nature de cette terre. Dans l'esprit de la plupart d'entre eux, il fallait rechercher un état de choses bon, meilleur ; mais leurs chemins d'approche, tous divergents, semblaient se heurter faiblement à des terrains vagues, faute d'une énergie commune. C'était un spectacle triste. La grande unité hétérogène conçue par les idéalistes civilisés semblait inaccessible.

Cet été, Eddy s'est mis à écrire des articles pour le *Vineyard* sur les failles de la vie à la campagne et sur la manière de les réparer. La rupture, par exemple, entre fermier et ouvrier ; c'était beaucoup dans son esprit. Mais lorsqu'il eut écrit et écrit, et suggéré et suggéré, comme beaucoup avant lui et depuis, la brèche n'était pas près d'être comblée. Il élabora alors dans son esprit un projet pour un nouveau journal qu'il aimerait démarrer un jour si quelqu'un le soutenait et si la maison de Denison le publiait. Et, après tout, tant de nouveaux articles sont soutenus, mais de manière inadéquate, et lancés, publiés, et jaillissent comme des météores à travers le ciel, et plongent en pétillant dans la mer de l'oubli pour périr misérablement – alors pourquoi pas cela ? Il pensait qu'il aimerait qu'elle s'appelle *Unité* et qu'elle ait cela pour but glorieux. Tous les articles ont des objectifs préalables (on peut les trouver énoncés dans de nombreux prospectus) ; combien de temps, hélas, pour être négligés ou abandonnés dans de nombreux cas en réponse aux exigences des circonstances et de la demande. Mais le but de *l'unité* devrait persister et, si le ciel était bon, atteindre son objectif.

En réfléchissant à ce projet, Eddy pourrait regarder le chaos avec des yeux plus tolérants, car rien n'est aussi intolérable si l'on pense faire quelque chose, même un tout petit peu, pour essayer de l'atténuer. Il entretint une correspondance avec Arnold à ce sujet. Arnold a déclaré qu'il ne pensait pas un seul instant que son oncle Wilfred se tromperait au point de se mêler d'un tel projet, mais il pourrait bien sûr le faire. La grande esquive avec un nouveau journal était, disait Arnold, le système coopératif ; vous rassemblez une équipe de contributeurs enthousiastes qui se chargeront d'écrire pendant tant de mois sans salaire, et ne voudront récupérer le leur qu'après que la chose aura frappé de l'argent, et ils partageront ensuite les bénéfices qu'il y aura, s'il y en a. S'ils pouvaient rassembler quelques personnes utiles à cet effet, telles que Billy Raymond, Datcherd et Cecil Le Moine (cecil était probablement trop égoïste), John Henderson et Margaret Clinton (une amie romancière d'Arnold), et divers d'autres hommes et femmes intelligents, la chose pourrait fonctionner. Et Bob Traherne et Dean Oliver, pour représenter deux points de vue différents de l'Église, Eddy a ajouté à la liste, et un travailleur agricole qu'il connaissait qui parlerait de petites propriétés, et un ou deux conservateurs (les conservateurs manquaient manifestement dans la liste d'Arnold). Encouragé par la réception de l'idée par Arnold, Eddy a répondu en esquissant son projet pour *Unity* de manière plus élaborée. Arnold répondit : « Si nous demandons à tout ou partie des personnes auxquelles nous avons pensé d'écrire pour lui, *Unity* suivra son propre chemin, quels que soient les plans préalables.... Faites venir vos conservateurs et vos pasteurs si vous le devez, mais ne Je ne serais pas surpris s'ils le coulaient... La principale chose à laquelle il faut penser avec un écrivain est : a-t-il quelque chose de nouveau à dire ? Je déteste toutes ces critiques sentimentales et ces tapes dans le dos des laboureurs, des terrassiers et des vagabonds simplement en tant que tels ; c'est du snobisme idiot et inversé. Il ne s'ensuit pas qu'un homme ait quelque chose à dire qui mérite d'être entendu simplement parce qu'il le dit de manière agrammaticale. Demandez aux journaliers d'écrire sur le régime foncier s'ils ont quelque chose à dire à ce sujet qui soit plus éclairant que ce que vous ou moi dirions ; mais pas à moins que ; parce qu'ils ne le diront pas si bien, et de loin. Si jamais j'ai quelque chose à voir avec un journal, je veillerai à ce qu'il évite la sentimentalité dans la mesure où cela est compatible avec juste assez de popularité pour vivre.

Tout était encore en suspens, bien sûr, mais Eddy se sentait réconforté par le traitement précis qu'Arnold donnait à son idée.

Vers la mi-juin, Arnold écrivit que Datcherd était finalement tombé en panne désespérément et qu'il ne semblait avoir aucune chance pour lui, et qu'il avait tout abandonné et était descendu dans un cottage du Devonshire, probablement pour y mourir.

"Eileen est partie avec lui", ajouta Arnold d'un ton plus grave que d'habitude. « Je suppose qu'elle veut s'occuper de lui, et ils veulent tous les deux ne pas perdre le temps qui reste... Bien sûr, beaucoup de gens seront horrifiés et penseront au pire. Personnellement, je trouve dommage qu'elle le fasse, car cela signifie pour elle renoncer à beaucoup de choses, maintenant et après, alors que pour lui ce n'est plus qu'un principe. La rupture du principe est surprenante chez lui, et vraiment, si l'on y pense, assez triste, et signe de la façon dont il est complètement brisé. Parce qu'il a toujours considéré ces choses comme barbares et mauvaises, et il l'a toujours dit. Je suppose qu'il est trop faible de corps pour le dire davantage, ou pour résister plus longtemps à ses besoins et aux siens. Je pense que c'est une grave erreur et j'aimerais qu'ils ne le fassent pas. En plus, elle est trop belle et a trop à donner pour tout jeter sur un mourant, comme elle le fait. Qu'y a-t-il eu chez Datcherd qui l'a toujours retenue – lui si maladif , détruit et morose, elle si brillante et vivante et jeune et pleine de génie et de joie ? Bien sûr, il est aussi brillant, à sa manière, adorable et intéressant ; mais un échec malgré tout, et un échec malheureux, et maintenant enfin un échec même quant à ses propres principes de vie. Je suppose que c'est toujours ce qui l'a retenue ; son échec et son besoin. Ces choses sont sombres ; mais de toute façon, ça y est ; on n'a jamais vu deux personnes se soucier davantage l'une de l'autre ou avoir davantage besoin l'une de l'autre... Elle avait peur de nuire à son travail en venant le voir plus tôt ; mais le temps d'y penser est passé, et je suppose qu'elle restera avec lui jusqu'à la fin, et ce sera leur seul moment heureux. Vous savez, je pense que ces choses sont pour la plupart une erreur, et ces émotions absorbantes non civilisées , et presque toutes les alliances mal assorties, et celle-ci sera condamnée. Mais elle s'en souciera beaucoup quand tout sera fini et qu'il sera parti. Que va-t-il lui arriver alors, je ne peux pas le deviner ; elle ne se souciera pas beaucoup de tout ce que nous pouvons faire pour l'aider, pendant longtemps. C'est dommage. Mais telle est la vie, une série de ruines inutiles. » Il est passé à d'autres sujets. Eddy n'a pas lu le reste à ce moment-là, mais est parti pour une longue et violente promenade à travers la campagne avec son chien incroyablement bâtard.

La confusion, avec ses multiples visages, ses cris d'innombrables voix, recouvrent le vert pays de Juin. Pour lui, à cette heure-là, la voix de la pitié et de l'amour s'est élevée de manière dominante, noyant les autres voix, celles qui questionnaient, s'interrogeaient et niaient, comme les coucous de chaque arbre interrogeaient et commentaient la vie dans leur note étrange et tardive. Amour et pitié ; pitié et amour; Ces deux-là ne pourraient-ils pas enfin résoudre toute discorde ? Le point de vue d'Arnold, celui de l' homme sensé et civilisé , il l'a vu et partagé ; Il a vu et senti ceux d'Eileen et de Datcherd ; celui de sa propre mère, celui des Bellair et ceux de ceux qui partageaient les mêmes idées avec eux, il les vit et les apprécia ; tous avaient sûrement raison, mais ils n'ont pas réussi à créer l'harmonie.

Pendant ce temps, fond de discorde, les bois étaient verts et les haies étaient étoilées de rose avec des roses sauvages et le lamellé une écume blanche dans les fossés, et les nuages des lambeaux de toison blanche dans le bleu au-dessus, et les vaches jusqu'aux genoux dans la fraîcheur. des mares sous les arbres étalés, et, derrière la jubilation des alouettes et des autres petits oiseaux joyeux, criait l'interrogation perpétuelle de l'oiseau gris sans réponse.

Au cours du mois de juillet, Eddy s'est fiancé à Molly Bellairs, un événement qui, avec toutes ses circonstances préliminaires et concomitantes, nécessite et fera l'objet de peu de détails ici. Les propositions et les émotions qui les accompagnent, bien que plus intéressantes même que la plupart des choses pour ceux qui sont principalement concernés, sont sans doute si familières à tous qu'elles peuvent être facilement imaginées, et ne peuvent occuper aucune place dans ces pages. Il apparaît qu'Eddy et Molly, après les préliminaires habituels, *se sont* fiancés. Il ne faut pas supposer que leurs émotions, parce que passées sous silence, n'étaient pas de la ferveur habituelle et convenable ; en fait, tous deux étaient très amoureux. Leurs deux familles étaient ravies. Bien entendu, le mariage ne devait avoir lieu que lorsque Eddy serait définitivement installé dans une profession prometteuse, mais il espérait le faire à l'automne, s'il entrait chez les éditions Denison et exerçait en même temps le journalisme .

"Tu devrais t'installer avec quelque chose de permanent, mon garçon", dit le doyen, qui allait maintenant assez bien pour parler ainsi. "Je n'aime pas prendre des choses et les laisser tomber."

"Ils m'ont laissé tomber", a expliqué Eddy, tout comme il l'avait fait avec Arnold une fois, mais le doyen n'aimait pas qu'il le dise ainsi, car tout le monde préférerait que son fils abandonne plutôt que d'être abandonné.

"Vous savez que vous pouvez réussir si vous le souhaitez", a-t-il déclaré, étant plutôt lancé dans cette veine. « Vous avez bien réussi à l'école et à Cambridge, et vous pouvez bien réussir maintenant. Et maintenant que vous allez vous marier, vous devez renoncer à tâtonner et à vous occuper de travaux qui ne sont pas votre carrière habituelle, et vous mettre à la tâche dans quelque chose de précis. Il ne serait pas juste envers Molly de s'amuser avec des petits boulots, même utiles et précieux, comme vous l'avez fait. Vous ne penseriez pas du tout à devenir maître d'école , je suppose ? Avec ton diplôme, tu pourrais facilement obtenir une bonne place. Le doyen désirait pour son fils une carrière scolaire ; d'ailleurs, les maîtres d'école finissent si souvent par les ordres. Mais Eddy a déclaré qu'il pensait qu'il préférerait l'édition ou le journalisme, même si cela n'était pas si bien payé au début. Il a parlé au doyen du journal proposé et du système coopératif, qui fonctionnerait certainement si bien.

Le doyen a déclaré : « Je n'ai aucune confiance dans tous ces nouveaux journaux, quel que soit le système. Même les meilleurs meurent. Regardez le *pilote* . Et la *Tribune* .

Eddy a regardé à travers les âges le *Pilote* et le *Tribune* , dont il vient de se souvenir de la mort.

« Depuis, il y a eu beaucoup de morts », a-t-il fait remarquer. « Ceux que les dieux aiment, etc. Mais beaucoup ont vécu aussi. Si vous en arrivez là, regardez le *Times* , le *Spectator* et le *Daily Mirror* . Ils étaient neufs autrefois. La *Revue anglaise* aussi ; il en était de même pour *la poésie et le théâtre* ; le *New Statesman* aussi ; la *Blue Review* aussi . Ils sont encore en vie. Alors pourquoi pas *Unity* ? Même si sa vie est courte, elle peut être joyeuse.

«Pour guérir les divisions», songea le doyen. « Un bon objectif, bien sûr. Bien que probablement désespéré. Vous savez, on se donne pour tâche de jeter des ponts, autant que possible, entre l'Église et les agnostiques, et entre l'Église et la dissidence. Et regardez le résultat. Un acte amical de conciliation de la part d'un de nos évêques suscite des torrents d'injures amères dans les colonnes de nos journaux ecclésiastiques. Le parti de la Haute Église est tellement ingérable : il est raide : il se démarque par ses différences : il ne sera pas introduit. Comment pouvons-nous un jour progresser vers l'unité si l'extrême gauche reste dans cet état d'obscurantisme volontaire et d'intolérance antichrétienne ? ... Bien sûr, attention, il y a des limites ; on lutterait très fortement contre le désétablissement ou le désaveu ; mais les ritualistes semblent être en quête de querelles pour des bagatelles. Il ajouta, parce qu'Eddy avait travaillé à Saint-Grégoire : « Bien sûr, individuellement, il y a d'innombrables excellents membres de la Haute Église ; on ne veut pas gâcher son travail. Mais ils ne défendront jamais l'unité.»

" Tout à fait ", dit Eddy, méditant sur l'unité. « C'est exactement ce que Finch et les autres disent à propos du parti Broad Church , vous savez. Et c'est ce que disent les dissidents des gens de l'Église, et les gens de l'Église des dissidents. Le fait est que très peu de partis défendent l'unité. Ils représentent presque tous une faction.

« Je ne pense pas que nous, membres de la Grande Église, défendions les factions », a déclaré le doyen, et Eddy a répondu que les membres de la Haute Église ne le pensaient pas non plus, ni les dissidents non plus. Tous pensaient viser l'unité, mais c'était l'unité atteinte par le survivant du brick de *Nancy* , ou le tigre de Riga, qui était l'idéal de la plupart des partis ; c'était sans doute aussi l'idéal du boa-constricteur. Mme Oliver, qui était entrée dans la pièce et n'était pas sûre qu'il soit de bon goût d'introduire des vers légers et des boa-constricteurs dans les discussions religieuses, a déclaré : « Vous semblez dire beaucoup de bêtises, mon cher garçon. Everard, as-tu déjà reçu tes gouttes ?

Dans un discours familial si fructueux , ils ont gâché la convalescence du doyen.

Pendant ce temps, Molly, joyeuse, jeune et vivante, avec ses cheveux bruns bouclés au soleil, son rire joyeux et contagieux et ses yeux ambrés brillants, avides, pleins de gaieté amicale, était une pure joie. Si elle aussi « représentait » quelque chose au-delà d'elle-même, c'était la jeunesse, la gaieté, la gaieté et la vie à la campagne en plein air ; toutes des choses douces. Eddy et elle s'aimaient un peu plus chaque jour. Ils ont prévu que Molly passe environ un mois à l'automne avec sa tante qui vivait à Hyde Park Terrace, afin qu'elle et Eddy soient proches l'un de l'autre.

"Ils sont chéris", a déclaré Molly, à propos de son oncle, de sa tante et de ses cousins. « Tellement joyeux et hospitalier. Vous les adorerez.

« Je suis sûr que je le ferai. Et m'aimeront-ils ? » demanda Eddy, car cela semblait encore plus important.

Molly a dit que bien sûr, ils le feraient.

"Est-ce qu'ils aiment la plupart des gens?" Eddy poursuit ses investigations.

Molly y réfléchit. "Eh bien… la plupart… c'est beaucoup, n'est-ce pas. Non, je pense que tante Vyvian ne fait pas ça. Oncle Jimmy plus. C'est un marin, vous savez ; un capitaine, à la retraite. Il semble terriblement jeune, toujours ; beaucoup plus jeune que moi… Une chose à propos de tante Vyvian, c'est que je devrais penser que tu le saurais assez vite si elle ne t'aimait pas.

"Elle le dirait, n'est-ce pas?"

« Elle vous snoberait. Elle est parfois plutôt pointue, même avec moi et avec les gens qu'elle aime. Une seule s'y habitue, et cela ne veut rien dire sinon qu'elle aime s'amuser. Mais elle est terriblement exigeante, et si elle ne t'aimait pas, elle n'aurait rien à voir avec toi.

"Je vois. Alors il est très important qu'elle le fasse. Que puis-je faire à ce sujet?"

"Oh, sois juste agréable, et rends-toi aussi divertissant que possible, et fais semblant d'être assez sensé et intelligent... Elle n'aimerait pas si elle pensait que tu étais, eh bien, un socialiste, ou un anarchiste, ou une personne qui essayait de faire quelque chose et qui n'y parvenait pas, comme les gens qui essaient de faire prendre des pièces ; ou si j'étais une suffragette. Elle pense que les gens *ne devraient pas* être comme ça, parce qu'ils ne s'entendent pas. Et aussi, elle aime beaucoup s'amuser. Tout *ira* bien, bien sûr.

« Bien sûr. Je suis un tel succès mondain. Eh bien, je hanterai sa porte, qu'elle m'aime ou non.

« Si elle n'osait pas le faire, » dit Molly avec indignation, « je devrais sortir directement de sa maison et ne plus jamais y entrer, et obliger Nevill à m'emmener dans ses appartements à la place. Je devrais très bien penser qu'elle *t'aimerait* !

CHAPITRE XII.

TERRASSE DE HYDE PARC.

HEUREUSEMENT, Mme Crawford aimait Eddy (il présumait donc qu'elle ne savait pas qu'il était socialiste et suffragette, et qu'elle avait essayé de faire beaucoup de choses qu'il ne pouvait pas), donc Molly n'avait pas à sortir de la maison. . Il l'aimait aussi et allait très souvent chez elle. Elle était jolie, intelligente et franchement mondaine, et avait une voix douce et traînante, une silhouette gracieuse et deux filles qui venaient de naître, dont l'une était déjà fiancée à un jeune homme du ministère des Affaires étrangères.

Elle a dit à Molly : « J'aime votre jeune homme, ma chérie ; il a des manières agréables et semble m'apprécier », et lui demanda de venir à la maison aussi souvent qu'il le pourrait. Eddy l'a fait. Il venait déjeuner et dîner et rencontrait des gens agréables, polis et bien habillés. (Il fallait être plutôt bien habillé chez les Crawford : ils s'y attendaient, comme tant d'autres, avec quels degrés divers d'épanouissement !) Il est bien sûr, comme on a pu le remarquer auparavant dans ces pages, extrêmement important. bien s'habiller. Eddy le savait, ayant été bien élevé, et s'habillait aussi bien que conformément à son rang et à ses devoirs. Il a bien vu la beauté de l'idée, ainsi que des autres idées qui lui ont été présentées. Cependant, il a également vu les mérites de l'idée opposée défendue par certains de ses amis, selon laquelle les vêtements ne valent pas le temps, l'argent ou les ennuis, et la mode est une absurdité hors de propos. Il a toujours donné son accord sincère à Arnold lorsqu'il s'est prononcé sur ce sujet, et avec la même sincérité à la reconnaissance tacite des normes élevées qu'il a rencontrées chez les Crawford et ailleurs.

Il rencontra également chez les Crawford leur neveu Nevill Bellairs, désormais secrétaire parlementaire d'un éminent député et plus que jamais admirable par sa certitude quant à ce qui était bien et ce qui ne l'était pas. Les Crawford en étaient également certains. Entendre Nevill sur Pourquoi les femmes ne devraient pas voter, c'était sentir que lui et Daphné devaient être séparés à jamais et, en fait, étaient mieux séparés. Eddy arriva à cette triste conclusion, tout en devinant que leur amour mutuel et malheureux florissait toujours.

"Tu es démodé, Nevill", le réprimanda sa tante. "Vous devriez essayer de ne pas être plus que ce que vous pouvez aider."

Le capitaine Crawford, un marin simple, attachant et extraordinairement jeune de quarante-six ans, dit : « Ne vous laissez pas intimider, Nevill ; Je suis avec toi », car c'était le genre d'homme qu'il était ;

et le jeune homme du ministère des Affaires étrangères a raconté qu'il avait approuvé il y a peu un suffrage limité pour les femmes, mais depuis que les militants, etc., etc., et tous ceux qu'il connaissait disaient la même chose.

«Je suis sûre qu'ils le sont», murmura Mme Crawford à Eddy. « Quel dommage que cela ne lui semble pas une raison suffisante pour s'abstenir lui-même de ce commentaire. Je n'aime vraiment pas le sujet du suffrage ; cela rend tout le monde extrêmement banal et évident. Je ne fais jamais de remarques à ce sujet moi-même, car j'ai une profonde crainte que si je le faisais, elles ne soient pas plus originales que cela.

"Le mien ne le ferait certainement pas", approuva Eddy. « Le suffragisme militant est comme la météo, une soupape de sécurité pour tous nos pires lieux communs. Seulement, cela diffère du temps en ce qu'il est en soi un peu maussade, alors que le temps est un sujet passionnant et intéressant, en général mal traité... Vous savez, je n'ai pas d'objection moi-même aux propos banals, je les aime plutôt. C'est pourquoi je les prépare si souvent, je suppose.

"Je pense que vous n'avez aucune objection à quelque sorte de remarques que ce soit", a commenté Mme Crawford. "Vous avez de la chance."

Nevill dit depuis l'autre bout de la pièce : « Comment se passe le journal, Eddy ? Le premier numéro est-il déjà lancé ?

"Pas encore. Seulement le mannequin. J'ai une copie du mannequin ici ; Regarde ça. Nous l'avons rempli d'opinions de personnalités éminentes sur le grand besoin qui existe pour notre journal. Nous avons écrit à beaucoup. Certains n'ont pas répondu. Je suppose qu'ils n'étaient pas conscients de ce grand besoin, si clairement reconnu par d'autres. Ce qui est étrange, c'est que *Unity* n'a jamais été démarré auparavant, compte tenu de l'ampleur manifeste de son souhait. Nous avons ici des paroles encourageantes de la part d'hommes politiques, d'auteurs, de philanthropes, d'un évêque, d'un éminent rationaliste, d'un membre de All Souls, d'un propriétaire, d'un syndicaliste et bien d'autres. L'évêque dit : « Je suis très intéressé par le prospectus que vous m'avez envoyé concernant votre projet de nouveau journal. Sans m'engager à être d'accord sur chaque détail, je peux dire que les lignes sur lesquelles il est proposé de conduire *Unity* promettent un article très utile et attrayant, qui devrait répondre à un besoin réel et toucher un cercle étendu. Le membre syndical dit : « Votre nouveau journal est indispensable et, avec de si beaux idéaux, il devrait être d'un grand service à tous. Le propriétaire dit : « Vos articles traitant des affaires du pays doivent répondre à une demande ressentie depuis longtemps et créer de bonnes relations entre propriétaires, locataires et ouvriers ». Le rationaliste dit : « Précisément ce que nous voulons ». Le politicien libéral déclare : « Je souhaite de tout cœur plein succès à *Unity* . Un bon nouvel article dans ce sens ne peut manquer d'être d'une utilité inestimable. L'unioniste dit : « Un journal capital, avec d'excellents idéaux ». Le philanthrope déclare : « J'espère qu'il mènera une guerre sans relâche contre les misérables querelles internes qui retardent nos efforts sociaux. » En voici une plus tiède : c'est un auteur. Il dit seulement : « Il pourrait y avoir de la place pour un tel journal, au milieu d'une foule toujours croissante de nouvelles entreprises journalistiques. De toute façon, il n'y a aucun mal à essayer. Un peu atténuant, il l'était. Denison était contre, mais je trouve ça très impoli, quand vous demandez un mot d'encouragement à un homme, et qu'il vous le donne selon ses moyens, de ne pas l'utiliser. Bien sûr, il fallait fixer une limite quelque part. Shore a simplement déclaré : « C'est un pays libre. Vous pouvez vous pendre si vous le souhaitez. Nous n'avons pas mis cela. Mais dans l'ensemble, les gens ont évidemment envie de lire le journal, n'est-ce pas ? Bien sûr, ils pensent tous que nous allons soutenir leur fête et leur projet particuliers. Et c'est ce que nous sommes. C'est pourquoi je pense que nous vendrons si bien, que nous toucherons un cercle aussi étendu, comme le dit l'évêque.

« Tant que vous contribuerez à faire tomber une autre planche sous les pieds de ce gouvernement misérable, je vous soutiendrai contre vents et marées », a déclaré le capitaine Crawford.

« Allez-vous dans le sens d'A bas les Juifs ? » » demanda Nevill. « C'est exagéré, je pense ; c'est une très mauvaise forme.

"Tout de même", murmura le capitaine Crawford, "je m'en fiche de l'hébreu."

« Nous n'allons pas nous lancer dans une politique d'abattage contre qui que ce soit », a déclaré Eddy. Notre *métier* est d'encourager le bien, et de ne décourager personne. C'est, comme je l'ai déjà dit, la raison pour laquelle nous vendrons si bien.

Mme Crawford a dit : « Humph. Cela me semble un peu fade . Un petit abus n'a généralement pas été trouvé, je crois, pour réduire sensiblement les ventes d'un journal. La plupart d'entre nous aiment voir nos ennemis traînés sur le charbon ; ou, à défaut de nos ennemis, un membre inoffensif et éminent d'une race impopulaire et trop intelligente. Bref, nous aimons voir se dérouler une belle et chaude querelle. Si *Unity* ne veut se disputer avec personne, je n'y souscrirai certainement pas.»

« Vous l'aurez gratuitement », dit Eddy. "C'est évidemment, comme le dit l'éminent rationaliste, précisément ce dont vous avez besoin."

Nevill dit : « Au fait, qu'arrive-t-il au journal radical du pauvre Hugh Datcherd ? Est-ce mort ?

"Oui. Il n'aurait pas pu survivre à Datcherd ; personne d'autre ne pourrait s'en charger. D'ailleurs, il l'a entièrement financé lui-même ; cela n'a jamais été rentable, bien sûr. C'est dommage; c'etait intéressant."

"Comme si c'était son propriétaire", remarqua Mme Crawford. « Lui aussi, semble-t-il, était dommage, mais sans doute intéressant. Le seul échec dans une famille distinguée.

"Je devrais qualifier de dommage tous les Datcherds , si vous me le demandez", a déclaré Nevill. « Ce sont des radicaux mal avisés. Tous agnostiques aussi, et plus ou moins anti-ecclésiastiques.

« Tout de même, dit sa tante, ce ne sont pas pour la plupart des échecs. Ils réussissent ; même la renommée. Ils deviennent parfois ministres. Je n'en demande pas plus à une famille. Vous pouvez être aussi stupide, radical et anti-église que vous le souhaitez, Nevill, si vous parvenez à devenir ministre. Bien sûr , ils ont des désavantages, comme le fait que l'Angleterre s'attend à ce qu'ils n'investissent pas leur argent comme ils le souhaiteraient, et ainsi de suite ; mais dans l'ensemble une carrière enviable. C'est même mieux que de publier un journal qui répond à une demande ressentie de longue date.

"Mais le journal est bien plus amusant", ajouta Molly, et sa tante répondit, "Ma chère enfant, nous ne sommes pas mis dans ce monde troublé pour nous amuser, même si j'ai remarqué que tu travailles dans cette illusion . "

Le jeune homme du ministère des Affaires étrangères a déclaré : « De toute façon, ce n'est pas une illusion qui peut survivre dans ma profession. Je dois rentrer, j'en ai peur », et ils s'en allèrent tous pour faire autre chose. Eddy s'est arrangé pour rencontrer Molly et sa tante à l'heure du thé et les emmener au studio de Jane Dawn ; il lui avait demandé s'il pouvait les amener voir ses dessins.

Ils se sont rencontrés au club de Mme Crawford et se sont rendus à Blackfriars' Road.

« *Où* ? » » s'enquit Mme Crawford, après l'ordre d'Eddy au chauffeur.

« Pleasance Court, Blackfriars' Road », répéta Eddy.

"Oh! D'une manière ou d'une autre, j'avais l'idée que c'était Chelsea. C'est là qu'on trouve souvent des studios ; mais après tout, il doit y en avoir bien d'autres, si l'on y pense.

« Peut-être que Jane n'a pas les moyens d'acheter Chelsea. Elle n'est pas pauvre, mais elle dépense son argent comme une enfant. Elle tient de son père, qui est extravagant, comme tant de professeurs.

« Chelsea est censée être bon marché, mon cher garçon. C'est pourquoi il regorge de jeunes artistes en difficulté.

« J'ose dire que Pleasance Court est moins cher. En plus, c'est agréable. Ils aiment ça."

"Ils?"

«Jane et son amie Miss Peters, qui partage une chambre avec elle. Une fille plutôt joyeuse ; cependant... » Après y avoir réfléchi, Eddy s'est abstenu de mentionner que Sally Peters était une militante et qu'elle avait été en prison ; il se souvenait que Mme Crawford trouvait le sujet ennuyeux.

Mais le militantisme disparaîtra, comme beaucoup ont dû le remarquer. Avant que les visiteurs n'aient été là dix minutes, Sally a évoqué la destruction récente des biens d'une veuve distinguée en des termes si élogieux que Mme Crawford l'a aperçue en une minute, lui a tendu une lorgnette désapprobatrice et a murmuré : « Ils dévorent les veuves. ' maisons, et pour faire semblant de faire de longs discours », et lui tourna le dos. Les filles joyeuses, qui étaient aussi des folles criminelles, ne souffraient pas dans le domaine de sa connaissance.

Les dessins de Jane étaient évidemment charmants ; c'étaient aussi les dessins d'un artiste, non d'une jeune femme de talent. Mme Crawford, qui connaissait la différence, s'en rendit compte et leur rendit l'hommage qu'elle accordait toujours au succès. Elle pensait qu'elle inviterait Jane à déjeuner un jour, sans, bien sûr, l'enfant aux yeux bleus qui dévorait les maisons des veuves. Elle l'a fait à l'instant.

Jane dit : « Merci beaucoup, mais j'ai bien peur de ne pas pouvoir le faire », et elle fronça légèrement son large front, à sa manière d'excuse, essayant si évidemment de trouver une raison appropriée pour laquelle elle ne pouvait pas, que Mme Crawford est venu à son secours avec « Peut-être que vous êtes trop occupé », ce qui a été accepté avec gratitude.

"Je suis plutôt occupé en ce moment." Jane était très polie, très dévalorisante, mais intérieurement elle reprochait à Eddy d'avoir révélé ses étranges dames qui l'invitaient à déjeuner.

Que personne ne devrait être trop occupé pour des engagements sociaux, c'est ce que pensait Mme Crawford, et elle devint un peu plus nette et plus froide. Molly se tenait devant un petit dessin dans un coin – un dessin représentant une jeune fille, jambes nues, enfantine, à moitié elfique, allongée parmi les carex au bord d'un ruisseau, une jambe jusqu'au genou dans l'eau et un bras jusqu'au coude. Admirablement, l'idée avait été saisie d'une petite chose sauvage, un petit animal à moitié boudeur. Molly en rit.

« C'est Daffy, bien sûr. Ce n'est pas comme elle – et pourtant c'est *elle* . Une sorte de regard intérieur que cela donne sur elle ; n'est-ce pas, Eddy ? Je suppose que ça a l'air différent parce que Daffy est toujours aussi soigné et fait sur mesure, et ne *serait jamais* comme ça. C'est un Daffy différent, mais c'est Daffy.

"Votre jolie petite sœur, n'est-ce pas, Eddy", dit Mme Crawford, qui avait rencontré Daphné à Welchester . « Oui, c'est intelligent. «Ondine», tu l'appelles. Pourquoi? N'a-t-elle pas d'âme ?

Jane sourit et se retira de cette question. Elle expliquait rarement pourquoi ses photos étaient ainsi appelées ; ils l'étaient juste.

Molly ne regardait pas Ondine. Son regard s'était posé sur un dessin à proximité. C'était un autre dessin d'une fille ; une très belle fille, jouant du violon. Cela s'appelait « La vie ». Personne n'aurait demandé pourquoi cela ; la silhouette légère, les yeux brillants sous leurs sourcils noirs, le violon caché sous le menton rond et les fossettes cachées dans les joues rondes, les mains fines et souples, exprimaient l'esprit même de la vie, toute sa joie et son éclat. et le génie et le feu, et toute sa tragédie potentielle. Molly le regarda sans commentaire, comme elle aurait pu regarder la photo d'un ami de l' artiste décédé d'une triste mort. Elle savait qu'Eileen Le Moine était morte, de son point de vue ; elle savait qu'elle avait passé les derniers mois de la vie de Hugh Datcherd avec lui, car Eddy le lui avait dit. Elle avait dit à Eddy que c'était épouvantable et méchant. Eddy avait dit : « Ils ne le pensent pas, vous voyez. » Molly avait dit que ce qu'ils pensaient ne faisait aucune différence entre le bien et le mal ; Eddy avait répondu que cela faisait toute la différence du monde. Elle s'était finalement retournée contre lui avec : "Mais *tu* trouves ça horrible, Eddy ?" et il avait, à sa grande consternation, secoué la tête.

« Pas comme ils le font, pas moi. C'est bon. Tu saurais que tout va bien si tu les connaissais, Molly. Cela a toujours été la chose la plus fidèle, la plus loyale, la plus belle, la plus simple et la plus triste au monde, leur amour. Ils ont résisté aussi longtemps que céder aurait fait du mal à tout le monde sauf à eux-mêmes ; maintenant ce ne sera plus le cas, et elle se donne à lui pour qu'il meure en paix. Ne les juge pas, Molly.

Mais elle les avait jugés avec une telle intransigeance, avec une telle intransigeance, qu'elle n'en avait plus jamais parlé, de peur que cela ne s'interpose entre Eddy et elle. Une différence de principe était la seule chose que Molly ne pouvait pas supporter. Pour elle, cette chose, quelle que soit son excuse, était mauvaise, contraire aux lois de l'Église chrétienne, enfin mauvaise. Et c'étaient les amis d'Eddy qui l'avaient fait, et il ne voulait pas qu'elle les juge ; elle ne doit donc rien dire. Les voies de Molly étaient des voies de paix.

Mme Crawford regarda le dessin à travers sa lorgnette. « C'est quoi cette chose délicieuse ? 'Vie.' Assez; juste ça. C'est vraiment tout à fait charmant. Qui est l'original ? Eh bien, c'est... » Elle s'arrêta brusquement.

"C'est Mme Le Moine, la violoniste", dit Jane.

"C'est une de nos grandes amies", interpola Sally, avec une fierté enfantine, par derrière. "J'imagine que vous l'avez entendue jouer, n'est-ce pas ?"

Mme Crawford l'avait fait. Elle reconnut le génie du tableau, qui avait si délicieusement capté et emprisonné le génie du sujet.

"Bien sûr; qui ne l'a pas fait ? Un merveilleux joueur. Et une merveilleuse photo.

« C'est Eileen partout », dit Eddy, qui le savait depuis longtemps.

"Hugh l'a acheté, tu sais," dit Jane. «Et quand il est mort, Eileen me l'a renvoyé. J'ai pensé que peut-être toi et Eddy, » elle se tourna vers Molly, « pourriez-vous avoir envie de l'avoir comme cadeau de mariage, avec Ondine. ' »

Molly la remercia timidement, rougissant un peu. Elle aurait préféré refuser « La Vie », mais sa courtoisie sans faille et sa tendresse pour les sentiments des gens la poussaient à sourire et à accepter.

C'est alors que quelqu'un a frappé à la porte du studio. Sally est allée l'ouvrir ; s'écria : « Oh, Eileen », et la tira vers elle, un bras autour de sa taille.

Elle ne ressemblait pas beaucoup au dessin que Jane venait d'en faire. Les éléments tragiques de la Vie avaient conquis et abattu son éclat et sa joie ; les joues blanches et arrondies étaient minces et montraient, au lieu de fossettes, la structure fine du visage et de la mâchoire ; les grands yeux d'un bleu profond couvaient sombrement sous des sourcils tristes ; elle s'affaissa un peu en se levant. C'était comme si quelque chose s'était éteint en elle et l'avait laissée comme un feu éteint. Le vieux sourire éclatant n'avait laissé que le pâle et étrange fantôme de lui-même. Si Jane l'avait dessinée maintenant, ou à tout moment depuis la mi-août, elle aurait préféré appeler le dessin « Wreckage ». À Eddy et à tous ses amis , elle et sa joie détruite, sa vivacité éteinte, poignardaient une pitié au-delà des larmes.

Molly la regarda pendant un moment, et devint rouge rosé sur tout son petit visage bronzé et en bonne santé, et se pencha sur une photo près d'elle.

Mme Crawford la regarda, à travers elle, au-dessus d'elle, et dit à Jane : « Merci beaucoup pour ce délicieux après-midi. Nous devons vraiment y aller maintenant.

Jane dit en glissant une main dans celle d'Eileen : « Oh, mais tu prendras du thé, n'est-ce pas ? Je suis vraiment désolé; nous aurions dû l'avoir plus tôt... Connaissez-vous Mme Le Moine ? Mme Crawford ; et *vous vous* connaissez, bien sûr, "elle connecta Eileen et Molly avec un sourire, et Molly tendit une main timide.

L'arc de Mme Crawford était si léger qu'il ne s'agissait peut-être pas d'un arc du tout. « Merci, mais j'ai bien peur que nous ne devions pas nous arrêter. Nous avons énormément apprécié vos délicieux dessins. Au revoir."

« Devez-vous y aller tous les deux ? » dit Eddy à Molly. "Tu ne peux pas t'arrêter et prendre le thé et rentrer à la maison avec moi après ?"

"J'ai bien peur que non," murmura Molly, toujours rose.

"Tu viens avec nous, Eddy ?" » demanda la tante de Molly, de sa voix douce et sous-acide. "Non? Alors au revoir. Oh, ne vous inquiétez pas, s'il vous plaît, Miss Dawn ; Eddy va nous faire sortir. Son léger salut comprit la compagnie.

Eddy les accompagna jusqu'à leur voiture.

"Je suis désolé que vous ne vous arrêtiez pas", dit-il.

Les fins sourcils de Mme Crawford se haussèrent un peu.

« On ne pouvait guère s'attendre à ce que je m'arrête, encore moins que je laisse Molly s'arrêter, en compagnie d'une dame de la réputation de Mme Le Moine. Elle a choisi de devenir, comme vous le savez bien sûr, l'une des personnes dont tout le monde, sauf les peu exigeants, doit se passer de la connaissance. Vous n’allez pas vous en passer, je comprends ? Très bien; mais vous devez nous permettre, Molly et moi, de suivre le cours ordinaire du monde en pareille matière. Au revoir."

Eddy, rouge comme si ses paroles lui avaient été fouettées au visage, retourna dans la maison et ferma la porte assez violemment derrière lui, comme si, par ce geste, il voulait faire taire tous les jugements durs et grossiers d'un monde sans discernement . Il monta les escaliers jusqu'au studio et les trouva en train de prendre le thé et de discuter d'images, de leur propre point de vue, et non de celui du monde. C'était du repos.

Mme Crawford, alors qu'ils roulaient sur la surface cahoteuse de Blackfriars' Road, dit : « Votre jeune homme a des amis très étranges, chérie. Et dans quelle région très désagréable ils vivent. C'est aussi bien pour le bien des roues des voitures que nous n'ayons plus jamais à y retourner. Nous ne pouvons bien entendu pas le faire si nous risquons d'y rencontrer des gens sans réputation. Je suis sûr que vous ne savez rien de ce genre de choses, mais je suis désolé de dire que Mme Le Moine a fait des choses qu'elle n'aurait pas dû faire. On peut continuer à admirer sa musique, comme on peut admirer le jeu de ceux qui mènent sur scène des vies si malheureuses ; mais on ne peut pas la rencontrer. Eddy devrait le savoir. Bien sûr, c'est différent pour lui. Les hommes peuvent rencontrer n'importe qui ; en fait, je crois que c'est le cas ; et personne ne pense le pire d'eux. Mais je ne peux pas ; encore moins, bien sûr, vous. Je ne pense pas que votre chère mère aimerait que je vous parle d'elle, alors je ne le ferai pas.

"Je sais," dit Molly, rougissant à nouveau et estimant qu'elle ne devrait pas le faire. «Eddy me l'a dit. C'est un de ses grands amis, voyez-vous.

« Oh, en effet. Eh bien, les filles savent tout de nos jours, bien sûr. En fait, tout le monde le sait ; elle et Hugh Dacherd étaient des personnes très connues. Je ne dis pas que ce qu'ils ont fait était terriblement mauvais ; et bien sûr , Dorothy Datcherd a laissé Hugh dans le pétrin en premier – mais vous n'en auriez pas entendu parler, non – seulement cela met Mme Le Moine hors de portée. Et, en fait, c'est terriblement mal de violer les principes et les codes sociaux de chacun ; bien sûr que oui.

Molly ne se souciait pas des principes et des codes sociaux de chacun ; mais elle savait que ce qu'ils avaient fait était terriblement mal. Elle n'arrivait même pas à raisonner ; je ne pouvais pas formuler la véritable raison pour laquelle c'était faux ; il ne voyait pas que c'était parce qu'il donnait libre cours au désir individuel au prix de la violation d'un système qui, dans son ensemble, même grossièrement et grossièrement, favorisait la civilisation , la vertu et le progrès intellectuel et moral ; que c'était, en un mot, un retour en arrière dans la sauvagerie, un abandon du terrain gagné. Arnold Denison, plus lucide, l'a vu ; Molly, avec seulement sa reconnaissance enfantine, peu philosophique, mais intensément vivante du bien et du mal pour l'aider, savait simplement que c'était mal. À partir de trois points de vue très différents, Molly, Arnold Denison et Mme Crawford se sont joints à cette reconnaissance. Contre eux se tenait Eddy, qui n'y voyait que le bien, et la pitié lancinante et blessante…

« Il est extrêmement heureux, dit Mme Crawford, que cette jeune femme, Miss Dawn, ait refusé de venir déjeuner. J'ose dire qu'elle savait qu'elle n'était pas faite pour déjeuner, avec de telles personnes qui entraient et sortaient de ses chambres et elle leur tenait la main. Je lui donne du crédit jusqu'à présent. Quant à la petite blonde et potelée, elle fait évidemment partie de ces vulgaires dont je m'obstine à ne pas entendre parler. Des amis très étranges, chérie, ton… »

"Je suis sûre que presque tous les amis d'Eddy sont très gentils", interrompit Molly. "Miss Dawn séjournait au doyenné à Noël, vous savez. Je suis sûr qu'elle est gentille et qu'elle dessine magnifiquement. Et j'imagine que

Miss Peters est gentille aussi ; elle est si amicale et joyeuse, et a de si jolis cheveux et de si jolis yeux. Et...."

« Tu peux t'arrêter là, ma chérie. Si vous continuez en disant que vous êtes sûr que Mme Le Moine est gentille aussi, vous pouvez vous épargner cette peine.

"Je ne l'étais pas", dit Molly tristement, et elle leva ses yeux honteux, honnêtes et ambrés vers le visage de sa tante. "Bien sûr… je sais… elle ne peut pas l'être."

Sa tante lui donna une tape apaisante sur l'épaule. « Très bien, mon animal : ne t'inquiète pas pour ça. J'ai bien peur que vous découvriez qu'il existe un grand nombre de gens dans le monde, et que trop d'entre eux ne sont pas du tout gentils. C'est terriblement triste, bien sûr ; mais si on les prenait tous à cœur, on sombrerait dans une tombe précoce. Le pire, c'est que nous avons perdu notre thé. Nous pourrions passer chez les Tommy Durnford ; c'est leur jour, sûrement... D'ailleurs, quand verras-tu Eddy la prochaine fois ?

« Je pense qu'il ne vient pas dîner demain ?

« C'est ce qu'il fait. Eh bien, lui et moi devons avoir une bonne conversation.

Molly la regarda d'un air dubitatif. « Tante Vyvian, je ne pense pas. Vraiment pas.

"Eh bien, oui, ma chère. Je suis responsable de toi envers tes parents, et ton jeune homme doit prendre soin de toi, et je le lui dirai.

Elle le lui raconta au salon, après le dîner du lendemain soir. Elle s'est assise exprès du pont pour le lui dire. Elle a dit: "J'ai été surprise et choquée hier après-midi, Eddy, comme vous l'avez sans doute compris."

Eddy a admis qu'il avait compris cela. « Ça vous dérange si je dis que je l'étais aussi, un peu ? » il ajouta. « Est-ce impoli ? J'espère que non."

"Pas le moindre. Je n'ai aucun doute que vous avez été choqué ; mais je ne pense pas vraiment que vous ayez pu être très surpris, vous savez. Tu t'attendais honnêtement à ce que Molly et moi restions prendre le thé avec Mme Le Moine ? Ce n'est pas une personne que Molly devrait connaître. Elle est délibérément sortie du cercle social et doit y rester. Sérieusement, Eddy, tu ne dois pas la réunir avec Molly.

"Sérieusement", dit Eddy, "je le veux bien. Je veux que Molly connaisse et prenne soin de tous mes amis. Bien sûr, elle trouvera dans beaucoup d'entre eux des choses avec lesquelles elle ne serait pas d'accord ; mais ce n'est pas un obstacle. Je ne peux pas l'exclure, tu ne vois pas ? Je connais très bien tous ces gens et j'en vois tellement ; bien sûr, elle doit les connaître aussi. Quant à Mme Le Moine, elle est l'une des personnes les plus remarquables que je connaisse ; Je devrais penser que n'importe qui serait fier de la connaître. On ne peut sûrement pas être rigide sur les choses ?

"C'est possible", a affirmé Mme Crawford. « On peut, et on l'est. On trace sa ligne. Ou plutôt, le monde le dessine pour soi. Ceux qui choisissent d'en sortir doivent rester en dehors.

Eddy dit doucement : « Dérangez le monde !

« Je ne vais pas, répondit-elle, faire une chose pareille. J'appartiens au monde et j'y suis très attaché. Et dans ce genre de choses, il se trouve que c'est tout à fait vrai. Je respecte ses décrets, tout comme Molly et vous aussi.

«J'avais espéré», dit-il, «que vous, ainsi que Molly, vous lieriez d'amitié avec Eileen. Elle a plutôt besoin d'amitié. Elle est blessée et brisée ; vous avez dû voir ça hier.

« En effet, j'ai à peine regardé. Mais je n'ai aucun doute qu'elle le serait. Je suis désolé pour ton malheureux ami, Eddy, mais je ne peux vraiment pas la connaître. Vous ne vous attendiez sûrement pas à ce que je lui demande de venir ici, pour rencontrer Chrissie, Dulcie et mon innocent Jimmy, n'est-ce pas ? À quoi penserez-vous ensuite ? Eh bien, je vais jouer au bridge maintenant, et tu pourras aller parler à Molly. Seulement, n'essayez pas de la persuader de rencontrer vos amis scandaleux, car je ne le lui permettrai pas, et elle n'en aura aucune envie si je le faisais. Molly, je suis heureux de le dire, est une fille très droite et bien conduite.

Eddy a découvert qu'il en était ainsi. Molly ne manifestait aucune envie de rencontrer Eileen Le Moine. Elle a dit : « Tante Vyvian ne veut pas que je le fasse. »

"Mais", a expliqué Eddy, "elle est constamment avec les autres - Jane et Sally, et Denison, et Billy Raymond, et Cecil Le Moine, et tout ça - on ne peut pas s'empêcher de la rencontrer parfois."

« Je n'ai pas vraiment besoin de les rencontrer beaucoup, » dit Molly.

Eddy n'était pas d'accord. « Bien sûr que tu en as besoin. Ils font partie de mes plus grands amis. Ils doivent aussi être vos amis. Quand nous serons mariés , ils viendront nous voir constamment, j'espère, et nous irons les voir. Nous nous rencontrerons toujours . J'ai vraiment envie que vous appreniez à les connaître rapidement. Ils sont tellement gentils, Molly ; vous les aimerez tous et ils vous aimeront.

Il y avait un étrange regard dubitatif dans les yeux de Molly.

« Eddy », dit-elle au bout d'un moment en rougissant douloureusement, « je suis terriblement désolée, et cela semble arrogant et idiot, mais je ne peux *pas* aimer les gens quand je pense qu'ils n'ont pas de bons sentiments sur le bien et le mal. Je suppose que je suis fait comme ça. Je suis désolé."

"Espèce de précieux bébé." Il sourit devant son visage affligé. « Tu es fait comme je préfère. Mais vous voyez, ils *ont* raison à propos des choses ; c'est vraiment le cas, Molly.

"Alors", semblaient dire ses yeux honteux et détournés, "pourquoi n'agissent-ils pas correctement ?"

« Essayez simplement, la supplia-t-il, de comprendre leurs points de vue – le point de vue de chacun. Ou plutôt, ne vous souciez pas des points de vue ; connaissez simplement les gens, et vous ne pourrez pas vous empêcher de prendre soin d'eux. Les gens sont comme ça : tellement plus vivants et importants que ce qu'ils pensent ou font, que rien de tout cela ne semble avoir d'importance. Oh, ne mets pas de barrières, Molly. Aimez mes amis. Je te veux. J'aimerai tous les vôtres ; Je le ferai en effet, quelles que soient les choses horribles qu'ils ont faites ou qu'ils font. Je les aimerai même s'ils brûlent les maisons des veuves, ou peignent des tableaux problématiques pour l'Académie, ou écrivent des romans primés, ou n'acceptent pas *Unity* . Je les aimerai à travers tout. N'aimeras-tu pas un peu le mien aussi ?

Elle lui rendit son rire, hésitant.

« Idiot, bien sûr que je le ferai. Je le ferai effectivement. Je les aimerai presque tous. Seulement, je ne peux pas aimer les choses que je déteste, Eddy. Ne me demandez pas de faire ça, parce que je ne peux pas.

« Mais tu ne dois pas détester, Molly. Pourquoi détester ? Les choses ne sont pas là pour ça, être haï. Regardez ici. Nous voici, toi et moi, assis au milieu de tout ce fouillis joyeux, splendide, passionnant, comme dans un magasin de jouets, et nous pouvons tourner en rond, regarder tout, toucher tout, tout goûter (j'essayais toujours de goûtez des tartes et d'autres choses dans les magasins, n'est-ce pas ?) Eh bien , tout cela n'est-il pas joyeux et agréable, et vous n'aimez pas ça ? Et là, tu es assis et tu parles de haine ! »

Molly le regardait avec ses yeux joyeux, inhabituellement sérieux.

« Mais Eddy, tu fais juste semblant quand tu parles de ne rien détester. Vous savez que vous détestez certaines choses vous-même ; il y a des choses que tout le monde doit détester. Vous le savez.

"Est ce que je?" Eddy y réfléchit. « Eh bien, oui, je le suppose ; certaines choses. Mais très peu. »

"Il y a du bon," dit Molly avec un geste d'une main, "et il y a du mauvais..." elle balaya l'autre. "Ils sont assez séparés et ils se battent."

Eddy a observé qu'elle était une dualiste manichéenne.

« Je ne sais pas ce que c'est. Mais cela semble désigner une personne sensée ordinaire, alors j'espère que c'est le cas. N'est-ce pas ?

"Je crois que non. Pas à votre mesure, en tout cas. Mais je comprends bien votre point de vue. Maintenant, tu verras le mien ? Et celui d'Eileen ? Et tous les autres ? Quoi qu'il en soit, vas-tu y réfléchir, de sorte qu'au moment où nous serons mariés, tu sois prêt à être amis ?

Molly secoua la tête.

« Ça ne sert à rien, Eddy. N'en parlons plus . Venez jouer au coon-can ; Je l'aime tellement mieux que le bridge ; c'est tellement plus idiot.

«Je les aime tous», a déclaré Eddy.

CHAPITRE XIII.

MOLLY.

Dimanche prochain, EDDY a rassemblé un groupe pour ramer jusqu'à Kew. Il s'agissait de Jane Dawn, Bridget Hogan, Billy Raymond, Arnold Denison, Molly et lui-même, et ils s'embarquèrent dans un bateau à Crabtree Lane à deux heures, et tous ramèrent à tour de rôle, sauf Bridget, qui, comme on l'a déjà observé, était un muguet et tenait à le rester. Elle, Molly et Eddy peuvent être considérés comme les membres respectables du parti ; Jane, Arnold et Billy étaient sublimement désordonnés, ce qu'Eddy savait être dommage, à cause de Molly, qui était toujours une enfant délicatement vêtue et minutieusement soignée. Mais cela n'avait pas vraiment d'importance. Ils étaient tous très heureux. Les autres ont fait de Molly un animal de compagnie et un jouet, dont le rire contagieux et sincère et la bonne humeur naïve leur plaisaient. Elle et Eddy ont décidé de vivre dans une maison au bord de la rivière et ont fait des sélections en passant.

"Vous seriez mieux à Soho", a déclaré Arnold.

« Eddy serait plus près de son entreprise, et plus près du magasin que nous allons ouvrir tout à l'heure. En plus, c'est plus sélect. Vous ne pouvez pas éviter le résident respectable, en amont de la rivière.

"Le joyeux non-résident aussi, ce qui est pire", a ajouté Miss Hogan. "Comme nous. La rivière en vacances est impensable. Nous étions présents le vendredi saint l'année dernière, ce qui semble idiot, mais je suppose que nous devions avoir un objectif judicieux. Pourquoi, Billy ? Vous souvenez-vous? Tu es venu, n'est-ce pas ? Et toi, Jane. Et Eileen et Cecil, je pense. En tout cas plus jamais. Oh oui, et nous avons emmené un pauvre poète affamé de Billy – une créature des plus malheureuses, qui s'est avérée, n'est-ce pas, incapable même d'écrire de la poésie. Ou bien encore, rester assis tranquillement dans un bateau. Nous avons eu un ou deux rasages très précis, je me souviens. Il est depuis chez Peter Robinson, je crois, comme marcheur. Tellement plus gentil pour lui à tous points de vue. Je l'y ai vu mardi dernier. Je lui ai fait un sourire amical et lui ai demandé comment il allait, mais je pense qu'il avait oublié sa vie passée, ou bien il avait compris que je demandais le chemin du rayon bas, car il a seulement répondu : « Tuyau, madame ? Puis je me suis souvenu que c'était en partie pour cela qu'il n'avait pas réussi à être poète, parce qu'il appelait des bas bas et utilisait des synonymes malsains similaires. J'en ai donc conclu avec plaisir qu'il avait vraiment trouvé sa vocation, la seule carrière où de tels synonymes conviennent, et même nécessaires.

« C'est une personne très gentille, Nichols, » dit Billy ; « Il écrit encore un peu, mais je ne pense pas qu'il se fera jamais prendre quoi que ce soit. Il ne peut pas se débarrasser de l'idée qu'il doit être élégant. C'est dommage, car il a vraiment peu à dire.»

"Oui; un peu, n'est-ce pas. Mon pauvre."

Eddy a demandé avec espoir : « Pourrait-il nous faire un article pour *Unity* du point de vue du promeneur de magasin, sur la vie en magasin et les relations entre les clients et les vendeurs ?

Billy secoua la tête. « Je suis sûr qu'il ne le ferait pas. Il voudrait plutôt vous écrire un poème sur quelque chose de tout à fait différent. Il déteste le magasin et il n'écrira pas de prose ; il trouve cela trop simple. Et s'il le faisait, ce serait une chose horrible, pleine de débuts, de tuyaux et de mots comme ça.

"Et des corsets, et le prochain plaisir, et gentiment, marchez par ici. Cela pourrait vraiment être plutôt délicieux. Je devrais essayer de l'y amener, Eddy.

"Je pense que je le ferai. Nous voulons plutôt le point de vue du commerçant, et ce n'est pas facile à obtenir.»

Ils passaient devant le centre commercial Chiswick. Molly y vit la maison qu'elle préférait.

« Écoute, Eddy. Celui-là avec de la glycine dessus, et le balcon. Comment ça s'appelle? Les Osiers. Quel jolie nom. Arrêtons-nous et voyons si nous pouvons l'avoir.

«Eh bien, quelqu'un vit évidemment là-bas; en fait, je vois quelqu'un sur le balcon. Il pourrait trouver cela étrange de notre part, tu penses ?

« Mais peut-être qu'il s'en va. Ou peut-être préférerait-il vivre ailleurs, si nous lui trouvions un endroit agréable. Je me demande qui c'est ?

"Je ne sais pas. Nous pourrions découvrir qui est son médecin et lui faire dire que c'est humide et malsain. Cela a l'air assez vieux.

"Et ils disent que ces lits d'osier sont très malsains", a ajouté Bridget.

«C'est paradisiaque. Et regarde, il y a un héron... On ne peut pas atterrir sur l'île ?

"Non. Bridget dit que ce n'est pas sain.

donc pas fait, mais sont allés à Kew. Là, ils débarquèrent et allèrent chercher le blaireau dans les jardins. Ils ne l'ont pas trouvé. On ne le fait jamais. Mais ils ont pris le thé. Puis ils redescendirent à la rame jusqu'à Crabtree Lane, et leurs chemins divergèrent.

Eddy est rentré chez lui avec Molly. Elle a dit : « Ça a été charmant, Eddy », et il a répondu : « N'est-ce pas ? Il était content, parce que Molly et les autres s'étaient si bien entendus et avaient organisé une fête si joyeuse. Il a dit : « Quand nous sommes aux Osiers, nous faisons souvent cela. »

Elle dit « Oui » pensivement, et il vit que quelque chose la préoccupait.

« Et quand Daffy et Nevill auront cessé de se disputer, » ajouta Eddy, « nous les ferons établir quelque part à proximité , et ils viendront aussi sur la rivière. Nous devons résoudre ce problème d'une manière ou d'une autre.

Molly a répondu « Oui » à nouveau, et il a demandé : « Et qu'est-ce qu'il y a maintenant ? et toucha un petit pli sur son front avec son doigt. Elle a souri.

« Je pensais seulement, Eddy… C'était quelque chose que Miss Hogan a dit, à propos de passer le Vendredi Saint sur la rivière. Pensez-vous qu'ils l'ont vraiment fait ?

Il rit un peu devant ses yeux écarquillés et interrogateurs et son visage sérieux.

"Je suppose. Mais Bridget a dit : « Plus jamais ça », tu n'as pas entendu ?

"Oh oui. Mais c'était uniquement à cause de la foule... Bien sûr , cela peut aller, mais j'aurais juste aimé qu'elle ne le dise pas, plutôt. On aurait dit qu'ils s'en fichaient, d'une manière ou d'une autre. J'en suis sûr, mais... »

"Je suis sûr que non", a déclaré Eddy. « Bridget n'est pas ce qu'on pourrait appeler une femme d'Église, voyez-vous. Jane, Arnold ou Billy non plus. Ils voient les choses différemment, c'est tout.

"Mais... ce ne sont pas des dissidents, n'est-ce pas ?"

Eddy rit. "Non. C'est la dernière chose qu'ils font.

Le regard large de Molly devint surpris.

« Voulez-vous dire… ce sont des païens ? Oh, comme c'est terriblement triste, Eddy. Ne peux-tu pas... ne peux-tu pas les aider d'une manière ou d'une autre ? Ne pourriez-vous pas demander à un ecclésiastique que vous connaissez de les rencontrer ?

Eddy rit encore. «Je suis heureuse d'être fiancée à toi, Molly. Tu me plais. Mais je crains que le pasteur ne soit pas plus susceptible de les convertir que lui.

Molly se souvenait de quelque chose que Daphné lui avait dit un jour à propos de Miss Dawn et Mme Le Moine et du livre de prières. « C'est terriblement triste », répéta-t-elle. Il y eut un petit silence. La révélation fonctionnait dans l'esprit de Molly. Elle l'a retourné encore et encore.

"Tourbillon."

"Molly?"

« Tu ne trouves pas que c'est important ? En étant amis, je veux dire ?

"Quoi? Oh ça. Non, pas du tout. Qu'importe que je croie certaines choses qu'ils ne croient pas ? Comment est-ce possible ?

"Ce serait pour moi." Molly parlait avec conviction. "Je pourrais essayer, mais je sais que je ne peux pas vraiment être ami, ni ami proche, avec un incroyant."

"Oh oui, tu pourrais. Vous vous en remettriez une fois que vous les connaîtriez. Cela ne leur vient pas à l'esprit, ce qu'ils ne croient pas ; cela arrive très rarement. D'ailleurs, leur point de vue est si ordinaire, si compréhensible et si naturel. As-tu toujours cru ce que tu fais maintenant à propos de telles choses ?

« Pourquoi, bien sûr. N'est-ce pas ?

"Oh mon Dieu, non. Pendant assez longtemps, je ne l'ai pas fait. Après tout, c'est assez difficile... Et particulièrement chez moi, je pense que c'était un peu difficile — pour moi en tout cas. Je suppose que je voulais davantage du point de vue de l'Église catholique. Je n'ai pas découvert grand-chose avant Cambridge ; puis tout à coup j'ai compris le point de vue et j'ai vu à quel point c'était beau.

"C'est plus que bien", dit Molly. "C'est vrai."

« Au contraire, bien sûr. Ainsi en est-il de toutes les belles choses. Si une fois tous ces gens qui ne croient pas en voyaient la subtilité, ils verraient que cela doit être vrai. Pendant ce temps, je ne vois pas que le fait que l'on pense que ses amis manquent de quelque chose qu'ils pourraient avoir soit une raison pour ne pas être amis. Est-ce maintenant ? Billy pourrait tout aussi bien dire qu'il ne pouvait pas être ami avec toi parce que tu as dit que tu ne te souciais pas de Masefield. Vous manquez quelque chose qu'il possède ; c'est toute la différence que cela fait, dans les deux cas.

« Masefield n'est pas aussi important que… » Molly laissa une timide pause.

"Non; bien sûr; mais c'est le même principe... Eh bien, de toute façon, vous les aimez, n'est-ce pas ? » dit Eddy en changeant de position.

« Oh, oui, je le fais. Mais j'imagine qu'ils me prennent pour un idiot. Je ne sais rien de leurs affaires, voyez-vous. Ils sont terriblement gentils avec moi.

«Cela semble étrange, certainement. Et ils pourraient venir nous rendre visite aux Osiers, n'est-ce pas ?

"Bien sûr. Et nous prendrons tous le thé sur le balcon. Oh, commençons immédiatement à chasser les gens qui vivent là-bas.

Pendant ce temps, Jane, Arnold et Billy, marchant le long du talus, après avoir discuté de la couleur de l'eau, des prévisions météorologiques, du nombre de chats sur le mur et d'autres sujets intéressants, commentaient Molly. Jane a dit : « Elle est une petite friandise. J'adore ses yeux jaunes et ses cheveux bouclés et rêches. Elle est comme un chiot épagneul que nous avons à la maison.

Billy a déclaré : « Elle est également très agréable à qui parler. J'aime son rire.

Arnold dit avec malveillance : « Elle ne lira jamais ta poésie, Billy. Elle ne lit probablement que ceux de Tennyson et Scott et l' *Anthologie des vers du dix-neuvième siècle* .

"Eh bien," dit tranquillement Billy, "je suis là-dedans. Si elle sait cela, elle connaît tous les meilleurs poètes du XXe siècle. Vous semblez être plutôt acrimonieux à son égard. N'avait-elle pas lu vos "Leavings des Derniers Jours", ou quoi ?

« Je suis sûr que je n'ai pas confiance. Elle les détesterait... C'est très bien, et je suis sûr que c'est une très gentille petite fille, mais que veut Eddy en l'épousant ? Ou bien quelqu'un d'autre ? Il n'est pas assez vieux pour s'installer. Et épouser cet enfant épagneul signifiera, dans un sens, s'installer.

« Ah, je ne sais pas. Elle s'amuse beaucoup et peut très bien jouer.

Arnold secoua la tête. « Elle est quand même du côté des ténèbres et des conventions. Elle ne le sait peut-être pas encore, étant encore à moitié enfant et au stade de chiot joueur, mais donnez-lui dix ans et vous verrez. Elle deviendra convenable. Même maintenant, elle n'est pas sûre que nous soyons plutôt gentils ou très bons. J'ai repéré ça... Ne te souviens-tu pas, Jane, de ce que je t'ai dit à Welchester à ce sujet ? Avec ma perspicacité sans faille, je prévoyais la tournure que prendraient les événements, et je prévoyais aussi exactement comment elle affecterait Eddy. Vous vous souviendrez sans doute de ce que j'ai dit (j'espère que vous vous en souviendrez toujours) ; c'est pourquoi je ne le répéterai pas maintenant, même pour le bien de Billy. Mais je peux te dire, Billy, que j'ai prophétisé le pire. Je le prophétise encore.

— Tu es trop affreusement particulier pour vivre, Arnold, lui dit Billy. « C'est une très bonne personne et une personne très agréable. Un peu comme un ruisseau au soleil, je la pensais ; ses yeux sont de cette couleur , et ses cheveux et sa robe sont les parties sombres, et son rire est comme l'eau qui rit sur une pierre. Je l'aime bien."

"Oh, mon Dieu," gémit Arnold. « Bien sûr que oui. Toi et Jane êtes désespérés. Vous *aimez peut-être* les ruisseaux au soleil, les chiots ou n'importe quoi d'autre dans l'univers, mais vous ne voulez pas les *épouser* à cause de cela.

"Je ne le fais pas", admit paisiblement Billy. «Mais beaucoup de gens le font. Eddy en fait évidemment partie. Et je dois dire que c'est une très bonne chose de sa part.

" Bien sûr que si ", a déclaré Jane, qui était plus intéressée à ce moment-là par l'effet de la brume du soir sur la rivière.

— Peut-être y réfléchiront-ils mieux et rompront-ils avant le jour du mariage, suggéra sombrement Arnold. « Il y a toujours cet espoir… Je ne vois pas de place pour cette chose appelée amour dans une vie raisonnable. Cela brisera Eddy, comme cela a brisé Eileen. Je déteste ce truc.

"Eileen va un peu mieux ces derniers temps", dit Jane à présent. "Elle va jouer au concert de Lovinski la semaine prochaine."

« Elle est vraiment pire, » dit Billy, une personne singulièrement clairvoyante ; et ils en sont restés là.

Billy avait probablement raison. À ce moment-là, Eileen était allongée sur le sol de sa chambre, la tête sur ses bras écartés, sans larmes et immobile, marmonnant un nom encore et encore, les dents serrées. Le passage du temps l'éloignait de lui, heure après heure ; l'a emmenée dans des mers de douleur froides et solitaires, pour se noyer, inconfortable. Elle n'allait pas plutôt mieux.

Elle passait de longues matinées ou soirées dans les champs et les ruelles au bord de la Léa, marchant ou assise, silencieuse et seule. Elle ne s'est jamais rendue dans le reste désorganisé et sans vie de la colonie de Datcherd ; seulement, elle prendrait le tramway jusqu'à Shoreditch et Mare Street vers le nord-est, et marcherait le long du sentier étroit qui longe les cottages du quai du côté de Lea, petits, vieux et en désordre, et ainsi traverserait la rivière jusqu'à Leyton Marsh, où les moutons élevaient. l'herbe. Ici, elle et Datcherd s'étaient souvent promenés après une soirée au Club, et ici elle errait maintenant seule. Ces régions jouissent d'une paix étrange, peut-être morbide ; ils couvent, pour ainsi dire, en marge du vaste monde de Londres ; ils le séparent également de cet autre monde plus étranger et plus triste au-delà de Lea, Walthamstow et ses bidonvilles ternes sans fin.

Ici, au crépuscule de novembre sur Leyton Marsh, Eddy l'a trouvée une fois. Lui-même revenait à vélo de Walthamstow, où il était allé voir un de ses amis du Club (il s'en était fait beaucoup) qui vivait là. Eileen était appuyée sur un montant au bout d'un des sentiers qui longent cette étrange frontière. Ils se sont rencontrés face à face ; et elle le regardait comme si elle ne le voyait pas, comme si elle attendait quelqu'un d'autre que lui. Il est descendu de son vélo et a dit « Eileen ».

Elle le regarda d'un air morne et dit : « J'attends Hugh.

Il lui prit doucement la main. "Tu as froid. Viens à la maison avec moi.

Ses yeux hébétés sur son visage prirent lentement une perception et un sens, et avec eux la douleur s'engouffra. Elle frissonna horriblement et retira sa main.

"Oh... j'attendais... mais ça ne sert à rien... je suppose que je deviens fou..."

"Non. Vous êtes seulement fatigué et dérangé. Rentre à la maison maintenant, n'est-ce pas ? En effet , tu ne dois pas rester.

Les brumes étaient blanches et froides autour d'eux ; c'était un étrange monde fantôme, situé entre le monstre aux millions d'yeux à l'ouest et le monstre plus petit, tentaculaire et infiniment triste à l'est.

Elle jeta ses bras vers la ville aux yeux rouges et gémit : « Hugh, Hugh, Hugh », jusqu'à ce qu'elle s'étouffe et pleure.

Eddy se mordit les lèvres pour les calmer. « Eileen, chère Eileen, rentre à la maison. Il voudrait que tu le fasses.

Elle revint, à travers des sanglots qui la déchiraient. « Il ne veut plus rien. Il a toujours voulu des choses et ne les a jamais obtenues ; et maintenant il est mort, comme il ne peut même pas le vouloir. Mais je le veux; Je le veux; Je le veux… oh, Hugh !

Elle pleurait si rarement, elle était si tendue et tendue depuis longtemps, au bord même de l'illusion mentale, que maintenant qu'un point de rupture était arrivé, elle s'effondrait complètement, pleurait et pleurait, et ne pouvait plus s'arrêter.

Il se tenait à ses côtés, sans rien dire, attendant de pouvoir lui être utile. Enfin , de grande lassitude, elle se tut et resta très immobile, la tête penchée sur ses bras jetés en travers du montant.

Il dit alors : « Chérie, tu viendras maintenant, n'est-ce pas ? » et, apathiquement, elle leva la tête, et son visage sombre, humide et déformé était étrange dans le clair de lune enveloppé de brume.

Ensemble, ils reprirent le petit chemin qui traversait le marais herbeux, où des moutons fantômes toussaient dans le brouillard, traversèrent ainsi la passerelle jusqu'au côté londonien de la Lea, et les petites maisons du quai, et montèrent jusqu'au Lea Bridge . Road, et dans Mare Street, et là, par une chance inhabituelle, un taxi s'est égaré, un phénomène rare au nord de Shoreditch, et Eddy a mis Eileen, lui et son vélo dedans et dessus, et ainsi ils sont revenus de la nature. à l'est, par Liverpool Street et la ville, à travers Londres jusqu'à Campden Hill Road, plus à l'ouest. Et pendant tout le trajet, Eileen se penchait en arrière, épuisée et très immobile, frissonnant seulement de temps en temps, comme on le fait après une crise de pleurs ou de maladie. Mais à la fin du voyage , elle était un peu rétablie. Indifférente, elle toucha la main froide d'Eddy.

«Eddy, tu es un chéri. Vous avez été bon avec moi et je suis vraiment un imbécile. Je suis désolé. Ce n'est pas souvent que je le fais... Mais je pense que si tu n'étais pas venu ce soir, je serais devenu fou, rien de moins. J'étais en route, je crois. Merci de m'avoir sauvé. Et maintenant, tu vas entrer et prendre quelque chose, n'est-ce pas.

Il ne voulait pas entrer. Avant cela, il aurait dû dîner chez Mme Crawford. Il attendit de la voir entrer, puis retourna précipitamment à Soho pour s'habiller. Sa dernière vue fut alors qu'elle se tournait vers lui dans l'embrasure de la porte, la lumière sur son visage pâle et couvert de larmes, essayant de sourire pour lui remonter le moral. C'était un bon signe, pensait-il, qu'elle puisse penser, même momentanément, à n'importe qui d'autre qu'à elle-même et à l'autre qui remplissait son être.

Le cœur lourd de pitié et de regret, il retourna à ses chambres, s'habilla à la hâte et arriva désespérément en retard à Hyde Park Terrace, ce que Mme Crawford avait du mal à pardonner. En fait, elle n'a pas essayé de lui pardonner. Elle a dit : « Oh, nous avions complètement perdu espoir. Hardwick, de la soupe pour M. Oliver.

Eddy a dit qu'il préférait commencer là où ils en étaient arrivés. Mais il ne lui fut pas permis d'échapper ainsi à sa position et dut parcourir quatre parcours en toute hâte avant de les rattraper. C'était une petite fête et il s'excusa à travers la table auprès de son hôtesse pendant qu'il mangeait.

« Je suis terriblement désolé ; tout simplement abject. Le fait est que j'ai rencontré un ami à Leyton Marsh.

"Sur *quoi* ?"

«Le marais de Leyton. Au nord-est, près de la Léa, vous savez.

« Je ne sais certainement pas. Est-ce là que vous faites habituellement vos promenades nocturnes lorsque vous dînez à Kensington ? »

« Eh bien, parfois. C'est le chemin vers Walthamstow, voyez-vous. Je connais des gens là-bas.

"Vraiment. Vous touchez certainement, comme vous l'a dit l'évêque rationaliste, un cercle très vaste. Et vous en avez donc rencontré un sur ce marais, et le plaisir de leur société était tel...

« Elle n'allait pas bien et je l'ai ramenée là où elle habitait. Elle vit à Kensington, donc cela a pris du temps ; puis j'ai dû retourner à Compton Street pour m'habiller. Vraiment, je suis terriblement désolé.

Les sourcils de Mme Crawford traduisaient l'attention sur le sexe de l'ami ; puis elle reprit la conversation avec l'avocat à sa droite.

Molly dit d'un ton consolant : « Ne te dérange pas, Eddy. Elle ne le fait pas vraiment. Elle fait juste semblant, pour s'amuser. Elle sait que ce n'était pas de ta faute. Bien sûr, vous deviez ramener votre amie à la maison si elle n'allait pas bien.

« En fait, je n'aurais pas pu la quitter. Elle était terriblement malheureuse et déséquilibrée... C'était Mme Le Moine. Il a vaincu une vague réticence et a ajouté ceci. Il n'allait pas avoir le vestige d'un secret de la part de Molly.

Elle rougit rapidement et ne dit rien, et il savait qu'il l'avait blessée. Pourtant, c'était une alternative impensable que de lui cacher la vérité ; tout aussi impensable de ne pas faire ces choses qui la blessaient. Quelle serait alors la solution ? Simplement, il ne le savait pas. Un changement d'attitude de sa part lui semblait le seul possible, et il l'attendait depuis longtemps en vain. Pour détourner sa tristesse et la sienne, il se mit à lui parler gaiement de toutes sortes de choses, et elle répondit, mais pas tout à fait spontanément. Une ombre s'étendait entre eux.

C'était si évident qu'après le dîner, il le lui dit, en ces termes.

Elle essaya de sourire. « Est-ce que c'est vrai ? Comme tu es stupide.

« Tu ferais mieux de me raconter le pire, tu sais. Vous pensez que c'était mal élevé de ma part d'être en retard pour le dîner.

« Quelles conneries ; Je ne sais pas. Comme si tu pouvais l'aider.

Mais il savait qu'elle pensait qu'il aurait pu l'aider. Alors ils en sont restés là, et l'ombre est restée.

Eddy, a-t-on pu le dire, avait le don de sympathie largement développé, la qualité de son défaut d'impressionnabilité. Il en avait plus que d'habitude. Les gens trouvaient qu'il disait et ressentait la chose la plus consolante et qu'il laissait le moins de non-dits. C'était parce qu'il trouvait la réalisation facile.

Ainsi, les gens en difficulté venaient souvent le voir. Eileen Le Moine, tendant la main dans son besoin désespéré vers les marais brumeux, avait pour ainsi dire rencontré l'emprise salvatrice de sa main. À moitié consciemment, elle l'avait laissé sortir des eaux profondes où elle sombrait, vers les rives de la raison. Elle lui tendit de nouveau la main. Il avait pris soin de Hugh ; il prenait soin d'elle; il comprenait à quel point plus rien n'avait d'importance au ciel et sur la terre ; il n'a pas essayé de lui donner des intérêts ; il lui a simplement fait part de son chagrin, de sa compréhension et de son admiration pour Hugh. Elle l'a donc revendiqué, comme un homme qui se noie s'agrippe instinctivement à ce qui le soutiendra le mieux. Et comme elle le prétendait, il a donné. Il a donné le meilleur de lui-même. Il essaya de faire céder Molly aussi, mais elle ne voulut pas.

Il y a eu un jour où Bridget Hogan a écrit et lui a dit qu'elle devait quitter la ville dimanche et qu'elle ne voulait pas laisser Eileen seule dans l'appartement toute la journée, et qu'Eddy viendrait la voir là-bas – viendrait déjeuner, peut-être. , et restez pour l'après-midi.

« Tu es bon pour elle ; mieux que quiconque, je pense », a écrit Bridget. — Elle a l'impression qu'elle peut vous parler de Hugh, mais à presque personne, pas même à moi. Je m'inquiète pour elle en ce moment. S'il vous plaît, venez si vous le pouvez.

Eddy, qui allait déjeuner et passer l'après-midi chez les Crawford, n'en fit aucun doute. Il est allé voir Molly et lui a dit comment c'était. Elle écoutait silencieusement. La pièce était étrange, avec du brouillard et des lumières floues, et son petit visage grave était également étrange et pâle.

Eddy a dit: "Molly, j'aimerais que tu viennes aussi, juste pour cette fois. Elle adorerait ça ; elle le ferait en effet... Juste pour une fois, Molly, parce qu'elle a de tels ennuis. Veux-tu?"

Molly secoua la tête, et il comprit que c'était parce qu'elle ne faisait pas confiance à sa voix.

"Eh bien, peu importe, alors, chérie. J'y vais seul.

Elle ne parlait toujours pas. Au bout d'un moment, il se leva pour partir. Il prit ses mains froides dans les siennes et aurait voulu l'embrasser, mais elle le repoussa, toujours sans un mot. Ainsi pendant un moment, ils restèrent silencieux, étranges et perplexes dans la pièce floue et brumeuse, les mains serrées.

Puis Molly parla, d'une voix enfin ferme.

«Je veux dire quelque chose, Eddy. Je dois le faire, s'il vous plaît.

"Fais-le, chérie."

Elle le regarda, comme intriguée par elle-même, par lui et par le monde, fronçant un peu les sourcils, d'un air enfantin.

« Nous ne pouvons pas continuer, Eddy. Je... je ne peux pas continuer.

Un silence froid l'envahit comme un voile. Les ombres du brouillard se rapprochèrent autour d'eux.

"Que veux-tu dire, Molly?"

"Juste ça. Je ne peux pas le faire... Nous ne devons plus nous engager .»

« Oh, oui, nous le devons. Je dois, tu dois. Molly, ne dis pas de telles bêtises. Je ne l'aurai pas. Ce ne sont pas des choses à dire entre vous et moi, même pour rire.

« Ce n'est pas pour s'amuser. Nous ne devons plus nous engager, car nous ne sommes pas à notre place. Parce que nous nous rendons malheureux. Parce que si nous nous mariions, ce serait pire. Non, écoutez maintenant ; ce n'est que cela une fois pour toutes, et je dois tout sortir ; ne rends pas les choses plus difficiles que nécessaire, Eddy. C'est parce que tu as des amis que je ne pourrai jamais avoir ; vous vous souciez des gens, je dois toujours penser du mal ; Je ne rentrerai jamais dans votre groupe… Le simple fait que vous preniez soin d'eux et que vous ne vous souciiez pas de ce qu'ils ont fait prouve que nous sommes vraiment à des kilomètres l'un de l'autre.

"Nous ne sommes pas à des kilomètres l'un de l'autre." Les mains d'Eddy sur ses épaules l'attirèrent vers lui. « Nous sommes proches les uns des autres, comme ça. Et tout le reste du monde peut se noyer. Ne sommes-nous pas ensemble, et n'est-ce pas suffisant ?

Elle s'écarta, ses deux mains contre sa poitrine.

« Non, ce n'est pas suffisant. Pas assez pour aucun de nous. Pas pour moi, parce que ça ne me dérange pas que tu penses différemment de moi sur les choses. Et pas pour vous, parce que vous voulez – vous devez avoir – tout le reste du monde aussi. Vous ne voulez pas dire cela à propos de sa noyade. Si tu le faisais, tu ne passerais pas le dimanche avec… »

« Non, je suppose que je ne devrais pas. Tu as raison. Le reste du monde ne doit donc pas se noyer ; mais il doit se tenir loin de nous et ne pas nous gêner.

"Et tu ne veux pas dire ça non plus", dit Molly, les yeux étrangement clairs. « Vous n'êtes pas fait pour prendre soin d'une seule personne : il vous en faut plusieurs. Et si nous étions mariés, soit vous les auriez, soit vous seriez à l'étroit et malheureux. Et tu voudrais les gens que je ne peux pas comprendre ou aimer. Et tu voudrais que je les aime, et je ne pouvais pas. Et nous devrions tous les deux être malheureux.

« Oh, Molly, Molly, sommes-nous si stupides que tout ça ? Faites simplement confiance à la vie, vivez-la, ne réfléchissons pas dessus et ne planifions pas à l'avance toutes ses difficultés. Faites-lui simplement confiance – et faites confiance à l'amour – l'amour n'est-il pas assez bon pour un pilote ? – et nous franchirons le pas ensemble.

Elle le retenait toujours avec ses mains pressantes et murmurait : « Non, l'amour n'est pas assez bon. Pas… pas ton amour pour moi, Eddy.

« *Non ?* »

"Non." Tout à coup, elle s'affaiblit et s'effondra, et ses mains tombèrent de lui, et elle y cacha son visage et les larmes coulèrent.

« Non, ne me touche pas, sinon je ne peux pas le dire. Je sais que vous vous en souciez... mais il y a tellement de façons de s'en soucier. Il y a la façon dont tu tiens à moi… et la façon… dont tu as toujours pris soin d'elle… »

Eddy se leva et la regarda alors qu'elle était accroupie sur une chaise et parlait doucement.

« Il *existe* de nombreuses façons de prendre soin. Peut-être que l'on se soucie de chacun de ses amis de manière assez différente – je ne sais pas. Mais l'amour est différent de tous. Et je t'aime, Molly. Je n'ai jamais aimé personne d'autre, en ce sens... Je ne vais pas prétendre que je ne te comprends pas. Par « elle », je crois que vous voulez dire Eileen Le Moine. Maintenant, pouvez-vous me regarder en face et dire que vous pensez que je tiens à Eileen Le Moine de cette façon ? Non, bien sûr, vous ne pouvez pas. Vous savez que non ; en plus, tu sais que je ne l'ai jamais fait. Je l'ai toujours admirée, aimée, aimée, attirée par elle. Si vous me demandez pourquoi je ne suis jamais tombé amoureux d'elle, je suppose que je devrais répondre que c'est, en premier lieu, parce qu'elle ne m'en a jamais donné l'occasion. Elle a toujours, depuis que je la connais, été si manifestement livrée, cœur et âme, à quelqu'un d'autre. Tomber amoureux d'elle aurait été absurde. L'amour n'a besoin que d'un élément de réciprocité potentielle ; Au moins pour moi, il fait. Il n'y a jamais eu cet élément avec Eileen. Je ne suis donc jamais vraiment tombé amoureux d'elle. C'était peut-être ma raison avant de découvrir que je tenais à toi. Après cela, aucune raison n'était nécessaire. J'avais trouvé le vrai... Et maintenant vous parlez de me l'enlever. Molly, dis que tu ne le penses pas ; dites-le tout de suite, s'il vous plaît. Elle avait arrêté de pleurer et s'était blottie dans le grand fauteuil, le visage penché et détourné.

"Mais je le pense vraiment, Eddy." Sa voix était faible et incertaine dans l'air étouffé par le brouillard. « Vraiment, je le fais. Vous voyez, les choses que je déteste et que je n'arrive pas à surmonter ne sont rien du tout pour vous. Nous ne ressentons pas la même chose à propos du bien et du mal.... Il y a la religion, maintenant. Vous voulez que je sois, et vous voudriez encore plus si nous étions mariés, que je sois ami avec des gens qui n'en ont pas, dans le sens où je veux dire, et qui n'en veulent pas. Eh bien, je ne peux pas. Je vous l'ai souvent dit. Je suppose que je suis fait comme ça. Alors voilà ; ce ne serait pas du tout heureux, pour aucun de nous... Et puis il y a les mauvaises choses que les gens font et qui ne vous dérangent pas. Peut-être que je suis un con, mais de toute façon, nous sommes différents, et ça me dérange. Cela me dérangera toujours. Et je n'aimerais pas avoir l'impression de vous empêcher d'avoir les amis que vous aimez, et que nous devrions nous séparer, et même si vous pouviez être amis avec tous mes amis - parce que vous le pouvez avec tout le monde - je pourrais pas avec tous les vôtres, et nous devrions détester ça. Vous voulez tellement plus de choses et de personnes que moi ; Je suppose que c'est tout. (Arnold Denison, qui avait dit un jour : « Sa part du monde est homogène ; la sienne est hétérogène », aurait peut-être été surpris de son discernement, confirmant le sien.)

Eddy a dit: «Je te veux. Quoi que je veuille d'autre, je te veux. Si tu me voulais – si tu me voulais, comme je le pensais – ce serait suffisant. Si vous ne le faites pas... Mais vous le faites, vous devez le faire.

Et ce n'était pas un argument. Et elle avait la raison et la logique de son côté, et lui rien que la raison irraisonnée de l'amour. Et ainsi, tout au long de l'après-midi sombre, ils se sont battus, et il s'est heurté à une volonté plus ferme que la sienne, tenant leurs deux amours en échec, une vision plus claire que la sienne, voyant la vie de manière constante et la voyant dans son ensemble, jusqu'à ce qu'enfin la vision était noyée dans les larmes, et elle lui a sangloté pour qu'il s'en aille, parce qu'elle ne voulait plus parler. Il est allé, vaincu et en colère, dans la ville noire et assourdie, et a tâtonné jusqu'à Soho, comme un homme à qui on a tout volé et qui est plein d'amertume mais invaincu et qui veut le récupérer par artifice ou par force. .

Il y retourna le lendemain, puis le surlendemain, frappant désespérément la porte fermée de sa détermination. Le troisième jour, elle quitta Londres et rentra chez elle. Il n'a vu que Mme Crawford, qui l'a regardé d'un air spéculatif et avec une étrange pointe de pitié, et a dit : « Alors tout est fini. Molly semble connaître son propre esprit. Je déteste excessivement les engagements rompus ; ils sont si visibles et causent tant de problèmes. On aurait pu penser qu'au fil des années que vous vous connaissez, l'un de vous aurait pu découvrir son incompatibilité avant de conclure des pactes téméraires. Mais cette chère Molly ne voit que petit à petit, et cela extrêmement clairement. Elle me dit que vous ne vous iriez pas. Eh bien, elle a peut-être raison, et de toute façon, je suppose qu'elle doit être autorisée à juger. Mais je suis désolé.

Elle était gentille ; elle espérait qu'il viendrait quand même les voir ; elle parlait et sa voix était lointaine et hors de propos. Il la quitta. Il était comme un homme à qui on a tout volé et qui sait qu'il ne le récupérera jamais, par quelque artifice ou par quelque force que ce soit.

Dimanche, il est allé voir Eileen. Il y a environ un mois, il avait entendu Bridget lui demander de le faire. Il la trouva apathique, les yeux lourds et bâillante à cause du manque de sommeil. Doucement, il la fit parler, jusqu'à ce que Hugh Datcherd parût vivant dans la pièce, caressé par leurs allusions. Il lui a parlé de personnes qui lui manquaient ; il a cité ce que les ouvriers de la colonie avaient dit de lui ; discuté de son travail. Elle s'est réveillée de l'apathie. C'était comme si, parmi un monde qui, signifiant bonté, lui disait d'oublier, cette voix unique lui disait de se souvenir, et se souvenait avec elle ; comme si, parmi tant de voix qui s'adoucissaient à propos de son nom comme de pitié pour la tristesse et l'échec, celle-ci résonnait en se glorifiant de son succès. Une pure intuition avait dit à Eddy que c'était ce qu'elle voulait, ce dont elle avait envie : une certaine reconnaissance, un certain triomphe pour celui dont les dons semblaient brisés et gaspillés, dont la vie s'était déroulée dans la grisaille de l'échec. Dans la mesure où un homme pouvait lui donner ce qu'elle voulait, il le lui donnait à deux mains, et ainsi elle s'accrochait à lui au milieu de tout ce monde aimable et incompréhensible.

Ils parlèrent jusque tard dans la grisaille de l'après-midi. Et elle s'est améliorée. Son état s'est tellement amélioré qu'elle lui a dit tout à coup : « Tu as l'air fatigué à mort, tu sais. Qu'est-ce que tu t'es fait ?

Avec la question et le regard inquiet, le besoin de sympathie lui vint à son tour.

«Je n'ai rien fait. Molly l'a fait. Elle a rompu nos fiançailles.

"Tu le dis?" Elle était surprise, désolée, pitoyable. Elle a oublié son propre chagrin. « Ma chère… et je vous dérange avec mes propres affaires sans jamais voir comment ça se passait avec vous ! Comme tu as été bon avec moi, Eddy. Je me demande s'il y a quelqu'un d'autre dans le monde qui serait aussi patient et aussi gentil. Oh, mais je suis désolé.

Elle ne posait aucune question et il ne lui disait pas grand-chose. Mais en parler était bon pour eux deux. Elle essaya de lui rendre un peu de la sympathie qu'elle avait eue pour lui ; elle n'y réussit qu'en partie, étant encore à moitié engourdie et liée par son propre chagrin ; mais l'effort desserra un peu les liens. Et une partie de lui observait leur relâchement avec intérêt, comme un médecin observe les premiers mouvements de guérison d'un patient, tandis que l'autre partie trouvait du soulagement en lui parlant. C'était un après-midi étrange, à moitié égoïste, à moitié altruiste, et un peu de lumière se glissait à travers les brouillards qui les entouraient tous les deux. Eileen dit en partant : « Cela vous a été cher de venir comme ça… Je vais passer dimanche prochain à Holmbury St. Mary. Si tu ne fais rien d'autre, j'aimerais que tu viennes là-bas aussi, et nous passerons la journée à marcher.

Son idée était de les réconforter tous les deux, et il l'accepta avec plaisir. L'idée lui vint que plus personne ne se souciait désormais de la façon dont il passait ses dimanches. Cela aurait dérangé Molly. Elle aurait trouvé cela étrange, inapproprié, à peine correct. L'ayant perdue en partie à cause de cela même, il se lança avec plus de ferveur dans cette mission d'aide et de guérison envers autrui et envers lui-même. Sa perte ne semblait donc pas si totale, le vide des longues journées moins vide.

CHAPITRE XIV.

UNITÉ .

LE bureau d' *Unity* était une pièce située au dernier étage de la maison d'édition des Denisons . Elle donnait sur Fleet Street, en face de Chancery Lane. Assis là, Eddy, lorsqu'il n'était pas occupé autrement (lui et Arnold étaient co-éditeurs de *Unity*) observait la marée montante bien en contrebas, les gens se pressant. Là, avec la marée, allaient les hommes d'affaires, les avocats, les journalistes, qui réfléchissaient et les suivaient, les vendeurs et les acheteurs. Chacun avait ses propres intérêts, ses propres fers au feu. Ils ne voulaient rien de celui des autres ; souvent, ils en voulaient aux autres . Pourtant, à long terme (pensa l'un des rédacteurs à sa manière banale), tous les intérêts doivent finalement être les mêmes. Aucun État ne pourrait sûrement prospérer s'il était divisé en factions, une faction en gâtant une autre. Ils doivent avoir un objectif commun, trouver une ville de paix hétérogène. Donc *L'unité* , jetant gaiement les barrières, enjambant joyeusement les murs, avec un pied planté dans chaque jardin voisin et antagoniste — *L'unité* , si sympathique à toutes les causes, si habilement écrite, si polyvalente, doit sûrement réussir.

Unity était vraiment plutôt bien écrit, plutôt intéressant. Les nouveaux magazines le sont si souvent. Les contributeurs coopératifs, étant des gens intelligents et à l'esprit neuf, trouvaient généralement un aspect nouveau et non périmé des sujets qu'ils abordaient et leur donnaient vie. Le journal, à l'exception de quelques histoires, poèmes et dessins, était franchement de tendance politique et sociale ; il traitait des questions d'actualité, sans aucune impartialité (ce qui est si ennuyeux), mais en adoptant des points de vue alternatifs et très précis. Certains de ces articles étaient rédigés par le personnel, d'autres par des spécialistes. N'ayant pas peur de viser haut, ils se sont efforcés d'obtenir (dans quelques cas avec succès, dans la plupart des cas d'échec) des articles rédigés par d'éminents partisans et opposants des opinions qu'ils défendaient ; comme, par exemple, Lord Hugh Cecil et le Dr Clifford sur la suppression de l'Église ; M. Harold Cox et Sir William Robertson Nicholl sur les référendums, le Dr Cunningham et M. Strachey sur la réforme tarifaire ; M. Roger Fry et Sir William Richmond sur l'art ; Lord Robert Cecil et les Sidney Webbs sur le salaire minimum ; le doyen de Welchester et M. Hakluyt Egerton sur la révision du livre de prières ; M. Conrad Noel et M. Victor Grayson sur le socialisme comme synonyme du christianisme, employeur, ouvrier d'usine, et Miss Constance Smith, sur l'inspection des usines ; Mme Fawcett et Miss Violet Markham sur les femmes en tant que créatures politiques ; MJM Robertson et Monseigneur

RH Benson sur l'Église en tant qu'agent du bien ; propriétaires fonciers, agriculteurs, ouvriers , et MFE Greene, sur le régime foncier. (Les articles sur les agriculteurs et les ouvriers figuraient parmi les échecs et ont dû être fournis en rédaction.) La portée d'un journal doit dépasser sa portée, ou à quoi servent les rédacteurs entreprenants ? Mais *Unity* a effectivement saisi quelques écrivains remarquables, d'autres d'une ardeur illettrée , et a fourni, pour combler leurs lacunes, des contributeurs d'une certaine originalité et vivacité de vision. Dans l'ensemble, c'était une production lisible, au fur et à mesure des productions. Il y avait plusieurs publicités sur la dernière page ; la plupart, bien sûr, étaient des livres publiés par les Denison , mais il y avait aussi quelques livres publiés par d'autres personnes et, une semaine fière, « Darn No More », « Why Drop Ink » et « Dry Clean Your Dog ». » « Dry Clean Your Dog » a semblé aux éditeurs particulièrement prometteur ; les chiens, bien que conduits, en effet, par certains lettrés dans les librairies des villes, suggèrent pour l'essentiel une classe de lecteurs plus large, plus légère et moins livresque ; la publicité évoquait une image agréable de *l'Unité* diffusée dans le pays, peut-être même aussi loin que Weybridge ; allongé sur les tables du hall avec *Field* et *Country Life* , tandis que ses lecteurs se rendaient docilement au chenil avec un shampoing sec... C'était une image encourageante. Car, même si tout nouveau journal peut être adopté (pendant un certain temps) par les cliques des villes qui lisent et écrivent tellement qu'elles n'ont pas besoin d'être très prudentes, dans les deux cas, de quoi s'agit-il, combien peu le forceront à le faire. une entrée difficile dans nos fastidieuses maisons de campagne.

Les rédacteurs d' *Unity* ne parvenaient en effet pas à se convaincre qu'ils disposaient encore d'un grand tirage dans le pays. Arnold a dit dès le début : « Nous ne l'aurons jamais. C'est très certain.

Eddy a dit : « Pourquoi ? Il espérait qu'ils l'auraient fait. Il espérait que *Unity* circulerait dans tout le monde anglophone.

« Parce que nous ne défendons rien », a déclaré Arnold, et Eddy a répondu : « Nous défendons tout. Nous défendons la Vérité. Nous sommes utiles.

« Nous aussi, nous soutenons beaucoup de mensonges », a souligné Arnold, parce qu'il pensait que c'était un mensonge de dire que la réforme tarifaire, les référendums et les démocraties étaient de bonnes choses, que tout le monde devrait voter, que les pièces de théâtre devraient être censurées et que les Livre de prières révisé, et bien d'autres choses. Eddy, qui savait qu'Arnold savait que lui-même pensait que ces choses étaient vraies, ne prit pas la peine de le répéter.

Arnold a ajouté : « Bien sûr, le fait de mentir n'est pas un frein à la circulation ; bien au contraire; mais il est dangereux de les confondre avec la vérité ; vous confondez les esprits. Le fait que je n'approuve aucune forme de gouvernement ou de constitution de société existante, et que vous les approuvez toutes, fait de nous des collaborateurs harmonieux, mais ne nous donne guère, en tant qu'organisme éditorial, un aperçu suffisant de l'esprit du lecteur potentiel moyen. , qui préfère en général, préfère très nettement un parti ou un état de choses à un autre ; en fait, il n'a aucune patience envers les autres et ne souhaite pas du tout qu'on lui dise à quel point il est admirable. Et s'il le fait – si un hobereau de campagne, par exemple, veut vraiment entendre un éloge du libre-échange – (il se peut qu'il y ait quelques hobereaux de ce genre, peut-être, cachés dans les comtés d'origine ; j'en doute, mais il se peut)… eh bien, voilà le *Spectateur* prêt à sa main. Le *Spectateur* , qui a d'ailleurs l'avantage de ne pas le dégoûter à la page suivante avec « Un mot pour un drame libre » ou « Le socialisme comme synonyme de christianisme ». Si, d'un autre côté, comme cela pourrait arriver, il désirait entendre les louanges de la réforme tarifaire, eh bien, il y a le *Times* et le *Morning Post* , deux organes qu'il connaît et en qui il a confiance. Et si, par hasard, dans un état d'esprit indiscipliné, il avait envie de s'attaquer à la censure ou à d'autres sentiments d'insubordination, il pourrait en trouver au moins quelques-uns à poursuivre, par exemple dans la Revue *anglaise* . Ou, si c'est du socialisme dont il veut entendre parler (et je n'ai encore jamais rencontré de propriétaire terrien, n'est-ce pas, qui n'avait pas le socialisme en tête ; c'est une obsession de classe), il y a le New Statesman, si brillant, si *minutieux* . , et fiable. Ou bien, s'il veut connaître le point de vue et les doléances de ses métayers ou de ses ouvriers agricoles , sans leur demander, il peut lire des livres sur « La tyrannie de la campagne », ou visiter le *vignoble* . Quoi qu'il en soit, où intervient *Unity ?* Je ne le vois pas, j'en ai peur. Ce serait différent si nous étions simplement ou principalement littéraires, mais nous sommes franchement politiques. Être politique sans être partisan n'a pas de saveur , comme un œuf sans sel. Ça ne descend pas. Les libéraux n'aiment pas, lorsqu'ils lisent un journal, être frappés dans les yeux par de longs articles intitulés « Le torysme comme seule base ». Les syndicalistes ne se soucient pas d'ouvrir une page intitulée « La nécessité d'un Home Rule ». Les socialistes s'opposent à être confrontés à des articles sur « la liberté comme idéal ». Personne ne veut voir exploités et admirés les idéaux d'autrui qui sont antagonistes aux siens. Vous ne liriez pas vous-même un article – pas un long article en tout cas – intitulé « La guerre des partis comme idéal ». Au moins, vous pourriez le faire, parce que vous êtes ce genre de fou, mais peu le feraient. C'est pourquoi nous ne vendrons pas bien, quand les gens auront fini par nous acheter parce que nous sommes nouveaux.»

Eddy a simplement dit : « Tout va bien. Nous sommes intéressants. Regardez ce dessin de Jane ; et ce truc de Le Moine. Ils devraient à eux seuls nous vendre, comme de simples arts et littératures. Il y a beaucoup de gens qui nous laisseraient faire la politique que nous aimons si nous leur donnions des choses aussi bonnes avec eux.»

Mais Arnold se moquait de l'idée qu'il y ait suffisamment de lecteurs soucieux du bon travail pour qu'un journal soit rentable. "Malheureusement, la majorité se soucie du mal."

« Eh bien, de toute façon, dit Eddy, les articles de l'usine font sensation parmi les employeurs. Voici une lettre qui est arrivée ce matin.

Arnold l'a lu.

« Il pense que c'est de son usine que nous parlions, apparemment. Plutôt agacé, semble-t-il. « Je ne sais pas si nous envisageons une série sur le même sujet » – ni si oui, qu'est-ce qui y sera mis, je suppose. J'imagine qu'il soupçonne l'une de ses propres mains d'en être l'auteur. Mais ce n'était pas le cas, n'est-ce pas ? c'était un confitureman. Et c'était d'un ton très modéré ; il serait déraisonnable de la part d'un employeur de s'y opposer. Les remarques étaient également assez générales ; principalement parce que toutes les usines étaient malsaines et que les journées étaient trop longues ; des déclarations qui peuvent difficilement être contestées, même par l'employeur le plus fier. J'imagine qu'il a plus peur de ce qui va arriver que de ce qui est déjà arrivé.

« Quoi qu'il en soit, » dit Eddy, « *il* arrive. Dans une dizaine de minutes aussi. Dois-je le voir, ou toi ?

« Oh, tu peux. Que veut-il de nous ?

«Je suppose qu'il veut savoir qui a écrit l'article et si nous envisageons une série. Je lui dirai que nous le faisons et que j'espère que le prochain numéro sera un article de lui sur les griefs des employeurs. Nous en avons besoin, et cela devrait l'adoucir. Quoi qu'il en soit, cela lui montrera que nous n'avons aucun préjugé en la matière. Il peut dire que tous les travailleurs sont choyés et que leurs journées sont trop courtes, s'il le souhaite. Je devrais penser que ce serait lui qui viendrait maintenant.

Ce n'était pas lui, mais un jeune homme robuste et doux avec un article sur le manque de pertinence des Églises par rapport aux besoins moraux du monde. Les éditeurs, toujours positifs, jamais négatifs, ont modifié le titre en Plaidoyer pour la laïcité. Il devait être placé à côté d'un article d'un socialiste de l'Église sur le christianisme, seul remède. Le jeune homme au visage doux s'y est opposé, mais sa décision a été rejetée. Au milieu de la discussion arriva le propriétaire de l'usine, et Eddy resta seul pour s'occuper de lui. Après cela, tous les contributeurs qui l'ont jugé opportun se sont réunis pour déjeuner à la Town's End Tavern, comme ils le faisaient généralement le vendredi, pour discuter du travail de la semaine suivante.

C'était fin janvier, alors *qu'Unity* fonctionnait depuis deux mois. Les deux premiers mois d'un hebdomadaire peuvent être significatifs, mais ne sont pas concluants. Le troisième mois l'est davantage. M. Wilfred Denison, qui a publié *Unity* , a trouvé le troisième mois assez concluant pour lui. Il l'a dit. À la fin de la ville, un vendredi brumeux de la fin février, Arnold et Eddy ont annoncé au déjeuner que *Unity* allait s'arrêter. Personne n'a été surpris. La plupart de ces gens étaient des journalistes, habitués à ces naissances et à ces morts catastrophiques, si radieuses ou si tristes, et souvent si brusques. C'est mieux quand ils sont brusques. Certains meurent d'une mort longue et lente, avec de nombreuses récupérations, des galvanisations artificielles , des guérisons désespérées et des rechutes. La fin est la même dans les deux cas ; mieux vaut que cela vienne rapidement. C'était un moment attendu dans cette affaire, aujourd'hui encore, car le contrat avec les contributeurs prévoyait que le journal effectuerait son voyage d'essai préliminaire pendant trois mois, puis réfléchirait à sa position.

Arnold, parlant au nom des éditeurs, a annoncé le résultat de l'examen.

"Ce n'est pas bien. Nous devons arrêter. Nous n'augmentons pas. En fait, nous diminuons. Maintenant que le premier intérêt des gens pour une nouveauté est terminé, ils ne nous achètent plus assez pour payer notre part.

« Les publicités sont en baisse, c'est certain », dit quelqu'un. « Ce sont presque uniquement des livres, des agences d'auteurs et des stylos-plumes maintenant. C'est un mauvais signe.

Arnold était d'accord. « Nous sommes désormais principalement achetés par des intellectuels et des personnes apolitiques. En tant que journal politique, nous ne pouvons pas nous engraisser là-dessus ; il n'y en a pas assez... Nous avons discuté pour savoir si nous devrions changer d'orientation et devenir purement littéraires ; mais après tout, ce n'est pas ce que nous recherchons, et il existe déjà trop de journaux de ce type. Nous sommes essentiellement politiques et pratiques, et si nous voulons réussir, nous devons aussi être partisans, cela ne fait aucun doute. De nombreuses personnes nous ont dit qu'elles ne comprenaient pas notre ligne et voulaient savoir précisément vers quoi nous nous dirigeons politiquement. Nous répondons que nous aboutissons à une union des partis, à un renversement des barrières. Personne ne s'en soucie ; ils trouvent cela idiot, et moi aussi. C'est probablement le cas de la plupart d'entre nous ; peut-être nous tous sauf Oliver. Ned Jackson, par exemple, s'est opposé l'autre jour à ce que mon article antisyndical sur la grève des Docks apparaisse à côté de ses propres remarques d'une tendance opposée. Il voudrait tout naturellement que *l'Unité* ne se contente pas de chanter les louanges des syndicats, mais qu'elle ne laisse aucune place à l'autre camp. Je le comprends bien ; J'ai ressenti la même chose moi-même. Je n'ai extrêmement pas aimé son article ; mais les principes du document nous ont obligés à le prendre. Eh bien, mon propre père n'aime pas que ses essais sur la base moniste soient contrebalancés par ceux du professeur Wedgewood sur le dualisme comme nécessité de la pensée. Une philosophie, selon lui, est soit bonne, soit mauvaise, vraie ou fausse. Ainsi, pour la plupart des gens, tous les systèmes de pensée et tous les principes de conduite le sont. C'est pourquoi ils préfèrent tout naturellement que les journaux qu'ils lisent évitent le mal tout en recherchant le bien. Et alors, comme on ne peut (heureusement) pas tout lire, ils lisent ceux qui leur semblent le faire. Je devrais moi-même, si je pouvais en trouver un qui me semble le faire, mais je ne l'ai jamais fait... Eh bien, j'imagine que c'est le genre de raison pour laquelle *Unity* échoue ; c'est trop complet.

«C'est trop inégal du côté littéraire et artistique», suggère un contributeur. « Vous ne pouvez pas vous attendre à ce que des ouvriers, par exemple, qui peuvent être intéressés par le côté plus pratique du journal, le lisent s'il est susceptible d'être pondéré par les vers de Raymond, ou les essais de Le Moine, ou les dessins de Miss Dawn. D'un autre côté, les gens intelligents sont parfois choqués par la découverte de vers et de proses convenables aux ouvriers. J'imagine que c'est ça ; vous ne pouvez pas compter dessus ; ce n'est pas tout à fait un morceau, même du côté littéraire, comme *Tit-Bits* , par exemple. Les gens aiment savoir à quoi s'attendre.

Cecil Le Moine dit avec lassitude de sa voix haute et douce : « Compte tenu du peu de choses qui paient, je ne peux pas imaginer pourquoi l'un d'entre vous aurait imaginé *qu'Unity* paierait . J'ai dit dès le début... mais personne ne m'a écouté ; ils ne le font jamais. Ce n'est pas la faute *d'Unity* ; c'est la faute de tous les autres journaux. Il y en a déjà des centaines de trop ; des millions de trop. Ils veulent être éclaircis, comme les pissenlits dans un jardin, et au lieu de cela, comme les pissenlits, ils se propagent comme une maladie. Il faudrait faire quelque chose à ce sujet. Je déteste les lois du Parlement, mais c'est vraiment un cas en faveur. C'est sûrement l'affaire de M. McKenna d'y veiller ; mais je suppose qu'il est trop occupé par tous ces dérangements vulgaires. Quoi qu'il en soit, *nous* avons fait de notre mieux pour endiguer la marée. Il y aura un journal de moins. Peut-être que d'autres suivront notre exemple. Peut-être que le *Record* le fera. J'ai rencontré une femme dans le train hier (entre Hammersmith et Turnham Green) et je lui ai passé mon exemplaire d' *Unity* à lire. J'ai pensé qu'elle aimerait lire ma Critique Dramatique, alors elle a été repliée sur ce point, mais elle a feuilleté les pages jusqu'à ce qu'elle arrive à quelque chose sur l'Église Catholique Romaine, écrit par un Monseigneur ; puis elle me l'a rendu et m'a dit qu'elle prenait toujours le *disque* . Elle considérait évidemment *l'Unité* comme un organe papiste. J'y ai fouillé quelques sentiments dissidents et j'ai trouvé un article d'un méthodiste calviniste gallois sur le désétablissement, mais il était trop tard ; elle était sortie. Mais voilà, voyez-vous ; elle prenait toujours le *Record* . Ils prennent toujours quelque chose. Il y en a trop... Bon, d'ailleurs, ne pourrions-nous pas tous nous inviter à dîner un soir, pour nous détendre ? Une sorte de fête funéraire. Ou les éditeurs devraient-ils demander à nous autres ? Peut-être que je n'aurais pas dû parler.

"Tu ne devrais pas", dit Eddy. "Nous allions introduire ce sujet plus tard."

L'entreprise, après avoir fixé la date du dîner et de la dernière réunion d'affaires, se dispersa et reprit ses différents travaux. Personne ne se souciait particulièrement de la mort *d'Unity*, à l'exception d'Eddy. Ils étaient tellement habitués à ce genre de choses, dans le monde aux fortunes changeantes dans lequel évoluent les rédacteurs de journaux.

Mais Eddy s'en souciait beaucoup. Depuis plusieurs mois, il vivait dans et pour ce journal ; il l'avait extraordinairement aimé. Il l'avait aimé pour lui-même et pour ce qu'il représentait pour lui. C'était sa contribution à la cause qui lui paraissait de plus en plus importante ; De plus en plus, à mesure que le monde dans son ensemble ne parvenait pas à l'apprécier, il le jetait d'échec en échec, lui arrachant les opportunités une à une. Les gens ne réaliseraient pas qu'ils ne faisaient qu'un ; c'était sûrement là la difficulté fondamentale de ce monde en détresse. Ils penseraient qu'un ensemble de croyances en exclut un autre ; ils étaient aveugles, ils étaient rigides, ils étaient fous. Donc ils ne liraient pas *Unity*, sûrement un bon article ; donc *l'Unité* doit périr faute d'être recherchée, pauvre orphelin solitaire. Eddy s'est rebellé contre le naufrage du petit navire qu'il avait lancé et aimé ; il aurait pu, et aurait pu, si on lui en avait donné l'occasion, faire du bon travail. Mais sa chance était terminée ; il doit trouver un autre moyen.

Pour se remonter le moral en quittant le bureau à six heures, il se dirigea vers l'est, voir quelques amis qu'il avait à Stepney. Mais cela ne lui remontait pas le moral, car ils étaient malheureux et il ne pouvait pas les réconforter. Il trouva une femme seule, attendant son mari et ses fils, qui étaient toujours sur les quais où ils travaillaient, alors qu'ils auraient dû être de retour depuis une heure. Et c'étaient des jambes noires, et ils avaient refusé de se ranger du côté des grévistes. La femme était blanche et avait les yeux rouges.

«Ils les surveillent», gémit-elle. « Ils se couchent et les attendent, et s'attaquent à eux, plusieurs contre un, et font pour eux. Il y avait quelqu'un qu'un membre de l'Union avait dit qu'il avait l'intention de faire pour mes hommes un jour. J'ai supplié mon homme de sortir, ou de toute façon de laisser les garçons, mais il ne l'a pas fait, et il dit que les hommes de l'Union pourraient aller le chercher . Je sais quelle sera la fin. Il y a eu un homme qui s'est noyé hier ; ils l' ont trouvé dans le canal, il était attaché ; Il ne voulait pas sortir, et c'est ce qu'ils ont fait pour moi , les diables. Et il est juste sept heures, et ils s'arrêtent à six heures.

"Ils se sont très probablement arrêtés un moment devant le public sur le chemin du retour", suggéra gentiment Eddy, mais elle secoua la tête.

« Ils ne se sont arrêtés nulle part depuis le début de la grève. Ceux qui ne veulent pas sortir n'ont pas de paix envers le public... L'Union est une chose cruelle, ça l'est, et mon homme et mes gars qui ne font jamais de mal à personne, ils resteront là et les attendront . jusqu'à ce qu'ils puissent faire pour eux ... Il y a Mme Japhet, dans Jubilee Street ; elle a perdu son jeune homme ; ils m'ont renversé et m'ont donné des coups de pied à mort l' autre jour. Bien sûr , il était juif aussi, ce qui faisait que je ne l'aimais pas, à juste titre, pour ainsi dire ; mais c'est parce qu'ils ne voulaient pas sortir qu'ils l'ont fait. Et il y avait Mme Jim Turner ; ils se sont couchés pour lui et l'ont frappé au coin de Salmon Lane, malgré Turner. Et ils sont si rusés que la police ne peut presque jamais leur lancer des ' et' . Et il est déjà sept heures, et il fait nuit comme 'ats.'

Elle ouvrit la porte et resta à écouter et à pleurer. Au bout de la rue sordide, les tramways circulaient le long de Commercial Road, ramenant les hommes et les femmes du travail.

« Tout ira bien pour eux s'ils viennent en tram », dit Eddy.

"Il y a tout le long de Jamaica Street pour marcher après leur sortie", gémit-elle.

Eddy descendit la rue et les rencontra au coin, un petit homme et deux grands garçons, affalés dans la rue sombre, Fred Webb et ses fils, Sid et Perce. Il les avait bien connus l'année dernière au club de Datcherd ; ils étaient des individualistes intransigeants et la liberté était leur mot d'ordre. Ils détestaient l'Union comme un poison.

Fred Webb a déclaré qu'il y avait eu une petite bagarre sur les quais, ce qui les avait retenus. « Il y avait Ben Tillett qui parlait, ce qui les a tous excités. Ils ont commencé à se bousculer un peu, mais nous avons été clairs. La femme veut que je sorte, mais je n'en ai pas.

"Sortez avec tout ça!" » ajouta Sid d'une voix plutôt incertaine. « Je les verrais tous en premier. *Vous* ne diriez pas que nous devrions sortir, M. Oliver, n'est-ce pas ?

Eddy a dit : « Eh bien, pas seulement maintenant, bien sûr. D'une manière générale, je suppose que cela a du sens.

"Sens!" grogna Webb. « N'allez pas parler à mes garçons comme ça, monsieur, s'il vous plaît. Tu ne vas pas sortir, Sid, donc tu n'as pas besoin d'y penser. Bonne nuit, M. Oliver.

Eddy, licencié, alla voir une autre famille Docks qu'il connaissait et apprit que la grève se prolongeait indéfiniment et que son succès était compromis par les jambes noires, qui ne pensaient que par eux-mêmes.

«Je déteste un homme qui n'a pas l'esprit civique. Les méchantes mouffettes. Ils laisseraient tout le reste aller au diable juste pour gagner quelques shillings réguliers dans les mauvais moments.

"Ils ont le droit de juger par eux-mêmes, je suppose", a déclaré Eddy, ajoutant une question sur les pouvoirs des hommes honnêtes pour empêcher l'intimidation et la violence.

L'homme le regarda d'un air méfiant.

" Il n'y a pas de " timidation ou de violence, à ma connaissance". Bien sûr, ils le disent ; ils diront n'importe quoi. Chaque fois qu'un homme est blessé dans une querelle privée , ils en imputent désormais la faute aux gars du syndicat. C'est leur opportunité. Ils sont des menteurs. Bien sûr, un homme peut parfois être blessé consécutivement ; vous ne pouvez pas empêcher les rangées ; mais c'est six de l'un et une demi -douzaine de l'autre, et ce sont généralement les jambes noires qui commencent. Nous ne faisons que les piqueter, tout à fait pacifiquement... Jugez par vous-même, avez-vous dit ? Non, bon sang; c'est exactement ce qu'aucun homme n'a le droit de faire. C'est égoïste ; voilà ce que c'est... Je n'ai aucune patience avec ces anciens individualistes.

Découvrant qu'Eddy l'avait fait, il se tut d'un air maussade et suspicieux, et cessa de le considérer comme un ami, alors Eddy le quitta. Dans l'ensemble, la soirée n'a pas été joyeuse.

Il en a parlé à Arnold quand il est rentré chez lui.

« Il y a tellement de choses effrayantes à dire des deux côtés », a-t-il ajouté.

Arnold a déclaré : « Il y en a certainement. Un lot effrayant. Si l'on descend aux Docks un jour, on peut en entendre dire beaucoup ; seulement c'est presque tout d'un côté, et du mauvais côté... Je déteste les syndicats et tout leur système ; c'est révoltant, toute cette théorie, sans parler de l'intimidation et de la coercition.

« J'aimerais plutôt, » dit Eddy, « descendre aux Docks demain et entendre les hommes parler. Viendras-tu?"

« Eh bien, je ne peux pas répondre par moi-même ; Je peux assassiner quelqu'un ; mais je viendrai si vous en prenez le risque.

Eddy ne savait pas auparavant qu'Arnold, le cynique et le négligent, était si attaché à quoi que ce soit. Il était plutôt intéressé.

« Vous devez *avoir* des syndicats, vous l'admettez sûrement », a-t-il argumenté. Cela commença une discussion dont les contours étaient trop familiers pour être détaillés ; les raisons pour et contre les syndicats sont toutes deux extrêmement évidentes et peuvent être considérées comme données. Cela leur a duré jusque tard dans la nuit.

Ils descendirent aux Docks le lendemain, vers six heures du soir.

CHAPITRE XV.

ARNOLD.

Il y avait foule devant les portes des Docks. Certains, sous les yeux de policiers vigilants, faisaient un piquet de grève devant les groupes d'ouvriers qui sortaient des Docks d'un air maussade, nerveux, provocateur ou indifférent. D'autres écoutaient un jeune homme parler depuis une charrette. Arnold et Eddy se sont également arrêtés pour écouter. C'était une mauvaise chose ; pas du tout intéressant. Mais il a été adapté à son objet et à son public, et ponctué de véhéments applaudissements. Sous les acclamations, Arnold regarda le sol avec dégoût ; sans doute avait-il honte du genre humain. Mais Eddy pensa : « Cet homme est un imbécile, mais il tient quelque chose de solide. Cet homme est un homme stupide, mais il a de l'intelligence, de la force et de l'organisation ; toutes les forces qui font la civilisation . Ils sont grossiers, ils sont brutaux, ils sont révoltants, ces gens-là, mais ils regardent vers l'avenir, et c'est ça la civilisation . Son côté conservateur-socialiste appréciait ainsi, tandis que son côté libéral-individualiste applaudissait les jambes noires qui revenaient du travail. Le côté humain les a également applaudis ; ils étaient peu nombreux parmi tant d'hommes courageux entourés de tyrans meurtriers, qui seraient tout aussi susceptibles de ne pas retrouver certains d'entre eux chez eux et de se cogner la tête sur le pas de leur propre porte, et peut-être aussi celle de leurs femmes.

Eddy a aperçu Fred Webb et ses deux fils marchant en groupe, entourés de piqueteurs . Soudain, la scène devint pour lui un cauchemar, incroyablement épouvantable. D'une manière ou d'une autre, il savait que les gens allaient souffrir et le seraient très bientôt. Il regarda le peu de policiers et s'étonna de l'impuissance ou de l'indifférence de la loi, qui laisse faire de telles choses, qui est impuissante à protéger les citoyens contre les agressions et les meurtres.

Il entendit Arnold rire brièvement à ses côtés et rappela son attention sur ce que disait l'homme sur le chariot.

"Le pauvre fou ne peut même pas donner de sens ni de logique à son propre cas", a fait remarquer Arnold. "Je pourrais faire mieux moi-même."

Eddy écoutait. C'était en effet pathétiquement stupide, inutile, sentimental.

Après une minute supplémentaire, Arnold a déclaré: "Puisqu'ils sont si prêts à écouter, pourquoi ne devraient-ils pas m'écouter pour changer?" et grimpa sur un chariot plein de tonneaux et resta un moment à regarder autour de lui. L'orateur a continué à parler, mais quelqu'un a crié : « Voici un autre type qui a quelque chose à dire. Laisse- moi le dire, mon pote ; continuez, jeune homme.

Arnold a continué. Il avait certainement quelque chose à dire, et il l'a dit. Pendant une minute ou deux, le caractère caustique de ses paroles passa à côté ; puis il fut lentement appréhendé. Quelqu'un a gémi et quelqu'un d'autre a crié : « Jetez-le. Tirez-le vers le bas.

Arnold avait le don du discours mordant et désagréable, et il l'utilisait. Il commentait les points faibles du discours de l'autre homme. Mais s'il avait pensé à convaincre qui que ce soit, il fut désillusionné. Comme un public d'autrefois, ils criaient d'une voix forte, se bouchaient métaphoriquement les oreilles et se précipitaient vers lui d'un commun accord. Quelqu'un lui a jeté une brique. L'instant d'après, des mains l'ont entraîné vers le bas et l'ont poussé loin. Une voix qu'Eddy reconnut comme étant celle de Webb cria : « Fair-play ; laissez- moi parler, n'est-ce pas. « Je parlais avec bon sens, ce qui est plus que la plupart des gens ici.

Les bagarres et les bousculades sont devenues excitées et violentes. Cela devenait un combat libre. Les Jambes Noires étaient encerclées de manière menaçante par des grévistes ; la police s'est approchée. Eddy a traversé des hommes bousculés et en colère pour atteindre Arnold. Ils reconnurent en lui le compagnon d'Arnold et le bousculèrent. Arnold utilisait ses poings. Eddy l'a vu frapper un homme à la bouche. Quelqu'un a donné un coup de pied à Eddy au tibia. Il a tiré machinalement son poing et a frappé l'homme au visage, en pensant : « J'ai dû lui faire beaucoup de mal, quel droit il a de son côté », avant que le coup ne lui soit retourné, lui coupant la lèvre.

Il vit Arnold disparaître, poussé par un groupe en colère ; il poussa vers lui, bousculant les hommes sur son passage, qui se livraient maintenant confusément devant la police montée. Il ne pouvait pas joindre Arnold ; il a perdu de vue où il se trouvait ; il fut emporté par la foule ondulante. Il entendit la voix d'un garçon gémissant derrière lui : « M. Oliver, monsieur, » et il regarda autour de lui le visage malade et effrayé du jeune Sid Webb.

"Ils ont abattu papa... Et je pense qu'ils l'ont fait pour lui... Ils lui ont donné un coup de pied sur la tête... Ils sont après moi maintenant..."

Eddy a dit : « Reste près de moi », et l'instant d'après, Sid a poussé un cri de colère, parce que quelqu'un lui tordait le bras en arrière. Eddy s'est retourné et a frappé un homme sous le menton, le faisant reculer sous les pieds d'un cheval plongeant. La vue des sabots piétinant si près de la tête de l'homme rendit Eddy malade ; il jura, saisit les rênes et tira brusquement le cheval de côté. Le policier qui le conduisait abattit violemment sa matraque sur son bras, qui tomba lourdement et sans nerfs à ses côtés. Ses mains étaient saisies par le bas de ses genoux ; il fut brusquement traîné à terre et aperçut, levant les yeux, le visage ensanglanté de l'homme qu'il avait renversé près du sien. L'instant d'après, l'homme était debout, le piétinant, écartant le chemin du cheval qui plongeait. Eddy lutta pour se mettre à genoux, essaya de se relever mais n'y parvint pas. Il a été abattu par une forêt de jambes et de lourdes bottes se tordant. Il y renonça et tomba sur le côté dans la boue visqueuse et foulée. Tout lui faisait terriblement mal : les pieds des autres, son propre bras, son visage, son corps. La forêt sentait la boue et les vêtements humains et devint soudain très sombre.

Quelqu'un lui relevait la tête et essayait de lui faire boire du cognac. Il ouvrit les yeux et dit, remuant ses lèvres coupées avec raideur et douleur : « Leurs principes sont bons, mais leurs méthodes sont pourries. » Quelqu'un d'autre a dit : « Il arrive », et il est venu.

Il pouvait respirer et voir maintenant, car la forêt avait disparu. Il y avait encore du monde, des becs à gaz et des étoiles, mais tous éloignés. Il y avait des policiers et il se rappelait comment ils l'avaient blessé. Il semblait en effet que tout le monde lui avait fait du mal. Tous leurs principes étaient sans doute justes ; mais toutes leurs méthodes étaient certainement pourries.

« Je vais me lever », dit-il, et il resta immobile.

"Où habites-tu?" demanda quelqu'un. "Peut-être ferait-il mieux de l'emmener à l'hôpital."

Eddy a dit : « Oh, non. J'habite quelque part, d'accord. En plus, je ne suis pas blessé », mais il ne pouvait pas bien parler parce que sa bouche était enflée. Un instant plus tard, il se souvint de l'endroit où il vivait. "22 A , Old Compton Street, bien sûr." Cela lui rappelait Arnold. Les choses lui revenaient.

"Où est mon ami?" marmonna-t-il. "Il a également été renversé."

Ils ont dit : « Ne vous inquiétez pas pour lui ; on s'occupera de lui, d'accord, » et Eddy se redressa et dit : « Je suppose que vous voulez dire qu'il est mort », doucement et avec conviction.

Puisque c'était ce qu'ils voulaient dire, ils l'ont fait taire et lui ont dit de ne pas s'inquiéter, et il s'est allongé dans la boue et est resté silencieux.

CHAPITRE XVI.

ÉILEEN.

EDDY resta quelques jours au lit, meurtri, meurtri et légèrement brisé. Il n'a pas été sérieusement endommagé ; pas irrémédiablement comme Arnold ; Arnold, qui était au-delà de toute reconstitution.

À travers les jours et les nuits étranges, sombres et tristes, les pensées affaiblies d'Eddy étaient tournées vers Arnold ; Arnold le cynique, le sceptique , le hautain, le méprisant ; Arnold, qui ne croyait en rien et qui avait pourtant été assassiné pour avoir cru en quelque chose et l'avoir dit. Arnold avait haï la tyrannie démocratique, et sa haine avait donné à ses paroles et à ses coups une force qui avait reculé sur lui-même et l'avait tué. Les coups d'Eddy, lors de cette soirée chaotique et surprenante, manquaient de cette énergie ; sa propre conscience de ne rien haïr l'avait énervé ; donc il n'était pas mort. Il avait simplement été secoué et mis à l'écart comme autant d'ordures par les deux camps tour à tour. Il portait les cicatrices des poings et des bottes des grévistes et de la lourde matraque des policiers. Les deux camps l'avaient considéré comme un ennemi, car il n'était pas entièrement pour eux. C'était sûrement un résumé ironique, un bref résumé, en termes de coups, de l'histoire de sa vie. Quel chaos, quelle confusion, quel naufrage peu héroïque de plans, de travail et de carrière ont poursuivi ceux qui combattaient sous plusieurs couleurs ! On est mort pour avoir cru en quelque chose ; on ne meurt pas pour croire à tout ; on vivait de manière incohérente, au jour le jour, méprisé de tous, accepté de personne, fécond de rien. Pour eux, le monde n'a aucune utilité ; le monde pitoyable et laborieux qui a besoin de toutes les aides, de tous les travailleurs qu'il peut trouver. Les ombres sombres de sa chambre à travers les longues et étranges nuits semblaient être des murs qui se pressaient, se rapprochaient de plus en plus, poussés par le poids insistant du mal extérieur non réparé. Ici, il se voyait allongé, enfermé par les murs d'ombre dans un petit endroit isolé, autorisé à ne rien faire, parce qu'il ne servait à rien. Le mal extérieur hantait ses cauchemars ; cela a dû mordre plus profondément dans ses moments d'éveil actif qu'il ne l'avait imaginé. Cela semblait hideux de mentir et de ne rien faire. Et quand il voulait se lever immédiatement et sortir et faire quelque chose pour aider, ils ne le laissaient pas faire. Il ne servait à rien. Il ne servirait à rien.

De plus en plus, il lui semblait clair que la seule façon d'être utile dans ce monde étrange – dont il était de plus en plus convaincu de la bizarrerie du monde, en le comparant avec les nombreux mondes qu'il aurait pu plus facilement imaginer – la seule façon, il semblait que pour être utile, il fallait adopter une ligne précise, s'y tenir et rejeter toutes les autres ; être déterminé, ardent et exclusif ; être, en somme, un partisan, s'il le faut un bigot. En procession se déplaçaient devant lui les gens beaux, forts, ardents qu'il avait connus, qui s'étaient dépensés pour une idée et pour ses négations inhérentes, et il les considérait tous comme des martyrs ; Eileen, vivant brisée et morte parce qu'elle se souciait tellement d'une personne que personne d'autre n'était bon ; Molly, coupant deux vies à cause d'une différence de principe ; Billy Raymond, Jane Dawn, toute la compagnie des artisans et des artistes, peaufinant les mots et les lignes à leur maximum, rejetant méticuleusement, établissant des barrières insurmontables entre le bien et le mal, afin que jamais les deux ne se rencontrent ; les prêtres et tous les réformateurs moraux, travaillant contre toute attente pour ces mêmes barrières dans une sphère différente ; tous ouvriers, tous artistes, tous guérisseurs du mal, tous créateurs de bien ; même Daphné et Nevill se séparèrent pour des principes qui ne pouvaient pas s'unir ; et Arnold, mort pour une cause. Seuls les vagabonds sans but, les incompétents, se contentant de parcourir le monde avec leurs pensées, restaient inutilisés à l'extérieur de l'atelier.

En ces heures sombres de dégoût de soi, Eddy songeait à devenir romancier, cette dernière ressource des démunis spirituellement. Car les romans ne sont pas la vie, cette chose incommensurablement importante qui doit être abordée avec tant de sévérité ; dans les romans, on peut prendre autant de points de vue qu'on veut , tout à la fois ; au lieu de travailler pour la vie, on peut s'asseoir et l'observer simultanément sous tous les angles. Ce n'est que lorsqu'on commence à marcher sur une route qu'on s'aperçoit qu'elle exclut les autres routes. Oui; il finirait probablement par devenir romancier. Une carrière ignoble, peut-être même stupide ; mais c'est, après tout, un moyen de traverser ce chaos étrange et changeant d'énigmes sans réponse. Lorsque les solutions s'avèrent inaccessibles, certains se dépensent et dépensent tout pour tenter de trouver la vérité, à faire ce qu'ils peuvent avec le peu qu'ils savent ; d'autres y abandonnent et en parlent. C'est comme un refuge pour ceux-là que le métier de romancier s'est présenté à l'homme, nous ne spéculerons pas d'où ni par qui....

Faisant irruption dans ces reflets sombres, des amis sont venus le voir, passant un à un. Le premier était le professeur Denison, le lendemain de l'accident. Un télégramme l'avait amené de Cambridge, tard hier soir. En voyant son visage gris et meurtri, Eddy se sentit misérablement déloyal, d'en être sorti vivant. Le Dr Denison lui tapota l'épaule et dit : « Pauvre garçon, pauvre garçon. C'est dur pour toi », et c'était Eddy qui avait les larmes aux yeux.

«Je l'ai emmené là-bas», marmonna-t-il; mais le Dr Denison n'y prêta pas attention.

Eddy dit ensuite : « Il a parlé si magnifiquement », puis il se souvint qu'Arnold avait parlé du mauvais côté, et que cela aussi devait être amer pour son père.

Le professeur Denison fit avec ses mains un geste étrange, désespéré et désapprobateur.

« Il a été assassiné par un système cruel », dit-il de sa voix lointaine et sans ton. « Ne pensez pas que je blâme ces hommes ignorants qui l'ont tué. Ce qui l'a tué, c'est le système qui a fait de ces hommes ce qu'ils sont – l'oppression cruelle, la misère économique – à quoi peut-on s'attendre... » Il s'interrompit et se détourna, impuissant, se souvenant seulement qu'il avait perdu son fils.

Chaque jour, tant qu'il restait à Londres, il venait dans la chambre d'Eddy après avoir visité celle d'Arnold et s'asseyait avec lui, infiniment doux, silencieux et triste.

Mme Oliver a déclaré: "Pauvre homme, on est trop terriblement désolé pour qu'il le suggère, mais ce n'est pas la meilleure chose pour vous de l'avoir, ma chère."

Les autres visiteurs qui sont venus étaient probablement meilleurs pour Eddy, mais Mme Oliver pensait qu'il en avait trop. Tous ses amis semblaient venir toute la journée.

Et une fois qu'Eileen Le Moine est arrivée, ce n'était pas comme ça qu'elle aurait dû être. Mme Oliver, lorsque le message fut envoyé, se tourna vers Eddy d'un air dubitatif ; mais il dit aussitôt : « Demandez-lui si elle veut monter », et elle dut le supporter.

Mme Le Moine entra. Mme Oliver lui toucha légèrement la main. Pendant un instant, son regard resta surpris par l'éclat changé et atténué qu'elle reconnaissait à peine . Mme Le Moine, quels que soient ses péchés, avait, semble-t-il, traversé des moments désespérés depuis leur séparation à Welchester , quatorze mois auparavant. Il y avait autour d'elle un air absent, comme si elle ne s'intéressait guère à la mère d'Eddy. Mais pour Eddy lui-même, étendu en morceaux sur le canapé près du feu, son regard était pitoyable et doux.

Les yeux de Mme Oliver allèrent d'elle à Eddy. Étant une dame aux bonnes habitudes, elle laissait généralement Eddy seul avec ses amis pendant un moment. Dans ce cas, elle avait des doutes ; mais les yeux d'Eddy, inconsciemment mélancoliques, la décidèrent, et elle céda. Après tout, une entrevue à trois entre eux aurait été une absurdité douloureuse. Si Eddy doit avoir de tels amis, il doit les avoir pour lui seul...

Lorsqu'ils furent seuls, Eileen s'assit à côté de lui, toujours un peu absente et pensive, cependant, penchant des yeux compatissants sur lui, elle dit doucement, à propos de lui et d'Arnold : « Vous, pauvres garçons… » Puis elle resta silencieuse et maussade, et semblait se demander par où commencer.

Soudain, elle se ressaisit.

« Nous n'avons pas beaucoup de temps, n'est-ce pas ? Je dois être rapide. J'ai quelque chose à te dire, Eddy... Savez-vous que Mme Crawford est venue me voir l'autre jour ?

Eddy secoua la tête langoureusement, ému seulement avec une légère surprise face à l'inattendu de Mme Crawford.

Eileen a poursuivi: «Je me demandais juste si elle vous l'avait dit. Mais je pensais que peut-être pas... Je l'aime bien, Eddy. Elle était gentille avec moi. Je ne sais pas pourquoi, parce que je suppose… mais tant pis. Elle est venue pour me dire certaines choses. Des choses que je pense que j'aurais dû deviner par moi-même. Je pense que j'ai été très stupide et très égoïste, et je me plains de mes ennuis auprès de vous pendant tout ce temps, sans jamais penser au mal que cela pourrait vous faire. J'aurais dû savoir pourquoi Molly a rompu tes fiançailles.

"Il y a plusieurs raisons", a déclaré Eddy. "Elle pensait que nous n'étions pas d'accord sur certaines choses et que nous ne pouvions pas nous entendre."

Eileen secoua la tête. « Elle l'a peut-être fait. Mais je pense qu'il n'y avait qu'une seule raison qui comptait vraiment. Elle ne m'approuvait pas et n'aimait pas que tu sois mon ami. Et elle avait sûrement raison. Un homme ne devrait pas avoir d'amis avec lesquels sa femme ne peut pas non plus être amie ; ça gâche tout. Et bien sûr , elle savait qu'elle ne pouvait pas être amie avec moi ; elle me trouve mauvais. Molly trouverait impossible, même si ce n'était pas mal, d'être amie avec une mauvaise personne. Alors bien sûr, elle a mis fin aux fiançailles ; il n'y avait pas d'autre moyen... Et tu ne m'as jamais dit que c'était ça... Tu aurais dû me le dire, espèce d'idiot. Au lieu de cela, tu as continué à me voir et à être bon avec moi, et à me laisser parler de mes propres affaires, et–et à être juste le seul réconfort que j'avais, (car tu as été cela ; c'est comme ça que tu comprends les choses, je suppose) - et je gâche tout le temps ta vie. Quand Mme Crawford m'a raconté ce qui se passait, j'étais en colère contre vous. Tu avais le droit de me le dire. Et maintenant, je suis venu *vous* dire quelque chose. Tu dois aller voir Molly et réparer ce qui est cassé, et lui dire que toi et moi n'allons plus être amis. Ce sera la pure vérité. Nous ne sommes pas. Ce ne sont pas les amis qui comptent, je veux dire. Nous ne nous reverrons pas seuls et ne nous rencontrerons pas comme nous le faisons. Si nous nous rencontrons, ce sera par hasard et avec d'autres personnes ; ça ne fera pas de mal.

Eddy, le visage rouge et indigné, dit faiblement : « Ça va faire mal. Cela me fera mal. N'ai-je donc pas perdu assez d'amis pour devoir vous perdre aussi ?

Un étrange petit sourire effleura ses lèvres.

"Tu n'as pas. Pas encore assez d'amis. Eddy, quelle est la meilleure chose dans ce monde de bonnes choses ? Ne le savons-nous pas, toi et moi ? N'est-ce pas de l'amour, rien de moins ? Et l'amour n'est-il pas assez bon pour en payer le prix ? Et si le prix doit être payé en pièces de monnaie que vous appréciez – en amitié et en d'autres bonnes choses –, cela n'en vaut-il pas la peine ? Ah, tu sais, et je sais que c'est le cas !

La lueur du feu, vacillant sur son visage blanc, l'alluma rapidement avec passion. Elle, qui avait elle-même payé un si lourd tribut, disait ce qu'elle savait.

« Alors tu vas le payer, Eddy. Vous le paierez. Vous devrez payer plus que vous ne le pensez, avant d'en avoir fini avec l'amour. Je me demande, devrez-vous payer jusqu'à votre âme ? Beaucoup de gens doivent faire cela ; payer leur propre être le plus profond, les choses en eux qui leur tiennent le plus à cœur, leurs rêves secrets. « J'ai posé mes rêves sous vos pieds. Marche doucement, parce que tu marches sur mes rêves. »... C'est si souvent comme ça ; et puis elle – ou lui – ne marche pas toujours doucement ; ils peuvent marcher lourdement, comme les rêves se brisent et meurent. Pourtant, ça vaut le coup… »

Elle tomba dans le silence, ruminant la tête penchée et les mains verrouillées. Puis elle se réveilla et dit gaiement : « Tu peux dire ce que tu veux, Eddy, mais je ne vais plus gâcher ta vie. Cela dure déjà trop longtemps. Si c'était seulement pour vous remercier, j'arrêterais maintenant. Car tu m'as été très utile, tu sais. Je ne pense pas pouvoir facilement vous dire à quel point. Je ne vais pas essayer; seulement, je *ferai* ce que je peux pour t'aider à arranger tes affaires que tu as tant embrouillées. Alors tu vas voir Molly dès ton retour à la maison et tu la fais t'épouser. Et vous paierez le prix qu'elle demande, et vous continuerez, tous les deux, à le payer et à le payer, de plus en plus, aussi longtemps que vous vivrez tous les deux.

«Elle ne veut pas de moi», dit Eddy. « Personne ne m'aurait , je pense. Pourquoi le devraient-ils ? Je ne suis rien. Tout le monde est quelque chose ; mais je ne suis rien. Je ne peux rien faire et ne rien être. Je ne suis qu'une simple confusion. Pourquoi Molly, qui est droite, simple et directe, devrait-elle épouser une confusion ?

«Parce que», dit Eileen, «elle s'en soucie. Et elle va probablement arranger les choses un peu ; c'est ce que je veux dire, en partie, par le prix... il faudra aussi que tu deviennes droit et simple et direct, je ne m'en demanderais pas, en fin de compte. Vous pouvez mourir en gentleman campagnard conservateur, rien de moins, en disant : « Au diable ces voleurs socialistes » - non, c'est le langage horrible que nous utilisons rien qu'en Irlande, n'est-ce pas, mais je ne me demanderais pas si les écuyers anglais voulaient dire le même. Ou vous pourriez devenir tout aussi simple et direct dans une autre direction et dire : « A bas les tyrans terriens », mais Molly n'apprécierait pas tellement cela. Mais ce serait étonnant si, une fois marié à Molly, vous ne deviez pas jeter par-dessus bord quelques croyances, ainsi que quelques personnes. De toute façon, ce ne sont pas vos affaires maintenant. Ce que vous devez faire maintenant, c'est retrouver votre santé et descendre à Welchester et parler à Molly de la manière dont elle entendra raison... Et maintenant, je dois y aller. Ta mère ne se soucie pas que je sois ici, mais j'ai dû venir cette fois ; ce n'est plus jamais le cas, tu peux lui dire ça.

Eddy se redressa et fronça les sourcils. « Ne continue pas comme ça, Eileen. Je n'ai pas la moindre intention de voir mes amitiés brisées pour moi de cette façon. Si Molly m'épouse un jour – mais elle ne le fera pas – ce sera pour prendre mes amis ; c'est certain.

Elle secoua la tête et lui sourit en se levant.

« Tu devras laisser tes amis décider s'ils veulent ou non être emmenés, Eddy.... Cher garçon gentil et absurde, ça m'a fait tellement de bien, j'y vais maintenant. Au revoir et guérissez-vous.

Ses doigts touchèrent légèrement son front et elle le quitta ; je l'ai laissé seul dans un monde devenu pauvre, maigre et ordinaire, privé d'une certaine beauté, de certains rêves, de certains rires et de certaines surprises.

Sa mère y entra.

"Est-ce que Mme Le Moine est partie, alors, chérie?"

«Oui», dit-il. "Elle est partie."

Il parlait si catégoriquement, si apathiquement, qu'elle le regardait avec inquiétude.

« Elle t'a fatigué. Vous avez trop parlé. Vraiment, cela ne doit plus se reproduire… »

Il s'avança nerveusement vers lui.

« Cela n'arrivera plus, maman. Plus jamais."

CHAPITRE XVII.

CONVERSION.

La veille de la Saint-Jean, la veille de son mariage, Eddy a invité plusieurs de ses amis à dîner au Moulin d'Or. Cela l'avait amusé d'en demander un grand nombre, de les sélectionner dans de nombreux quartiers et ensembles différents, et d'observer comment ils s'entendaient tous ensemble. Car beaucoup d'entre eux n'avaient pas l'habitude de se rencontrer. Le Vicaire de Saint-Grégoire, par exemple, ne rencontrait pas, dans le cours normal de ses journées, Billy Raymond, ni Cecil Le Moine, avec lesquels il conversait courtoisement à travers la table ; Bob Traherne, son curé, bavardait rarement de manière affable avec de jeunes députés conservateurs tels que Nevill Bellairs ; Mme Crawford s'était depuis longtemps irrévocablement prononcée contre toute relation sociale avec Eileen Le Moine, à qui elle parlait ce soir comme si elle était plutôt heureuse d'en avoir l'occasion ; Bridget Hogan avait l'habitude d'éviter les militants désireux de voter, mais ce soir, elle pérorait bavardement à une romancière de ces habitudes qui résidait dans une cité-jardin ; L'ami d'Eileen, le jeune unioniste irlandais, a été confronté et probablement indigné par Blake Connolly, le père d'Eileen, le rédacteur nationaliste du *Hibernian* , une personne à la langue véhémente, colérique, plutôt pleine d'esprit, avec des yeux d'un bleu profond comme ceux d'Eileen et une attitude flexible. , voix convaincante. À la même table que Bob Traherne et Jane Dawn se trouvait un beau jeune homme vêtu d'une douce chemise à froufrous, un jeune homme évangélique qui, à Cambridge, avait appartenu au CICCU et prêché sur la place du marché. S'il en avait suffisamment connu, il aurait trouvé dommage l'attitude de Jane Dawn envers la religion et la vie, et celle de Bob Traherne une grave erreur. Mais en cette occasion harmonieuse, ils se sont tous rencontrés en amis. Même James Peters, robuste et honnête, s'est abstenu de montrer à Cecil Le Moine qu'il ne l'aimait pas. Même Hillier, même si c'était pour lui une souffrance et un chagrin, a gardé le silence sur les bonnes paroles et n'a pas dénoncé Eileen Le Moine.

Et Eddy, regardant chacun d'eux autour de la pièce, pensait à quel point ils s'entendaient bien pour une soirée, parce qu'ils le voulaient, et parce qu'une soirée n'avait pas d'importance, et combien d'entre eux ne s'entendraient pas. et ils ne le voudraient même pas s'ils étaient soumis à une épreuve plus longue. Et une fois de plus, à ce rassemblement, dont il se disait que ce n'était pas le dernier, de la foule hétéroclite de ses amis, il vit à quel point ils avaient tous raison, à leurs manières différentes et pourtant en désaccord. Il se souvenait de quelqu'un qui avait dit : « Les querelles intéressantes du monde ne se situent jamais entre la vérité et le mensonge, mais entre des vérités différentes. » Ah, mais faut-il qu'il y ait des querelles ? Il s'était rendu compte de plus en plus clairement ces derniers temps que cela devait être le cas ; que par la lutte des extrêmes, quelque chose est vaincu....

Quelqu'un frappa la table pour obtenir le silence, et Billy Raymond se leva, proposant la santé et le bonheur de leur hôte. Billy était plutôt un orateur charmant, à sa manière désinvolte, discrète , amusée et doucement allusive, qui était plutôt un bavard qu'un discours. Après lui vint Nevill Bellairs, le futur beau-frère d'Eddy, qui dit les bonnes choses à sa manière agréable, cordiale et bien élevée de jeune membre. Puis ils burent à la santé d'Eddy, et après cela Eddy se leva pour rendre grâce. Mais tout ce qu'il a dit, c'est : « Merci beaucoup. C'était très gentil de votre part d'être venus. J'espère que vous avez tous apprécié cette soirée autant que moi, et j'espère que nous en aurons bien d'autres à l'avenir, après... » Lorsqu'il fit une pause, quelqu'un l'interrompit en disant : « C'est un bon garçon » et ils l'ont crié jusqu'à ce que les passants dans les rues de Soho le reprennent et chantent et sifflent en chœur. C'est la réponse qu'ils ont unanimement donnée à l'espoir qu'il avait exprimé. C'était une réponse si joyeuse et si amicale qu'elle dissimulait le fait que personne n'avait fait écho à cet espoir, ni même admis comme une possibilité. Après tout, c'était une chose absurde à espérer, car un dîner ne ressemble jamais exactement à un autre ; comment cela devrait-il être, avec tant de vie et de mort entre les deux ?

Une fois les chants, les acclamations et les toasts terminés, ils restèrent tous assis, discutèrent et fumèrent jusque tard. Eddy a parlé aussi. Et sous ses paroles, ses perceptions fonctionnaient vivement. Les personnalités vives et vivantes de tous ces gens, de ces hommes et femmes, garçons et filles très différents, frappaient vivement sa conscience. Il y avait de grandes différences entre eux, mais dans presque tous il y avait une certaine efficacité belle et vigoureuse, un pouvoir d'accomplir, de faire avancer quelque chose. Ils avaient tous leurs armes et les utilisaient dans les batailles du monde. Tous, artistes et philosophes, journalistes et hommes politiques, poètes et prêtres, ouvriers parmi les pauvres, joueurs parmi les riches, savaient où ils allaient, où ils pensaient aller et comment, et à quoi ils allaient faire face. Ils ont fait leurs choix ; ils sélectionnaient, préféraient, rejetaient... détestaient... Ce mot aigu et dur l'élevait. C'était ça; ils détestaient. Ils détestaient probablement tous quelque chose ou autre. Même Billy, le tolérant et large d'esprit, même la douce Jane, détestaient ce qu'ils considéraient comme de la mauvaise littérature, du mauvais art. Non seulement ils recherchaient le bien, mais ils évitaient le mal ; s'ils n'avaient pas réalisé le mal, le mot « bien » n'aurait eu aucun sens pour eux.

Avec tout le monde dans la pièce, c'était pareil. Blake Connolly détestait l'Union – c'était pourquoi il pouvait être la force du nationalisme qu'il était ;

John Macleod, l'Ulsterman, détestait les nationalistes et les papistes – c'est pourquoi il s'exprimait si bien sur les programmes de l'Union ; Bob Traherne détestait le capitalisme – c'était la raison pour laquelle il pouvait lutter si efficacement pour l'amélioration économique en laquelle il croyait ; Nevill Bellairs détestait le libéralisme – c'est pourquoi il s'est présenté aux élections ; le vicaire de Saint-Grégoire détestait le mépris des lois morales – c'était pourquoi il était une force puissante pour leur observance parmi ses paroissiens ; Hillier détestait l'agnosticisme : c'est pourquoi il pouvait dire sans broncher à son peuple qu'il irait en enfer s'il n'appartenait pas à l'Église ; (Eddy se souvenait qu'il détestait aussi certains auteurs de pièces de théâtre – et c'était sans doute pour cela qu'il regardait Cecil Le Moine comme il le faisait) ; dans ses pièces de théâtre ; Mme Crawford détestait les erreurs d'éducation (telles que les vêtements discordants, les fugues, les incendies et autres violences vulgaires) - c'était pourquoi sa maison était si choisie ; Bridget Hogan détestait s'ennuyer – c'est pourquoi elle réussissait à trouver la vie constamment amusante ; James Peters détestait les hommes de sa propre classe sans collier, les hommes de toute classe sans colonne vertébrale, ainsi que les mensonges, la malsaine et toute pourriture morbide - c'était probablement pourquoi ses sermons courts, peu subtils et enfantins avaient une force, une force motrice, cela les a fait dire, et pourquoi les hommes et les garçons avec qui il travaillait et jouait l'aimaient.

Et Arnold, qui n'était pas là mais qui aurait dû l'être, avait détesté beaucoup de choses, et c'était pour cela qu'il n'était pas là.

Oui, ils détestaient tous quelque chose ; ils ont tous rejeté ; tous se reconnaissaient sans se dérober aux négations implicites de ce qu'ils aimaient. C'était comment et pourquoi ils faisaient avancer les choses, ces gens vifs et vivants. C'était ainsi et pourquoi chacun parvenait à accomplir quoi que ce soit, dans ce monde déroutant, inachevé et délabré, avec tant de choses à faire pour et pour cela. Un monde imparfait, bien sûr ; sinon, la haine et le rejet ne seraient pas nécessaires ; un monde grossier et stupide, un chaos incohérent et étonnant de contradictions – mais, après tout, le monde dans lequel il faut vivre, travailler et combattre, en utilisant les armes à portée de main. Si l'on ne les utilise pas, si l'on les rejette comme étant trop directs, trop brutaux, trop inexacts, pour notre sens aigu de la vérité, on se retrouve sans armes, un non-combattant, un vagabond inutile d'une compagnie à l'autre, chassé. de tous à tour de rôle... Mieux que cela, sûrement, est toute absurdité de parti et de croyance, de dogme et de système. Après tout, en fin de compte, malgré eux, ce sont eux qui font le travail.

Telles furent les réflexions brisées et détachées d'Eddy au cours de cette joyeuse soirée. Les divers conseils que d'autres lui ont offerts allaient dans le même sens. Blake Connolly, qui, le rencontrant ce soir pour la première fois, s'était pris d'affection pour lui, dit confidentiellement et avec regret : « J'ai entendu dire que la mariée est conservatrice ; c'est dommage, maintenant. Ne la laissez pas vous corrompre. Vous avez de bons sentiments libéraux; Je les lisais dans votre drôle de journal. (Il ignora les beaux sentiments unionistes qu'il avait également lus dans le journal queer.) « Ne les laissez pas se perdre. Vous devriez continuer à écrire ; tu as un don. Continuez à écrire pour les bonnes choses, en défendant le bon côté. Soit pratique; faire quelque chose. Comme on disait autrefois :

« Faites un tour d'affaires à travers Munster,
tirez sur un propriétaire ; être utile. ' »

"Je vais essayer", dit modestement Eddy. "Bien que je ne sache pas si cela fait exactement partie de mes activités à l'heure actuelle... Je ne suis pas sûr de ce que je vais faire, mais je veux travailler dans un journal."

"C'est exact. Écrivez de la manière dont vous susciterez l'intérêt du public pour les bonnes choses. Je sais que tu es de bonnes dispositions, d'après ce qu'Eily m'a dit de toi. Et pourquoi tu veux épouser un Tory m'échappe. Mais s'il le faut, il le faut, et je ne voudrais pour rien au monde que cela vous dérange à la dernière minute.

Puis vint Traherne, voulant qu'il aide dans un camp de garçons en septembre et qu'il entreprenne une soirée par semaine dans des clubs en hiver ; et l'élégant jeune homme du CICCU voulait qu'il promette son aide à une mission de prière et d'abstinence totale en novembre ; et Nevill Bellairs voulait le présenter demain matin, avant le mariage, au rédacteur en chef du *Conservateur* , qui avait des postes vacants dans son équipe. A tous ces gens qui lui offraient des champs pour ses énergies, il donna non pas l'acceptation immédiate qu'il aurait donnée autrefois, mais des réponses indéfinies.

« Je ne peux pas encore vous le dire. Je ne sais pas. Je vais y réfléchir. » Car s'il savait encore que tous avaient raison, il savait aussi qu'il allait faire un choix, une série de choix, et il ne savait pas encore ce qu'il choisirait dans chaque cas.

La fête s'est terminée à minuit. Une fois les autres dispersés, Eddy rentra chez lui avec Billy à Chelsea. Il avait renoncé aux chambres qu'il partageait avec Arnold à Soho et restait avec Billy jusqu'à son mariage. Ils marchèrent jusqu'à Chelsea en passant par l'Embankment. Au moment où ils arrivèrent au pont de Battersea (Billy vivait au bord de la rue Beaufort), les débuts de l'aube pâlissaient la rivière. Ils restèrent un moment debout et regardèrent ; regardait Londres s'étendre d'est en ouest dans un sommeil murmurant, vaste et aux yeux dorés.

« Il faut donc, spécula Eddy à haute voix après un long silence, se contenter de fermer les yeux sur tout cela, sur tout, sauf sur un petit morceau.

Il faut être sourd et aveugle, un bigot qui ne voit qu'une chose à la fois. Il semble que ce soit la seule façon de se mettre au travail dans ce monde extraordinaire. Il faut tourner le dos à presque toute la vérité. On s'en remet, je suppose, aux philosophes, aux artistes et aux poètes. La vérité est pour eux. La vérité, Billy, est peut-être pour toi. Mais ce n'est pas pour les gens ordinaires comme moi. Pour nous, c'est un choix entre la vérité et la vie ; ils ne sont pas compatibles. Eh bien, il faut vivre ; cela paraît certain... Qu'en pensez *-vous* ?

"Je ne suis pas au courant", dit Billy, observant d'un air somnolent la ville grise des rêves, "de l'incompatibilité dont vous parlez."

"Je ne pensais pas que tu l'étais", dit Eddy. « Votre métier, c'est de voir et d'enregistrer. Vous pouvez regarder toute la vie en même temps, tout ce que vous pouvez gérer, bien entendu. Mon travail n'est pas de voir ou de parler, mais (on me dit) de « faire un voyage d'affaires à travers Munster, tirer sur un propriétaire, être utile ». … Eh bien, je suppose que la vérité peut se débrouiller toute seule sans mon aide ; c'est un réconfort. La synthèse est bien là, même si nous disons tous qu'elle ne l'est pas... Après ce soir, je vais parler, non pas de Vérité mais de la *Vérité* ; ma propre marque particulière.

Billy avait l'air sceptique . « Et quelle est votre propre marque ? »

"Je ne suis pas encore sûr. Mais je vais le découvrir avant matin. Il faut que je le sache avant demain. Molly doit avoir un bigot à épouser.

«Je suppose que votre mariage bouleverse votre équilibre mental», dit tranquillement Billy, avec le bon sens du poète. "Tu ferais mieux d'aller te coucher."

Eddy rit. « Ça bouleverse mon équilibre ! Eh bien, c'est raisonnablement possible. Que devrait-il faire, sinon le mariage ? Après tout, cela a son importance. Entrez, Billy, et pendant que vous dormez , je déciderai de mes futures opinions. Ce sera bien plus excitant que de choisir un nouveau vêtement, car je vais le porter pour toujours.

Billy murmura quelques poèmes tandis qu'ils remontaient Beaufort Street.

« La brute, indifférente aux dons de l'âme,
voit la vie seule et la voit dans son ensemble.
L'homme, le meilleur des brutes par l'esprit,
voit la vie double et la voit divisée.

"Je ne vois pas", a-t-il ajouté, "que les opinions que l'on a, le cas échéant, sur la politique des partis, puissent avoir une grande importance."

Eddy a répondu : « Non, vous ne le verriez pas, bien sûr, parce que vous êtes un poète. Je ne suis pas."

« Tu ferais mieux de le devenir, dit Billy, si cela peut résoudre tes difficultés. C'est vraiment très peu de problèmes, vous savez. N'importe qui peut être poète ; en fait, pratiquement tous les habitants de Cambridge le sont, sauf vous ; Je ne peux pas imaginer pourquoi tu ne l'es pas. C'est vraiment plutôt un changement rafraîchissant ; seulement, je pense que cela amène souvent les gens à vous prendre pour un homme d'Oxford, ce qui doit être plutôt pénible pour vous. Maintenant, je vais me coucher. N'avais-tu pas mieux aussi ?

Mais Eddy avait quelque chose à faire avant de se coucher. À la lumière grise qui pénétrait par la fenêtre ouverte du salon, il trouva un jeu de cartes et s'assit pour décider de son opinion. Il rédigea d'abord une liste de toutes les sociétés auxquelles il appartenait ; ils remplissaient une feuille de papier à lettres. Puis il les passa en revue, couplant chacune des deux choses qui, avait-il découvert, paraissaient incompatibles à l'homme ordinaire ; puis, s'il n'avait aucune préférence pour l'un ou l'autre, il coupait. Il a par exemple fait une distinction entre la Ligue des jeunes libéraux et la Ligue Primrose. Les Jeunes libéraux l'avaient.

"Molly sera un peu déçue par moi", murmura-t-il en rayant la Primrose League de sa liste. "Et j'imagine que l'on penserait généralement que je devrais également rayer la Ligue pour la réforme tarifaire." Il l'a fait, puis a comparé les Jeunes Libéraux à toutes les sociétés socialistes auxquelles il appartenait (telles que la Ligue anti-sudation, la Ligue du service national, la Société eugénique et bien d'autres), car lui-même pouvait voir que ces deux les modes de pensée ne faisaient pas bon ménage. Il aurait pu être socialiste et partisan de Primrose League, mais il ne pouvait pas, selon le point de vue du monde, être socialiste et libéral. Il a choisi d'être socialiste, estimant que c'était le meilleur moyen, pour le moment, d'obtenir le plus de résultats possible.

"Très bien", commenta-t-il en l'écrivant. « Un socialiste fanatique. Cela aura l'avantage que Traherne me laissera aider avec les clubs. Maintenant pour l'Église.

La question de l'Église aussi, il la résolut sans recourir au hasard. Comme il entendait continuer à appartenir à l'Église d'Angleterre, il raya de la liste la Free Thought League et la Theosophist Society. Il lui restait à choisir entre les différentes sociétés ecclésiales auxquelles il appartenait, telles que la Church Progress Society (haute et moderniste), l'ECU (haute et non moderniste), la Ligue des ecclésiastiques libéraux (large) et l'Affiance évangélique (basse).). Parmi ceux-ci, il choisit celui qui lui paraissait le plus adapté au socialisme auquel il était déjà attaché ; il serait un moderniste fanatique de la Haute Église et détesterait les grands ecclésiastiques, les évangéliques, les individualistes anglicans, les Romains ultramontains, les athées et (en particulier) les protestants libéraux allemands.

« Mon père sera déçu par moi, j'en ai peur », pensa-t-il.

Ensuite, il a comparé la Société de défense de l'Église à la Société pour la libération de la religion du patronage et du contrôle de l'État, n'a trouvé ni l'une ni l'autre en défaut, mais a conclu qu'en tant que socialiste, il devait soutenir la première, il s'est donc qualifié d'ennemi du désétablissement, en remarquant : « Père sera plus content cette fois. Ensuite, il a traité la Société du dimanche (pour l'ouverture des musées, etc., ce jour-là) comme étant incongrue avec la Société d'observance du Jour du Seigneur ; la Sunday Society l'avait. En ce qui concerne les arts, il suppose avec regret que certains trouveront incohérent d'appartenir à la fois à la Ligue pour l'encouragement et une meilleure appréciation du post-impressionnisme et à celle pour le maintien des principes de l'art classique ; ou à la Society for Encouraging the Realistic School of Modern Verse, et à la Poetry Society (qui ne fait pas cela.) Puis il se rendit compte que la Factory Increase League était en conflit avec la Coal Smoke Abatement Society, que la Back to the Land League était peut-être incompatible avec la Société pour la préservation des objets d'intérêt historique du paysage ; qu'il ne faut pas souscrire à la fois au Fonds des collections nationales des arts et au Maintien de relations transatlantiques cordiales ; à la Charity Organization Society et au Fonds pour les refuges de l'Armée du Salut.

Il découvrit en lui-même bien d'autres divergences de ce genre entre sa pensée et son idéal et les corrigea, soit par choix, soit, le plus souvent (tant les deux alternatives lui paraissaient en règle générale également bonnes), par le hasard. Ce n'est qu'après quatre heures du matin de son mariage, alors que le lever du soleil du milieu de l'été dorait la rivière et pénétrait dans la chambre, qu'il se leva, à l'étroit, raide et fatigué, mais un tout homogène et cohérent, prêt à dernier pour le sectarisme pour le sceller pour le sien. Il se soumettrait sans broncher à sa main ; elle devrait, au cours des longues années, le remettre complètement en forme. Il regarda devant lui, tandis qu'il se penchait par la fenêtre et respirait l'air clair du matin, et voyait sa vie future s'étendre. Que de choses il serait capable d'accomplir, maintenant qu'il allait voir la vie sous un seul aspect et y croire si exclusivement qu'il la penserait dans son ensemble. Déjà il sentait les approches de cet état désirable. Il pensait que cela s'approcherait rapidement, maintenant qu'il ne devait plus se laisser distraire par des intérêts divergents, déchirés par des revendications opposées sur sa sympathie. Il se considérait comme un écrivain pour la presse (mais il ne devait surtout pas oublier de ne plus écrire pour la presse conservatrice ou libérale). Il détesterait le conservatisme, détesterait le libéralisme ; il croirait que les socialistes seuls étaient motivés par leur sens bien connu de l'équité politique et de la solidité économique. En travaillant, comme il avait l'intention de le faire, dans la colonie de Datcherd , il se montrerait aussi fanatiquement politique que Datcherd lui-même l'avait été. Molly pourrait légèrement le regretter, à cause des principes différents de Nevill et du reste de sa famille ; mais elle était trop sensée pour vraiment s'en soucier. Il la voyait, elle et lui, vivre leur vie heureuse et, il l'espérait, non inutile, dans la petite maison qu'ils avaient prise à Elm Park Road, à Chelsea (ils n'avaient pas réussi à évincer les habitants des Osiers). Il écrirait pour un journal et travaillerait tous les soirs à Lea Bridge Settlement, et Molly l'aiderait là-bas avec les clubs de filles ; elle aimait ce genre de choses et le faisait bien. Ils auraient beaucoup d'amis ; Les relations et relations des Bellair étaient nombreuses, et souvent militaires ou navales ; et il y aurait Nevill et ses amis, si travailleurs, si utiles, si soignés, si bien élevés ; et leurs propres amis, les amis qu'ils se sont fait, les amis qu'ils avaient eu auparavant... C'est à ce stade que le tableau est devenu un peu moins vivant et moins clair, et a dû être peint avec beaucoup de décision. Bien sûr, ils sont entrés en scène, Jane, Billy et les autres, et peut-être un jour, quand elle et Molly auront toutes deux changé d'avis à ce sujet, Eileen ; bien sûr, ils seraient tous là, entrant et sortant et se mêlant amicalement au contingent des Bellairs, plaisant et étant satisfait de Nevill et de ses amis bien élevés, et aimant parler à Molly et à elle. Pourquoi pas? Eileen s'était sûrement trompée sur ce point ; ses amitiés ne faisaient pas partie, et ne pouvaient pas faire partie du prix qu'il devait payer pour son mariage, ni même pour son sectarisme. D'une main déterminée, il les a peints dans le tableau et a produit un fouillis surprenant et bondé de visiteurs dans la petite maison - artistes, colonels, journalistes, fonctionnaires, poètes, députés, travailleurs des colonies, acteurs et ecclésiastiques... Il ne faut pas oublier, bien sûr, qu'il n'aimait pas le conservatisme, l'athéisme et l'individualisme ; mais cela, pensait-il, ne devait pas constituer de barrière entre lui et les tenants de ces vues malheureuses. Et il était fermement aveugle à toute surprise, à tout manque de réalisme dans le tableau qu'il avait peint.

Alors Molly et lui vivraient et travailleraient ensemble ; travaillez pour les bonnes choses, faites la guerre contre le mal. Il avait appris à se mettre au travail maintenant ; a appris à utiliser les armes à portée de main, les seules armes fournies par le monde pour ses combats. En les utilisant, il s'y habituerait ; peu à peu, il deviendrait le Bigot Complet, quant à la manière dont il est né, un tel pouvoir doit réagir sur la vision de ceux qui le font. Alors et seulement alors, quand, pour lui, la Vérité aux multiples visages se serait résolue en une seule, quand il verra peu de choses ici-bas mais verra ce peu de clair, quand il pourra dire du fond du cœur : « Je crois que les réformateurs tarifaires, les unionistes, Les libéraux, les individualistes, les catholiques romains, les protestants, les dissidents, les végétariens et tous les autres avec lesquels je ne suis pas d'accord, ont absolument tort ; Je crois que moi et ceux qui pensent comme moi possédons non seulement la vérité, mais *la* vérité »

– alors, et alors seulement, il serait capable de se mettre au travail et de faire avancer quelque chose.

Qui devrait dire que cela ne valait pas son prix ?

Ayant accompli la tâche qu'il s'était fixée , Eddy était désormais libre de se livrer à des réflexions plus adaptées à un matin de mariage. Ces réflexions étaient de la nature heureuse et absorbante habituelle chez une personne dans sa situation ; ils peuvent, en fait, être si facilement imaginés qu'il n'est pas nécessaire de les exposer ici. Après s'être abandonné à eux pendant une demi-heure, il se coucha, se reposa devant sa vie laborieuse. Car que personne ne pense qu'il peut devenir bigot sans beaucoup d'énergie d'esprit et de volonté. Ce n'est pas un chemin dans lequel on peut s'engager à l'improviste, comme les sentiers de la vie, ceux du romancier , par exemple, du poète ou du clochard. Il lui faut des fibres ; il faut se préparer, serrer les dents, fermer les yeux et plonger avec un aveuglement courageux.

Cinq heures sonnèrent avant qu'Eddy ne se couche. Il espérait en sortir à sept heures, pour commencer de bonne heure une carrière aussi pénible.

Milton Keynes UK
Ingram Content Group UK Ltd.
UKHW011123180424
441376UK00004B/165